MINUIT À LA CHARMANTE LIBRAIRIE

De la même autrice aux éditions Charleston :
Au-delà des nuages, 2024

Titre orginal : *Midnight at the Christmas Bookshop*
Copyright © Calibris Ltd, 2023
Tous droits réservés.

Traduit de l'anglais (Royaume-Uni) par Laure Motet

© Charleston, une marque des éditions Leduc, 2024
76, boulevard Pasteur
75015 Paris – France
www.editionscharleston.fr

ISBN : 978-2-38529-183-9
Maquette : Patrick Leleux PAO

Pour suivre notre actualité, rejoignez-nous sur Facebook (Éditions.Charleston), sur Instagram (@editionscharleston) et sur TikTok (@editionscharleston) !

Charleston s'engage pour une fabrication écoresponsable ! Amoureux des livres, nous sommes soucieux de l'impact de notre passion et choisissons nos imprimeurs avec la plus grande attention pour que nos ouvrages soient imprimés sur du papier issu de forêts gérées durablement.

Jenny Colgan

MINUIT À LA CHARMANTE LIBRAIRIE

Roman

Traduit de l'anglais (Royaume-Uni) par Laure Motet

Pour mon très cher Mads

PROLOGUE

La neige tombait doucement sur Édimbourg. Elle s'amassait sur les fenêtres à meneaux traditionnelles des petites boutiques de Victoria Street, se déposait délicatement sur les pavés, recouvrait le monde de coton.

Derrière la vitrine, la pièce était chaude, confortable : des bougies étaient allumées, et une belle flambée brûlait dans l'âtre pour repousser les doigts glacés de l'hiver. La lueur des bougies dansait sur les rayonnages décorés qui accueillaient une cacophonie de livres. Les étagères débordaient. Les ouvrages s'y empilaient sur deux rangées, promesses d'évasion, de mystère et d'aventure : cartes aux trésors, contes d'antan, histoires de morses et de charpentiers ; récits de bravoure, de pirates et d'univers givrés ; de mondes existant au-dessus des toits. Tout le nécessaire pour se pelotonner devant le feu et se laisser emporter, aussi bien qu'un loir en hiver, emmitouflé dans une couverture...

— COUPEZ !

Carmen Hogan se tenait devant la librairie McCredie, l'air renfrogné. Le soleil tapait, et la machine à neige faisait un boucan d'enfer.

— C'est vraiment grotesque, dit-elle à Idra.

Son amie, difficile à impressionner, était venue voir si elle pouvait rencontrer une star de cinéma qui aurait décidé de jouer dans une petite production locale uniquement disponible sur les plateformes de téléchargement.

— Si je mettais autant de décorations de Noël dans la boutique, les clients ne pourraient plus accéder aux livres. Et ce ne sont même pas de vrais livres ! Ce sont de faux livres débiles et poussiéreux. Qu'est-ce qu'ils font à ma librairie ?

— Ils te donnent de l'argent, voilà ce qu'ils font.

Carmen pouffa.

— Pas tant que ça ! Et puis je perds de l'argent en ne vendant pas leurs romans policiers à mes habitués.

— Mais tu le récupéreras à Noël, quand tu seras *cette* librairie dans *ce* film.

— Ah oui, répondit-elle en retrouvant le sourire. Je n'y avais pas pensé.

D'autres commerçants de la rue (Bronagh, de la boutique ésotérique, et Bobby, de la quincaillerie) étaient eux aussi sortis pour assister au spectacle.

— Pourquoi est-ce qu'ils n'ont pas choisi ma quincaillerie ? se lamenta Bobby. Ça m'aurait bien aidé.

— Ben, être libraire, c'est plutôt cool, sexy et romantique, lui expliqua Carmen avec ménagement, parce qu'elle l'aimait beaucoup. Alors qu'un mec qui vend des balais, c'est… tu sais, juste un mec qui vend des balais, quoi.

— Être libraire, c'est cool, sexy et romantique, à condition d'accepter de crever de faim et de vivre dans le sous-sol de sa sœur, ironisa Idra.

Carmen ne lui prêta pas attention. Bobby paraissait un peu triste.

— Eh bien, moi, j'ai une boutique de *magie*, renchérit Bronagh. Ce n'est pas super sexy, peut-être ?

Et elle agita sa longue chevelure rousse dans son dos. Bronagh était vraiment très sexy, même si elle faisait un peu peur.

Carmen avait des cheveux bruns et soyeux, un visage rond et doux, et des sourcils qui lui donnaient un air énervé. Avec Idra, elles avaient passé beaucoup de temps à triturer ces sourcils au fil des ans, mais aucune de leurs expérimentations ne s'était révélée concluante, et certaines (coller des poils supplémentaires, par exemple) faisaient frémir Carmen rien que d'y penser.

— Tu aurais peut-être dû ouvrir une école de sorciers, remarqua-t-elle avec regret.

La machine à neige faisait de son mieux, mais le temps était splendide en Écosse cet été-là. Même si Carmen n'était pas certaine que cette vague de chaleur inattendue soit bien accueillie par les touristes qui arpentaient Victoria Street : parés de la tenue estivale prescrite pour visiter Édimbourg (pantalon, polaire et imperméable), ils devaient se délester peu à peu de leurs vêtements et en porter toujours plus dans leurs bras. Tous les enfants enlevaient leur bonnet et leurs gants de laine, sauf les figurants du film, bien sûr, qui attendaient, anormalement calmes, habillés comme des gamins de l'ère victorienne. Carmen, peu charitable, regretta de ne pas avoir appelé Pippa, sa nièce de onze ans : la fillette était très douée pour rester sagement assise, l'air un rien terrifiant, tel un petit fantôme au regard sévère.

Mais ce n'était pas la faute de Pippa, se souvint-elle, si, à l'âge de trente ans, elle vivait toujours dans le sous-sol de sa sœur et devait s'accommoder des canards en plastique dans la baignoire, compte tenu du nombre d'enfants (quatre) qui vivaient dans cette maison.

La crise du logement restait purement théorique, jusqu'à ce qu'elle vous touche, songea-t-elle sombrement. La vie à Édimbourg n'était pas seulement chère, elle était ridiculement chère, astronomiquement chère. Autant essayer de déménager à Buckingham Palace. Heureusement, sa présence ne semblait pas *trop* déranger Sofia, sa sœur, actuellement en congé maternité.

— O.K., lança le metteur en scène, un homme minuscule avec un long catogan et de petites lunettes rondes, habillé tout en noir, comme s'il s'était fourni dans un magasin nommé « Au bonheur des réalisateurs ».

Carmen se demanda s'il dépensait beaucoup d'argent chez le barbier.

Les badauds furent aussitôt repoussés derrière les barrières qui fermaient Victoria Street : les instagrameurs venus photographier la jolie rue courbe aux magnifiques devantures colorées, qui ressemblait à s'y méprendre au chemin de Traverse d'Harry Potter, s'agacèrent, mais pour ceux qui rêvaient simplement d'apercevoir la star de cinéma sur le retour qui tenait le rôle principal, l'excitation monta d'un cran.

Lind Stephens, la star sur le retour en question, fit son entrée sur le plateau. Il portait un pantalon en tartan et un pull-over immense qui paraissaient hors de prix. Idra gonfla la poitrine, juste au cas où.

— *Ça tourne !*

Carmen sourit malgré elle. Elle ne put s'en empêcher, c'était si excitant. À Noël, le film serait disponible en streaming, et on verrait sa librairie ! Enfin, celle de M. McCredie, pour être exact. Mais la jeune femme était convaincue que l'équipe ne l'aurait pas choisie pour le tournage sans tous ses efforts. C'est elle qui l'avait rendue charmante.

La petite boutique se nichait au pied du château, dans l'un des plus jolis quartiers de cette cité d'une extraordinaire beauté. Au cœur d'Old Town, Victoria Street, dans le prolongement de West Bow, dessinait une courbe sur deux niveaux et remontait de Grassmarket, une immense place où s'étaient toujours tenus des marchés, mais sur laquelle on trouvait aussi désormais des cafés, des bars et des groupes de fêtards. Le château se dressait au-dessus, imposant, menaçant, incongru, comme surpris de son statut d'ancienne forteresse médiévale perchée sur un rocher d'origine volcanique au beau milieu d'une ville moderne.

Le soir, quand Carmen fermait le magasin, elle contemplait toujours ses rangées de petites fenêtres. Elle savait qu'aujourd'hui encore, il accueillait une garnison, des soldats en service actif : ils ne jouaient souvent plus qu'un rôle cérémoniel, mais ils n'en restaient pas moins des soldats. Elle aimait les imaginer, foulant les pavés que leurs pairs foulaient depuis le XIIe siècle ; un bataillon, un refuge sous le pont-levis du château. Sans oublier qu'ils étaient terriblement sexys avec leurs calots à carreaux et leurs kilts évasés, surtout quand on les croisait en plein défilé. Ils venaient parfois acheter des thrillers de la série Jack Reacher ou demander des conseils pour offrir un cadeau à leur femme ou leur petite amie, qu'ils avaient laissée loin d'ici.

Les immeubles de West Bow et de Victoria Street reliaient le Grassmarket au Royal Mile[1] et étaient sur-

---

1. Artère principale de la vieille ville d'Édimbourg. Longue d'un mile (1,609 km) elle relie le château au Palais de Holyrood et est composée de six rues en enfilade : Castle Esplanade, Castlehill, Lawnmarket, High Street, Canongate et Abbey Strand. (Toutes les notes sont de la traductrice.)

plombés d'une sorte de terrasse. Il n'était donc pas toujours simple de déterminer à quel niveau on se situait, mais la ville d'Édimbourg était construite ainsi, comme sortie de l'imagination d'Escher.

Les petits commerces qui bordaient la rue étaient peints de différentes couleurs, ce qui ajoutait à son charme. Outre les boutiques de Bronagh et de Bobby, on y trouvait un magasin de vêtements à la gloire du tweed, tenu par un homme très distingué portant l'auguste prénom de Crawford. Et, bien sûr, la librairie McCredie. Quand Carmen était arrivée, l'hiver précédent, après la fermeture du grand magasin où elle travaillait, la librairie tombait en ruine. Elle avait accepté cet emploi avec une certaine réticence, mais elle s'était accrochée et avait réussi à sauver la mise, même si la situation restait précaire.

Ce tournage représentait une manne financière : la société de production louait la librairie comme décor. Ça n'épongerait pas toutes leurs dettes, mais ça leur donnerait un petit coup de pouce. Même si ce film présentait l'Écosse sous un jour que Carmen détestait.

L'acteur au visage anguleux poussa la porte de la boutique, dont la cloche tinta. Sauf que quelqu'un avait décrété que leur cloche ne convenait pas – un assistant se cachait donc derrière le panneau pour en agiter une autre. Le cinéma était un univers très étrange, décréta Carmen.

— Bonjour, dit-il.

— Bien le bonjour. Comment allez-vous ? répondit Genevieve Burr, une actrice sublime vêtue d'un kilt et d'un béret en tartan, avec une masse de cheveux brillants qui ne pouvaient pas tous être naturels.

Carmen était atterrée. Ils se rendaient compte que cette femme parlait avec un faux accent irlandais, non ?

— Et bienvenue dans notre pays empreint de magie et de mysticisme, reprit Lind. Je cherche les poèmes de Robert Burns... La première édition, naturellement !

— Bien sûr ! Mais je crois qu'elle est toujours tachée de boue[1].

Carmen se félicita d'avoir dit à M. McCredie de ne pas descendre pour entendre des âneries pareilles.

— Désirez-vous un petit verre de whisky en attendant ? demanda l'actrice en montrant une bouteille à l'évidence remplie d'un thé peu infusé.

— Oh voui, pour sûr, pour sûr.

Idra et Carmen échangèrent un regard en grimaçant, puis Carmen s'éloigna pour téléphoner à Sofia, qui était en vacances.

— Tu aurais dû venir avec nous !

— Ben non, l'équipe de tournage est là.

— Ah oui. Comment ça se passe ?

— La libraire vient juste de demander au *laird* s'il voulait aller voir le monstre du loch Ness avec elle. C'est juste à côté, apparemment. On peut y aller à pied.

— Oh, super, un documentaire ! Je crois que je préférais les films où tous les habitants d'Édimbourg mouraient d'overdose.

— Et puis je déteste Centerlands.

— Quoi ? Comment on peut détester Centerlands ?

---

1. Allusion au poème « À une souris », dans lequel un laboureur détruit accidentellement le nid d'une souris en passant la charrue dans son champ. Un vers de ce poème (« Les plans les mieux conçus des souris et des hommes souvent ne se réalisent pas ») a inspiré le titre du roman de John Steinbeck.

Sofia ferma doucement la porte du pied, pour que Carmen n'entende pas Federico se disputer avec Phoebe, leur fille de huit ans, qui ne voulait plus aller à ses cours de tennis. Phoebe trouvait ça méchant et stupide, parce que Pippa, de trois ans son aînée, la battait tout le temps ; et sa grande sœur n'arrangeait rien, en disant qu'elle agissait ainsi pour qu'elle s'améliore, comme l'avait fait le frère d'Andy Murray, et que c'était donc gentil de sa part, en réalité. Eric, lui, d'ordinaire le plus enjoué des bébés, constamment entouré d'attention, s'agitait, refusant de monter dans son siège vélo.

— C'est que du bla-bla, du genre : on est une jolie petite famille, on part en randonnée à vélo et on observe les arbres, on n'est pas géniaux ?

— Et... ? répondit lentement Sofia. Qu'est-ce qu'il y a de mal à ça ?

— Tout ! Comment vous y êtes allés ?

— En voiture.

— Dans votre énorme voiture ! Comme tous les autres ! Et après, vous dites : Oh, regardez-nous, on se balade dans les bois à vélo, comme c'est agréable. Mais c'est juste pour nous, parce qu'on a payé un million de livres. C'est pas pour les pauvres, qui doivent rester sur les routes ultra polluées, eux.

— On n'a pas payé un *million* de livres ! protesta Sofia, même si, pour être honnête, partir à six en vacances l'été coûtait plus ou moins cette somme.

— Beurk, je suis sûre que c'est truffé de familles snobinardes comme la tienne.

— C'est pas vrai !

— Tu as rencontré combien de gosses prénommés Hugo ? Au moins quatre-vingt-dix, non ?

— Carmen, à quoi tu joues, là ?

Carmen fut incapable de répondre. Dès que les décorations de Noël avaient été installées (même fausses, au beau milieu de l'été) et qu'elle avait vu de la neige et des écharpes partout autour d'elle, ses souvenirs du Noël précédent étaient revenus la hanter.

PREMIÈRE PARTIE

CHAPITRE 1

Janvier

CARMEN AVAIT COMMENCÉ PAR ACCUSER quelqu'un d'autre.

Ce n'était pas vraiment la faute de Spoons, pourtant. Enfin, un peu quand même, songerait-elle plus tard, au cours des longs, des très longs mois où cette situation la rendrait malheureuse comme les pierres.

Oke, prononcé Okay, était pour la première fois passé à la librairie peu avant Noël, habillé bien trop légèrement pour la saison. C'était un doctorant aux revenus modestes et aux immenses yeux verts : un dendrologue, ou spécialiste des arbres, qui n'était pas sans rappeler un arbre lui-même. Originaire du Brésil, il était quaker (il ne célébrait donc pas Noël), et Carmen était tombée éperdument amoureuse de lui. Elle n'avait jamais rencontré quelqu'un comme lui avant. Ils étaient un mystère l'un pour l'autre. Oke aurait dû repartir au Brésil, mais il avait décidé de rester, pour elle, ce qui l'avait rendue folle de joie.

Puis les ennuis avaient commencé.

**

L'université avait été si ravie qu'Oke décide de rester qu'ils lui avaient rendu sa chambre à Mylnes Court. La résidence était un magnifique bâtiment de six étages, perché au sommet de The Mound, qui offrait une splendide vue panoramique sur toute la ville. L'édifice avait été érigé en 1690 : il paraissait monumental aujourd'hui, et Carmen peinait à imaginer ce que devaient ressentir les gens à l'époque, quand nombre d'entre eux vivaient dans de petites maisons à colombages qu'ils partageaient avec leurs bêtes, pour les plus chanceux. Ils devaient avoir l'impression d'être à New York.

Elle en avait été toute excitée : elle avait tant de fois traversé cette cour (l'un des nombreux escaliers en pierre de la ville passait au beau milieu) en longeant New College. De façon assez pitoyable, elle avait souvent emprunté ce chemin pentu pour se rendre au travail le matin, rêvant d'Oke, espérant tomber sur lui dans l'escalier. Surtout les matins où elle s'était lavé les cheveux et maquillée – du moins autant qu'elle le pouvait jusqu'à ce que Phoebe la rejoigne devant son lavabo et entreprenne elle aussi de se peinturlurer le visage, suite à quoi Sofia piquait une crise et essayait de la débarbouiller.

Et, maintenant, ils pénétraient enfin à l'intérieur ! Oke serra sa main gantée et sortit une clé surdimensionnée, puis ils montèrent les marches jusqu'à la porte d'entrée cloutée, avant d'emprunter un couloir qui bordait le vieux presbytère, avec ses grands bancs de bois. Carmen, qui n'était jamais allée à l'université, trouva cela follement romantique.

Ils se rendirent au deuxième étage. La chambre 205 était juste en face des escaliers. Carmen en déduisit qu'elle devait dominer tout Édimbourg. La chance.

Avant d'entrer, Oke frappa doucement à la porte.

— Pour mon colocataire, expliqua-t-il.

Carmen hocha la tête avec enthousiasme, s'attendant à ce que son colocataire l'adore et s'éclipse régulièrement, bien sûr.

La porte s'ouvrit d'un coup.

— *Okes* ! lança une voix enjouée, puis un jeune homme petit, gros et barbu (l'exact opposé d'Oke, en réalité), étreignit la taille étroite de son copain. Tu m'avais dit que tu partais pour de bon, mec ! Bon sang, j'ai cru qu'ils allaient me refiler un botaniste ou un truc du genre comme coloc'.

— Mais je suis un genre de botaniste ! De toute façon, tu détestes tout le monde.

Spoons haussa les épaules.

— Ben, je l'aurais détesté, moi aussi, dit Carmen. Salut ! Moi c'est Carmen.

Spoons lui lança un regard avant de dévisager Oke, qui le rassura.

— Elle est cool.

— Quoi ? Vous avez une règle qui interdit les filles ?

— Ce n'est pas vraiment une *règle*, expliqua Spoons. C'est plus... un accord entre nous.

Carmen jeta un coup d'œil à l'intérieur. La chambre était carrée et très chaude, avec une drôle d'odeur qui ne ressemblait pas du tout à celle d'Oke. Des livres et des papiers jonchaient le sol.

Oke, qui était maniaque, fronça les sourcils.

— *Spoons.*

— Ouais, désolé. Je vais ranger ça. Chacun a son espace. Normalement.

Oke rentra sa petite valise, qui semblait contenir tout ce qu'il possédait.

— Tu as des spécimens vivants ? demanda-t-il à son ami.

— Euh… non. Certainement pas.

Il n'aurait pu avoir l'air plus coupable.

— *Spoons* ! On a déjà eu cette conversation ! Cette pauvre créature pourrait être n'importe où !

— Je sais.

— Bouleversée et effrayée !

— Je sais.

— À Noël !

— Je ne crois pas qu'elle sache que c'est Noël.

— C'est qui, ce « elle », s'il vous plaît ? interrogea Carmen.

Les deux copains échangèrent un regard.

— Je suis erpétologiste. Spécialiste des reptiles, précisa Spoons en voyant le visage perplexe de Carmen, qui prit aussitôt une expression horrifiée.

**

Spoons ne s'absentait presque jamais, et Carmen n'avait pas particulièrement envie de retourner dans leur chambre, question d'intimité, bien sûr. Et, évidemment, Oke ne pouvait pas passer la nuit chez elle : déjà, Sofia était à la maison vingt-quatre heures sur vingt-quatre, sept jours sur sept, et puis elle ne pouvait se résoudre à le faire entrer en douce avec les enfants dans les parages. Ils ne pouvaient pas non plus se payer une chambre d'hôtel, surtout pas à Édimbourg, il était hors de question qu'ils aillent à la librairie, et il faisait moins deux dehors.

Mais il n'y avait pas que ça. La situation ne semblait pas du tout déranger Oke. Mais alors pas du tout.

En ce mois de janvier glacial, d'ordinaire le mois le plus sombre et lugubre de l'année, ils passèrent des heures à arpenter la ville, bras dessus bras dessous, un chocolat chaud dans les mains : ils apprirent à se connaître en riant, jamais à court de sujets de conversation. Ils découvrirent peu à peu le monde de l'autre, si étrange et inconnu.

Ce fut une période merveilleuse. À une exception près. Oke ne semblait pas du tout pressé de faire l'amour avec elle. Et ça la rendait complètement folle.

**

Oke y avait longuement réfléchi. Il n'avait jamais rencontré quelqu'un comme Carmen jusque-là. Il était sorti avec des filles, bien sûr, mais cette fois, c'était différent. Et ça compliquait tout. Elle était écossaise, elle n'était pas quaker et elle ne parlait pas un mot de portugais : cette simple idée rendrait sa mère complètement dingue (en cela, Oke n'était ni le premier ni le dernier à sous-estimer l'ouverture d'esprit d'une mère).

Et puis il n'avait rien à lui offrir : il était toujours étudiant, même s'il donnait quelques cours à côté. Ses précédentes relations avaient souvent été passionnelles (grand et beau, d'une nature douce, il était très attirant pour un certain type de femmes lassées des aventures sans lendemain), mais elles avaient toutes été éphémères, superficielles, puisqu'il les envisageait rarement à long terme – pour un universitaire, le long terme (un poste de titulaire) peut paraître totalement inaccessible.

Mais Carmen était différente. Il ne savait pas trop comment le lui dire, mais elle méritait... La façon dont ses sentiments évoluaient le dépassait un peu. Il ne s'était pas du tout attendu à craquer pour une fille comme elle – aussi bien en matière de personnalité que de culture. Tout était à l'opposé de ce qu'il avait imaginé. Le moment, l'endroit : rien ne collait.

Mais il savait une chose : il devait la traiter avec le plus grand respect, comme une reine. Elle voudrait attendre, il en était certain. Il lui prouverait qu'il la respectait ; il lui montrerait que c'était sérieux, une relation qu'ils construisaient ensemble, pierre après pierre, jour après jour. Il lui montrerait à quel point il tenait à elle.

**

— Il trouve que je suis une grosse vache repoussante ! lança Carmen avec un soupir.

Idra l'écoutait patiemment.

Maintenant que les grands déjeuners de Noël étaient passés au restaurant qu'elle gérait, elle avait plus de temps pour elle, même si elle envisageait de dire le contraire à sa copine si elle n'arrêtait pas de râler contre son sublime petit ami. Mais Carmen se montrait toujours bienveillante quand elle lui racontait ses propres déboires amoureux – principalement avec des avocats qui fréquentaient son établissement dans le but de la draguer, grossissaient à vue d'œil à force de manger les bons petits plats qu'elle servait, puis disparaissaient pour rejoindre un club de cyclisme ou faire de la nage en eau froide. N'empêche, ça l'agaçait que Carmen se plaigne d'Oke : ce garçon était un vrai canon, grand, et intelligent en prime. Elle aurait tout aussi bien pu se plaindre d'avoir des cils trop longs ou des seins trop fermes.

— Ouais, c'est pour ça qu'il n'est pas rentré au Brésil... parce qu'il te trouve trop repoussante, répliqua-t-elle.

— Mais alors je ne comprends pas. Je veux juste lui grimper dessus, comme on grimpe à un arbre. C'est trop demander ? J'ai l'impression d'avoir un cadeau de Noël que je n'ai pas le droit de déballer.

— Tu ne m'as pas dit qu'il était religieux ?

— Il est *né* dans une religion, nuance. Comme moi. Et comme toi. C'est pas la même chose.

— Toutes les religions ne se ressemblent pas, répondit Idra avec un haussement d'épaules.

— Non, je veux dire qu'il n'est pas pratiquant. Enfin, il ne fréquente pas la salle de réunion des quakers.

Elle réfléchit.

— O.K., peut-être qu'il y va de temps en temps... pour donner un coup de main au programme d'aide aux sans-abri.

Idra leva les yeux au ciel.

— C'est vraiment une ordure.

— Mais il n'est pas *super* religieux.

— Est-ce qu'il ment ?

— Non, répondit tristement Carmen.

— Et qu'est-ce qu'il dit alors, quand tu lui demandes pourquoi il n'a pas envie de te culbuter ?

— Me *culbuter* ? On est en 1996, ou quoi ?

Idra leva à nouveau les yeux au ciel.

— Ouais, la sémantique, c'est bien le problème ici.

— Eh ben, je ne lui ai pas demandé.

— Pourquoi ?

— Parce qu'il n'a pas le droit de mentir ! Il est quaker ! expliqua Carmen, pendant qu'elles se frayaient un chemin dans la neige fondue. Et s'il me disait « Tu es trop grosse ! », ou « Tu ne m'intéresses pas tant que ça ! », « J'ai une déviance sexuelle pour laquelle il faut que je te prépare ! », « Ma religion a bousillé mon rapport au sexe », « Je suis issu de la génération qui regarde du porno sur Internet, et il est hors de question que j'aie des rapports intimes » ?

Les deux copines échangèrent un regard horrifié.

— Est-ce que tu crois que...

— N'en dis pas plus, la coupa Carmen.

— Mais, je veux dire... et s'il était vierge ?

Carmen ferma les yeux.

— Eh bien, je lui dirais que moi aussi : il ne ferait pas la différence, de toute façon.

Idra se cacha le visage dans les mains.

— Bon sang, règle ça, je t'en prie : ta frustration me rend dingue. Tu ne peux pas soudoyer son coloc ?

— J'en doute. À moins que tu aies un boa constricteur à me prêter.

Mais la situation n'évolua pas. Ils faisaient de longues promenades, se tenaient la main, s'embrassaient, mais rien de plus, alors qu'ils pouvaient parler de tout. Carmen avait l'impression d'être une lady de l'ère édouardienne, arpentant les rues d'autrefois et surveillant les alentours, comme si elle essayait d'échapper à un chaperon.

De son côté, Oke savourait sa chance : apprendre à connaître quelqu'un, pour une fois, ne pas avoir constamment en tête qu'il allait repartir, que ça n'était pas convenable, ne pas se précipiter sous la couette. C'était nouveau pour lui et il voulait prendre son temps, laisser cette relation se développer, sachant, au plus profond de lui, combien elle était importante. Il ne voulait commettre aucune erreur.

Un jour, alors que la ville décrochait les décorations et les illuminations de Noël (moment toujours démoralisant, puisqu'on se rendait compte que le printemps n'arriverait pas avant longtemps, avec Burns Night[1] pour seule perspective réjouissante), ils longèrent la scène qui avait été érigée devant la National Gallery, sur *The Mound*. Un mois durant, elle avait accueilli de merveilleuses chorales, de jeunes chanteurs qui interprétaient « *Gaudete* » ou des associations locales qui jouaient « *I Believe in Santa Claus* » en version jazzy, en tapant dans leurs mains.

À présent, les spectacles de Noël étaient terminés et les gens avaient déserté les rues, se réfugiant à l'intérieur pour contrer l'obscurité de cette période de l'année. Carmen en fut attristée, mais un groupe de jeunes gens armés de tambours et de guitares montèrent alors sur scène, promenant leur regard sur la place vide.

— Hé ! s'exclama Oke.

— Quoi ? fit-elle.

— Ils sont brésiliens. *Ça saute aux yeux*, dit-il en secouant la tête, sourire aux lèvres, en voyant son air surpris.

Il alla à leur rencontre pour échanger quelques mots avec eux.

— Ooh ! Qu'est-ce qu'ils vont jouer ?

La réponse était elle aussi évidente. Comme pour chasser le souvenir des chants de Noël emportés par le vent, éloigner la déprime saisonnière et affronter la fin de cet hiver interminable, l'un d'eux se mit à battre son tambour à un rythme cadencé, puis quelques joueurs de cuivres portèrent leur instrument à leurs lèvres et entonnèrent une samba très entraînante. Oke les regardait, ravi, tapant du pied, et Carmen l'observait, se réjouissant de le voir heureux.

— Je ne pensais pas que les quakers avaient le droit de danser, murmura-t-elle.

---

1. Ou Souper de Burns, grande fête en l'honneur du poète Robert Burns, célébrée le 25 janvier par les Écossais.

— Ben, je suis quaker, mais je suis avant tout brésilien, non ?

Puis cet homme si peu démonstratif l'attira vers lui, plaça une main dans son dos et, soudain, ses longs membres s'assouplirent, ses hanches se mirent à remuer, et il la fit tournoyer à toute vitesse, comme si ça ne lui demandait aucun effort.

— Oh ! s'exclama-t-elle agréablement surprise.

Elle ne savait pas danser la samba, mais elle le laissa étreindre sa taille et la serrer tout contre lui. Elle le sentit bouger, électrisée. Les rares personnes sorties promener leur chien les regardaient, elle s'en rendait bien compte, mais elle s'en moquait. Ils étaient joyeux, exubérants, et elle aurait pu danser avec lui pour toujours sur ces pavés gris et mouillés.

Quand ils s'arrêtèrent, le visage rouge, à bout de souffle, elle éclata de rire, refusant de se séparer de lui, certaine, à présent, que ça allait arriver, bien sûr. Personne ne pouvait vous faire virevolter avec une telle assurance, une telle force, personne ne pouvait tenir quelqu'un aussi près et ne pas succomber : c'était inévitable. Elle lui fit un grand sourire, attendant qu'il l'embrasse, et il la serra fort dans ses bras, déposa un baiser sur son front... puis alla parler politique avec les musiciens. Elle était furieuse, et il ne lui demanda même pas pourquoi.

**

Février

En février, la société de production prit contact avec Carmen et, pour son plus grand plaisir, lui envoya Genevieve Burr, afin qu'elle acquière une « expérience professionnelle » à la librairie et soit crédible dans son rôle de vendeuse.

— Je pense que ça doit être très triste d'être une star de cinéma, déclara avec force Pippa, onze ans, au petit déjeuner.

Carmen pouffa.

— C'est sans doute plus facile que travailler dans un magasin. Magasin dont le montant des recettes s'est élevé à quarante et une livres et trente-neuf pence hier. Brut.

— C'est de la chosification, lança la fillette avec une moue.

— C'est quoi, la chosifachion ? demanda Phoebe.

— Ça veut dire que les gens te voient comme un objet, expliqua sa sœur.

— Oh. Est-ce que je peux être un canapé ?

— Ha ha ! Pas comme ça !

— C'est une très bonne idée, se hâta d'intervenir Carmen. J'adorerais être un canapé doux et moelleux.

Et qu'Oke s'allonge sur moi, songea-t-elle sans le dire. Ça devenait ridicule. Elle rêvait de lui la nuit. Mais il ne se passait rien la journée.

Sofia et Federico échangèrent un regard.

— C'est génial que le film se fasse ! commenta Sofia avec tact. Ces gens vont te payer !

En réalité, les époux avaient eu plusieurs conversations au sujet de Carmen et de son séjour chez eux : elle était venue pour travailler à la librairie pendant les fêtes, mais deux mois plus tard, elle était toujours là.

— Ça ne me dérangerait pas, avait expliqué Federico. Mais elle mange toutes les chips. Et elle va sûrement rester jusqu'à la fin de nos jours.

— Je sais, je sais, mais elle est super avec les enfants, avait protesté Sofia.

— Quand elle ne mange pas toutes les chips. En laissant des miettes partout.

— Chut !

— Et ça aussi ! Pourquoi je devrais me taire sous mon propre toit ? Où vivent sept personnes. Huit, quand tu reprendras le travail et qu'on aura besoin d'une nounou.

— Je sais, je sais, avait-elle répondu en hochant la tête.

— Est-ce que tu veux que je lui parle ? avait demandé Federico, qui s'était toujours bien entendu avec sa belle-sœur au caractère explosif.

— Non. Je m'en charge. Si ça vient de toi, elle croira que c'est une blague.

— C'est pas une blague, avait-il marmonné entre ses dents. J'estime simplement qu'un homme devrait pouvoir manger quelques chips chez lui, c'est tout.

**

— Je veux apporter de *l'authenticité* au rôle, expliqua Genevieve à Carmen avec enthousiasme.

La jeune femme lui aurait bien suggéré de se salir inutilement en tentant d'épousseter les étagères de la réserve, puis d'écouter quinze personnes lui asséner qu'elles pourraient se procurer plus vite leurs livres sur Internet et, enfin, d'indiquer le chemin du château (qui était littéralement juste au-dessus de leur tête) à neuf autres – tout ça pour encaisser 4,59 livres dans la matinée.

Elle répondit d'un sourire crispé. Mais c'était plus fort qu'elle : Genevieve était époustouflante. Sa peau semblait retouchée, elle avait une chevelure soyeuse, le blanc de ses yeux et de ses dents était brillant, éclatant. Elle était si belle que c'en était risible, ridicule, comme si elles n'appartenaient pas à la même espèce. Observer la réaction des gens qui entraient était hilarant. Bob passa pour se plaindre de la concurrence étrangère et de ses seaux bon marché : les yeux fixés sur ses chaussures, il commença sa litanie, avant de relever la tête, de se rendre compte que la brune derrière le comptoir n'était pas Carmen et de se mettre à bégayer, manquant tomber à la renverse. La plupart des hommes qui entrèrent ce matin-là ne valurent pas mieux. Ils déglutissaient, butaient contre les rayonnages, refusaient de poser des questions, à peine capables de répondre au « Bonjour, bonjour ! » enjoué de Genevieve, si ce n'était en souriant mollement et en rougissant comme des collégiens. Plusieurs parvinrent néanmoins à se ressaisir et à acheter quelque chose – Carmen connaissait nombre d'entre eux, qui avaient l'habitude de rôder dans la boutique et de parcourir les étagères, mais de repartir les mains vides.

— Je suis ravie que vous vous soyez enfin décidé, lança-t-elle à Jimmy Fish, qui n'achetait jamais rien, quand il tendit un minuscule livre sur les vers de terre, pas cher du tout, avant de se mettre à compter lentement sa petite monnaie.

— C'est elle qui me sert, grogna-t-il sans lui prêter attention, pour se noyer dans les immenses yeux noirs de Genevieve, agrandis par des faux cils qui lui touchaient les sourcils.

— C'est mignon, dit cette dernière avec un sourire en lui rendant, mal, sa monnaie.

— Le compte n'est pas bon ! s'offusqua Carmen.

— M'en fiche, répliqua Jimmy. Vous êtes une vendeuse formidable.

— Oh, merci ! répondit l'actrice avec sincérité, en ouvrant grand ses yeux.

— Mais c'est pas vrai ! hurla presque Carmen, quand un cinquième client entra, éberlué, et demanda à Genevieve un livre rangé sur la plus haute étagère.

— Genevieve, ne l'écoutez pas ! Il veut juste vous regarder monter à l'échelle !

— Pas du tout ! protesta l'ancien capitaine de l'armée qui restait planté là, se délectant à contempler cette splendeur.

— Alors, quel livre cherchez-vous, exactement ? l'interrogea Carmen en croisant les bras.

— Euh... celui-là, répondit-il avec insouciance en montrant l'ouvrage le plus haut qu'il voyait.

— Parfait ! s'exclama-t-elle quand Genevieve le descendit (en le tenant par la jaquette, ce qui lui fit grincer des dents).

C'était un herbier de l'époque victorienne, un magnifique journal qui documentait l'évolution d'un jardin sur une année, avec des illustrations en couleurs. En parfait état (si Carmen empêchait Genevieve de déchirer la jaquette), il coûtait une jolie somme.

— Encaisse-le, Genevieve !

— Hum, hum... Euh, en fait, je ne suis pas sûr de le prendre, se ravisa le capitaine en voyant son prix.

— Oh non. Vous ne gâcheriez pas le premier jour de Genevieve, quand même ?

L'intéressée eut la gentillesse d'ouvrir encore plus grand ses immenses yeux bruns qui formèrent deux grands ronds noirs, puis dévisagea le capitaine, l'air toute triste.

— Je le trouve... si beau, regretta-t-elle de sa voix douce et mielleuse.

Le capitaine la regarda.

— Oui, c'est vrai, approuva-t-il tout bas.

Et il tendit sa carte bleue que Genevieve fixa, perplexe, jusqu'à ce que Carmen passe derrière le comptoir et l'insère furtivement dans le lecteur.

Vers 11 heures, Bronagh vint faire un tour.

— Ce bâtiment est auréolé d'une étrange aura glamour, aujourd'hui, observa-t-elle.

— Je sais ! répondit Carmen, mi-figue, mi-raisin. On se fait une petite fortune.

— Travailler dans une librairie, c'est vraiment sympa, non ? lança Genevieve, comme un autre homme venait d'acheter un livre au hasard, sans même y jeter un coup d'œil.

Cette journée s'annonçait comme leur meilleure depuis Noël.

Bronagh examina l'actrice de près.

— La grâce des fées vous a touchée, commenta-t-elle avec sa bizarrerie habituelle.

— Elle veut dire que vous êtes maquillée, expliqua gentiment Carmen.

Genevieve se toucha le visage.

— Oh, c'est juste un peu de filler dermique ! Et un Vampire Facial, du botox, des fils tenseurs, un resurfacing au laser, des transfusions, des facettes dentaires et un lifting du front. Rien d'invasif, donc. Tout est plus ou moins naturel.

Bronagh hocha la tête, l'air de lui donner entièrement raison.

**

— Tu ne voudrais pas de cette vie, dit Idra. Pense à la douleur et au coût ! Tout ça pour te faire draguer toute la sainte journée par des types de soixante-dix balais.

— Je *sais*, répondit Carmen en comptant le fond de caisse. Merci, madame la féministe. La féministe ultra sexy.

— N'est-ce pas ?

— Je dis juste que c'était la pire vendeuse de tous les temps. Elle a demandé à quelqu'un d'épeler « Dickens ».

Pire, le gars bavait tellement devant elle qu'il l'a épelé avec un x. On y a passé une demi-heure.

— Mmh.

— Mais je lui ai suggéré de lui vendre toute la série. Donc ça s'est plutôt bien fini. Bronagh a raison : la beauté ensorcelle.

— Mais elle s'est donné beaucoup de peine, elle a souffert le martyre pour être belle, remarqua Idra. Comme la Petite Sirène.

— Si elle travaillait ici, tous nos problèmes seraient réglés. C'est ça qui me rend dingue.

— Tu ne peux pas l'embaucher ? Je croyais que les acteurs étaient toujours fauchés et au chômage.

— Pas elle, répondit tristement Carmen en fermant la caisse. Et puis elle n'est restée qu'un jour, au cas où quelqu'un la mettrait sur Instagram.

— J'aurais jamais fait une chose pareille. Même pas en cachette. Quoi ?

— Oh *non* !

Et, sans surprise, les hommes déçus qui passèrent la porte les jours suivants repartirent sans acheter un seul bouquin.

∗∗

Malgré tout, la visite de Genevieve incita Carmen à faire des efforts et à se maquiller un peu plus. C'était peut-être le problème. Il fallait peut-être qu'elle « prenne plus soin d'elle », comme disait sa mère.

La semaine suivante, un jeune homme entra et leur demanda timidement tous les livres sur les serpents qu'ils avaient en stock. Elle n'était pas certaine qu'ils en aient, mais M. McCredie écarquilla les yeux, ravi, puis disparut dans la réserve pour revenir avec une pile d'ouvrages consacrés auxdits reptiles et à leurs maladies, leur symbolisme, leur taxonomie et leurs utilisations médicinales.

— Ça alors, s'étonna Carmen en attrapant *Comment empailler votre python réticulé*. Mais d'où est-ce que ça sort ?

— De la salle serpents, répondit M. McCredie sans même prendre la peine de s'expliquer.

Les yeux du jeune homme se mirent à briller. Il travaillait au zoo, s'avéra-t-il. Quand M. McCredie sortit chercher une deuxième pile de livres, Carmen lui demanda s'il serait intéressé par une grosse ristourne, en échange d'une visite privée de l'établissement pour son ami Spoons. Il était très intéressé.

Le tour était joué.

**

Un après-midi glacial, plus nerveuse que jamais, Carmen envoya Spoons au zoo. Puis, quand elle fut certaine qu'il était bien parti, elle vaporisa du parfum dans l'air et enfila en quatrième vitesse un body qu'elle avait choisi avec beaucoup de soin. Noir, satiné, mais pas trop sexy et sans lanières effrayantes. Et pas de string : elle n'était pas folle. Elle s'était rasé les jambes, verni les ongles, lavé les cheveux et maquillée. Elle n'avait pas dit à Sofia ce qu'elle comptait faire ; de toute façon, Sofia était occupée avec son bébé, ça lui serait sans doute égal qu'elle rentre ou non.

Puis elle s'efforça de prendre une pose sexy sur le lit, qui sentait tant l'odeur exquise d'Oke qu'elle eut envie d'enfouir son nez dans l'oreiller. Son cœur battait la chamade, elle était terriblement nerveuse. N'empêche. Il fallait agir. Elle sortit la rose qu'elle avait achetée et la mit entre ses dents, puis elle l'enleva, parce que c'était douloureux. Et ridicule. Chaque fois qu'elle entendait des pas dans l'escalier, elle se raidissait. Elle guettait aussi les éventuels bruits de reptation dans la chambre. Réussir à se sentir sexy en ayant sous les yeux une immense photo de cobra prêt à attaquer n'était pas franchement évident.

Au bout d'un moment, à l'heure où le dernier cours d'Oke devait prendre fin, elle entendit un bruit de pas familier dans l'escalier. Oh là là. C'était lui ! Elle changea de position : allongée sur le lit, elle se redressa, puis elle étendit les jambes, puis elle les mit sur le côté. Elle vérifia qu'elle n'avait pas de mascara sous les yeux. Quand la clé entra dans la serrure, elle s'assit en tailleur, avant de réaliser que c'était ridicule et de replier ses genoux sous elle.

— Salut, Spoons ! lança la voix douce et familière, avec cette pointe d'accent brésilien.

— Tada ! fit Carmen en se redressant d'un coup.

Oke s'immobilisa, surpris.

— Qu'est-ce que tu as fait de Spoons ?

— Quelque chose l'a peut-être mangé ? plaisanta-t-elle d'une voix tremblante. C'est bon, il va falloir des heures pour le digérer.

Elle leva le menton.

— Et puis, je me suis dit que… qu'on pourrait passer un petit moment tous les deux.

Son beau visage se troubla, et il s'approcha lentement d'elle. Elle lui tendit sa rose.

— Joyeuse Saint-Valentin ? hasarda-t-elle.

Elle savait qu'il ne célébrait aucune fête, mais il fallait bien dire quelque chose.

— Je ne…

Il paraissait perplexe. Il s'assit à côté d'elle, passa un bras autour de ses épaules et l'embrassa… sur la joue.

— Tu n'as pas froid ?

— Non... si, répondit-elle, prise de panique.

Elle se tourna vers lui, dans l'espoir que cette bise se transforme en vrai baiser, mais il l'embrassa tendrement, puis s'écarta.

— Carmen...

Elle l'observa. Il avait un regard doux, mais empli de pitié.

Profondément humiliée, elle chercha la couette à tâtons pour s'emmitoufler dedans.

— Oui, tu dois avoir froid.

— C'est quoi ton *problème* ? s'étrangla-t-elle. Qu'est-ce... ? Pourquoi tu ne... ? Je veux dire, à quoi on joue ? Tu ne veux pas coucher avec moi ?

Oke parut de nouveau perplexe.

— Ici ? Avec toi ?

Ici, dans mon horrible chambre d'étudiant ? Avec une fille aussi merveilleuse que toi ? Voilà ce que voulait dire Oke.

Carmen ne le prit pas comme ça, malheureusement. Pas du tout.

— *N'importe où !* éclata-t-elle, des larmes de colère lui montant aux yeux. Je t'ai donné *plein* d'occasions, mais tu refuses de t'approcher de moi ! Rien !

Elle regarda le body en polyester ridicule qu'elle avait trouvé si mignon.

— Bon sang... Je veux dire, si je ne te plais pas, dis-le. Si tu es homo ou asexué, pas de problème. Ou si... je ne sais pas, moi. Si tu veux quelqu'un d'autre. Je ne connais pas tes raisons débiles, mais je ne peux pas continuer comme ça. C'est *trop* bizarre.

Oke fut pris de court. Cependant, malgré le choc, il prit conscience d'une chose, une chose qui avait mûri en lui ; une chose qu'il savait déjà.

Il ne voulait qu'elle. Plus que tout. En réalité – et ça le terrifiait –, il était amoureux d'elle, de cette petite personne en colère dans son lit, mais il ne savait pas comment le lui dire, ni même quoi faire de ses sentiments.

Toute sa vie, il avait agi avec prudence, avec calme. On lui avait appris à ne pas se laisser déborder par ses affects. C'était un de ses principes ; une conviction profonde. Vivre sereinement, pleinement, dans l'instant présent. Éviter les grandes démonstrations d'émotions.

Et cette fille était arrivée. Ça lui avait fait l'effet d'une bombe. Dans sa vie, rien ne l'avait préparé à éprouver de tels sentiments. En la voyant assise là, le visage rouge, haletante, terriblement sexy, la force de son amour fut soudain trop difficile à supporter.

Une autre chose le frappa : elle était furieuse contre lui.

— Carmen, je... Bien sûr que je te trouve super attirante.

La jeune femme fit la moue. Il se rapprocha. Il s'agissait peut-être d'un simple choc des cultures qu'il pourrait facilement régler...

Il pesa ses mots.

— Mais je crois... on aurait sans doute dû en discuter. Je crois...

Il prit ses mains froides dans les siennes. Elle refusait de croiser son regard.

— Je croyais que tu aimais nos promenades et qu'on apprenne à se connaître...

— C'est le cas, marmonna-t-elle, les joues écarlates.

— Carmen, pour moi, le sexe... pour moi, le sexe est une chose miraculeuse. Une chose magnifique.

— Qui vient de Dieu ? lança-t-elle d'un ton lourd de sarcasme.

— S'il y a un Dieu, je le crois, oui, répondit-il avec sérieux, s'efforçant de lui faire comprendre la force de ses sentiments. Mais, même s'il n'y en a pas, je considère que c'est un acte sacré entre deux personnes. Un acte qui dépasse les simples corps ; qu'on crée à deux, un acte important. Qu'il ne faut ni précipiter ni prendre à la légère. Je pense que c'est sacré, oui.

Carmen se sentit encore plus mal. Elle le dévisagea, pantelante, blessée, et il la fixa lui aussi, décontenancé, terrifié.

— Et moi, je suis quoi alors ? Une traînée ? Une fille désespérée ? lança-t-elle d'une voix étranglée.

— Bien sûr que non !

— Qui se jette dans ton lit, poursuivit-elle, amère.

Il tenta de sourire.

— Ben, on finira peut-être par en rire, un jour ?

C'était précisément la chose à ne pas dire, comprit-il aussitôt.

— Ah ouais, c'est vraiment hyper marrant, répliqua-t-elle en se levant d'un bond. Ma copine désespérée m'a supplié de lui faire l'amour, et j'ai refusé !

Elle commença à se rhabiller en vitesse. Au moment d'enfiler ses collants, elle eut du mal à conserver sa dignité et faillit jeter l'éponge.

— Carmen ! s'écria Oke, épouvanté par cette situation périlleuse.

Mais elle était trop en colère pour l'écouter.

— Les hommes font ça, tu sais ? « Oh, ça n'a rien à voir avec toi : c'est moi. Oh, je veux juste te respecter. » Alors que ce qu'ils veulent dire, en réalité, c'est « Je ne me ferme aucune porte », ou « J'attends de voir si je trouve mieux ailleurs. »

— C'est pas ça ! rétorqua Oke, blessé. C'est pas ça du tout.

Elle poursuivit d'un trait.

— *Si*, tous les hommes font ça. Franchement, si je ne t'intéresse pas en lingerie sexy, avec une foutue *rose* dans la bouche, c'est que je ne t'intéresse pas du tout.

— C'est pas vrai, protesta-t-il mollement.

— Eh ben, t'as qu'à y réfléchir en *priant.*

Après cette dernière pique, elle sortit d'un pas décidé, faisant claquer la porte derrière elle, et un bruit sourd de tuyauterie s'éleva des profondeurs du bâtiment.

**

Existe-t-il pire regret que savoir qu'on a commis une grave erreur et ignorer comment la réparer, ne pas voir d'issue ?

Alors même qu'on continue de foncer droit dans le mur, qu'on sait qu'on ne fait qu'aggraver la situation, toujours plus, et que tout est notre faute – qu'on est l'unique responsable, et personne d'autre. Parce que c'était ce que Carmen ressentait.

Et, oh, c'était ce qu'Oke ressentait, lui aussi, et vous ne serez pas surpris d'apprendre que Spoons ne lui était pas d'une grande aide – au-delà de lui recommander d'offrir une couleuvre à collier à Carmen pour se faire pardonner, ce qu'Oke, qui n'avait jamais offert de cadeau de sa vie, envisagea un instant.

À la place, il l'appela, espérant trouver l'inspiration. Si seulement il pouvait lui dire ce qu'il ressentait pour elle. Si seulement elle voulait bien l'écouter.

Hélas, Carmen, profondément humiliée, ignora ses appels et le tint à l'écart, ce qui le dérouta : il tenait cette fille en haute estime et s'efforçait d'être correct avec elle.

Carmen avait prévu de l'ignorer pendant cinq jours, le temps de surmonter son embarras.

Au bout de trois, le cœur lourd, Oke, qui était un parfait gentleman, se fit une raison : il l'importunait et cessa donc de l'appeler. Il avait essayé et avait échoué ; jamais il ne harcèlerait une femme qui ne voulait pas de ses avances.

Carmen y vit la preuve irréfutable qu'elle avait raison depuis le début.

Et, le 1er mars, Oke reçut l'invitation.

**

Mars

— Enfin ! s'exclama Carmen.

Elle était à la librairie, espérant en vain quelque signe de l'arrivée du printemps. Mme O'Reagan était encore là : cette cliente charmante leur achetait beaucoup de livres et avait donc le droit de venir bavarder longuement avec eux. Elle s'interrogeait sur le seul roman de Dickens qu'il lui restait à lire. C'était agaçant, car Carmen le savait (c'était *L'Ami commun*), mais Mme O'Reagan refusait de la croire : elle insistait, disait qu'elle l'avait déjà lu et que c'était celui qui parlait du chef de gare harcelé par un spectre. Carmen finit donc par lui vendre à nouveau *Le Signaleur*, dans une magnifique édition, très rare, qui comprenait cette seule nouvelle. Elle culpabilisait un peu, mais pas trop, car c'était un beau livre et une histoire formidable. Elle raconta cette anecdote à M. McCredie, mais le vieux monsieur semblait avoir la tête ailleurs. Ce qui n'était pas inhabituel, pour être honnête.

Puis le numéro d'Oke s'afficha sur son téléphone. Elle était si contente qu'elle en oublia presque qu'elle était censée être vexée et blessée – ce qui était le cas. Mais aussi magnanime et prête à lui pardonner, bien sûr. Il lui manquait terriblement.

— Bonjour, dit-elle le plus sèchement possible.
— Est-ce que je tombe mal ?
— C'est un mardi matin dans une librairie indépendante.
— Hein ?
— Non, ça va, expliqua-t-elle, avant de se radoucir. Salut, Oke.
— Salut, répondit-il avec hésitation.

En entendant sa voix, il réalisa combien elle lui avait manqué. Mais elle avait été claire sur ses sentiments, et il les respecterait toujours. Malgré tout, il lui devait bien ça.

— Alors, reprit-il d'un ton gêné.
— Je suis habillée ! dit-elle aussitôt.

C'était censé être une blague, mais ce fut juste gênant. Un client tourna vite la tête, juste pour vérifier, au cas où elle aurait l'habitude d'être nue en dessous de la ceinture.

— Euh, c'est bien, répondit Oke de sa voix lente. Donc, je pensais qu'il fallait que je te le dise. J'ai décroché une bourse pour participer à une expédition.

Carmen sentit son cœur se serrer. Elle s'était réjouie à l'avance, espérant qu'il allait lui suggérer d'aller au cinéma par exemple, qu'ils allaient calmer le jeu, tout oublier et...

— Où ça ? demanda-t-elle d'une voix étranglée.
— On va observer le *Coccoloba gigantifolia*, poursuivit-il, s'efforçant de cacher son enthousiasme, mais ce n'était pas rien.

Le moral dans les chaussettes, Carmen comprit aussitôt de quoi il parlait.

— C'est... enfin, c'est un arbre très rare. Je vais faire partie d'une expédition pour réaliser des tests sur place. C'est extraordinaire. Ses feuilles mesurent 2,5 mètres de long !
— Où tu vas ?
— Dans la forêt amazonienne. Au Brésil.
— Tu pars combien de temps ?
— Six mois.

**

— Est-ce que tu vas filer à l'aéroport pour le retenir ? demanda Sofia en voyant la tête de Carmen, décidant, comme elle le faisait tous les jours depuis deux semaines, que ce n'était pas le moment de lui parler de son projet « Nouvelle année, nouveau départ, on récupère notre chambre d'ami ».

Son congé maternité ne se terminait pas avant longtemps. Elle trouverait l'occasion d'évoquer le sujet. Même si elle ne faisait jamais rien à la dernière minute, normalement. Ça ne lui ressemblait pas et ça ne lui plaisait pas du tout.

Mais, pire, elle s'inquiétait vraiment pour sa sœur. Elle l'avait connue de mauvaise humeur, taciturne, un peu boudeuse. Elle était comme ça. Mais elle ne l'avait jamais vue au trente-sixième dessous : elle donnait l'impression de s'être fait écraser par un rouleau compresseur. Allongée sur le canapé, elle avait la peau si pâle que ses cheveux bruns semblaient teints en noir.

Carmen secoua la tête.

Elle avait crié. Peut-être même hurlé. Elle lui avait dit qu'il n'était pas un homme. Elle avait critiqué sa religion. L'avait traité de lâche qui prenait la fuite. Ç'avait été horrible. Vraiment horrible. Il était resté muet, l'avait poliment écoutée vociférer. Puis il lui avait dit au revoir et avait raccroché. Depuis, chaque fois qu'elle posait les yeux sur un téléphone, elle avait envie de s'arracher la tête pour mettre fin à son calvaire.

Bien sûr, elle ne pouvait pas raconter ça à Sofia. Elle ne pouvait pas lui dire qu'elle s'était comportée comme une folle furieuse. Elle s'efforçait de faire croire qu'ils s'étaient séparés d'un commun accord. Même si, en son for intérieur, elle savait qu'elle n'entendrait plus jamais parler de lui et que c'était le pire sentiment qu'elle ait jamais éprouvé.

— Non. Non. Enfin, il a vraiment envie d'y aller. Il était ravi. C'est très prestigieux, les places sont chères. Et il verra sa famille. Je veux dire, même si on était encore ensemble, ce serait difficile pour lui de refuser. C'est... c'est génial.

— Tu ne pourrais pas l'accompagner ? demanda Sofia en désespoir de cause.

— Bien sûr, une libraire britannique serait d'une grande utilité pour une expédition scientifique hyper prestigieuse dans la forêt amazonienne. Et dormir sous une tente humide pendant six mois pour regarder des gens observer des arbres et me faire dévorer par un alligator, c'est exactement ce que j'avais espéré pour cette année. Et puis... on a rompu. Pour de bon. Même si ce n'était pas le cas avant... ça l'est maintenant.

Elle éclata en sanglots, tentant désespérément de ravaler ses larmes, au plus mal, pile au moment où Federico rentra à la maison avec les enfants, qui revenaient d'un goûter d'anniversaire. Surexcités, ils passèrent la porte en hurlant et en faisant des glissades, mais ils durent être briefés le temps d'accrocher leur manteau, réalisa Carmen, car ils se turent en la voyant.

Phoebe finit par s'approcher. Elle vint s'asseoir à côté d'elle sur le canapé.

— Je suis désolée pour Oke. Mais j'ai eu un sac à surprises plein de bonbons au goûter d'anniversaire.

Carmen battit des paupières, puis se frotta vivement les yeux.

— Désolé, j'ai mangé tous les miens avant de partir, admit Jack, les joues pleines. Mais tu peux avoir le yo-yo, si tu veux. Il est cassé.

— Il n'est pas cassé, Jack. Tu n'as pas la patience d'apprendre à en faire, c'est tout, lui dit son père.

— Je fais super bien du yo-yo, répliqua sereinement le garçonnet. Je suis hyper doué. Mais *celui-là* est cassé.

Phoebe fouilla dans son sac, un peu ennuyée. Son offre était plus un geste de bonne volonté qu'une proposition sincère.

— Je peux prendre les bonbons à la violette, suggéra Carmen. Ou même les réglisses.

— Il n'y a que de très bons Haribo, murmura la petite.

— Vraiment ? s'étonna Sofia. Je me serais attendue à mieux de la part des Hill. Enfin.

— Oh, bon sang, les bonbons, c'est pour les bébés, lança Pippa en les rejoignant, tendant son propre sac. Mais il n'est jamais trop tôt pour commencer à prendre soin de sa peau, tu sais ? Et le sucre, c'est *très* mauvais pour la peau.

**

Octobre

Six mois plus tard, penser à Oke ne donnait plus envie à Carmen de se rouler en boule et de hurler de douleur. Pourtant, quand elle ne travaillait pas, elle passait toujours beaucoup de temps avachie sur le canapé, à farfouiller dans des sacs à surprises. Les enfants en ramenaient souvent. Pippa avait raison : le sucre était mauvais pour la peau.

Après avoir fait des allées et venues, l'équipe de tournage venait de partir pour de bon, et ça l'attristait un peu – elle avait espéré que Genevieve Burr deviendrait sa nouvelle meilleure amie, mais ça n'arriverait pas. Leur présence et le festival international d'Édimbourg avaient plus ou moins maintenu la boutique à flot pendant l'été, mais maintenant, avec l'arrivée de l'automne, leurs recettes baissaient de jour en jour. Tout augmentait, pour tout le monde : le coût de la vie, le chauffage, le loyer… Carmen ne pouvait même pas envisager de payer un loyer. Elle avait espéré pouvoir déménager, mais la possibilité qu'elle trouve un logement ne semblait pas près de se concrétiser. Mais ça ne dérangeait pas Sofia, si ? Les remarques de sa sœur insinuant qu'il devait lui tarder de ne plus voir les petites fesses dodues d'Eric ramper dans la cuisine (l'une des seules choses qui lui redonnait le sourire) n'étaient rien de plus que des remarques en l'air, hein ?

Quoi qu'il en soit, elle avait assez de sujets d'inquiétude comme ça. Un jour de la semaine précédente, par exemple, la librairie avait perdu 3,99 livres, parce qu'un client leur avait rapporté un bouquin qu'il avait trouvé moins cher sur Internet. Puis elle avait découvert qu'une fille faisant partie de l'expédition d'Oke, Mary, avait un compte Instagram : cette nana n'arrêtait pas de poster de magnifiques photos de la jungle et des selfies débiles de son joli minois, sur lesquels Carmen pensait parfois apercevoir l'épaule d'Oke. Et, une fois, une photo de groupe de l'équipe entière : des jeunes gens beaux, en forme, venus du monde entier, l'air heureux, intelligents, géniaux, comme tout droit sortis d'une pub, et elle avait cru recevoir un coup de couteau en plein cœur. Alors, quand Sofia lui parlait d'entretiens d'embauche et de la fin prochaine de son congé maternité, Carmen, enfermée dans son malheur, ne l'entendait même pas.

**

— Pour se remettre d'une rupture, il faut compter un mois par année de relation, normalement. Pas un mois par semaine, asséna Idra.

Elle avait cessé de compatir, elle en avait assez. Et elle avait bien profité de la remise sur le vin accordée aux employés de son restaurant.

— Il est parti en me prenant pour une traînée.

— Tu n'es pas une traînée, la rassura Idra. Ça fait des *plombes* que tu n'as pas couché avec quelqu'un.

— C'est pire, remarqua Carmen. C'est comme si j'étais une traînée encore vierge. Comme si je cherchais constamment à mettre quelqu'un dans mon lit, mais que personne ne voulait coucher avec moi.

— Moi, je veux bien coucher avec toi, lança l'un des serveurs en passant.

— Certainement pas, le reprit Idra, qui gérait son personnel d'une main de fer, à tel point que Carmen la soupçonnait de se transformer en Mme Marsh, leur redoutable ancienne patronne.

— Tu m'as dit d'être aimable avec tout le monde et de leur servir ce qu'ils voulaient.

— Oui, mais on ne sert pas de morpions, répliqua-t-elle d'un ton menaçant.

Il haussa les épaules, avant de se diriger vers une table exclusivement féminine, armé d'un énorme moulin, pour leur demander de manière suggestive si elles désiraient un soupçon de poivre sur leur assiette, ce qui était le cas.

— Désolée, s'excusa Idra.

— Ça ne m'a pas dérangée, répondit Carmen en reluquant le beau serveur. Oh, Idra, c'est horrible. Je suis si… si seule, finit-elle en baissant la voix. Et Sofia reprend bientôt le travail, je ne pourrai même plus lui parler.

— Je suis sûre que quand elle repensera à ce congé maternité avec toi, elle se remémorera tous vos fous rires, la réconforta Idra du mieux possible.

Puis quelque chose la frappa.

— Ça ne veut pas dire qu'elle va prendre une nounou ?

— Si, répondit Carmen, mal à l'aise.

— C'est super sympa de sa part de te laisser vivre chez elle. La maison va être bien pleine.

— Oui, répondit Carmen d'un ton hésitant en leur versant un autre verre de vin.

Les choses changeaient pour tout le monde, sauf pour elle, réalisa-t-elle. La librairie restait la même, mais l'amour de sa vie était parti et elle ne retrouverait jamais un homme comme lui. Et maintenant, Sofia s'apprêtait à recruter une nouvelle nounou, et ce ne serait plus pareil à la maison. Il y avait deux chambres au sous-sol, mais une seule salle de bains. Ça serait donc un peu gênant, supposait-elle, mais rien d'insurmontable.

**

Carmen paya ses excès le lendemain matin. Elle se réveilla avec une gueule de bois carabinée. C'était samedi, et M. McCredie lui avait proposé de faire l'ouverture. Elle savait qu'elle devrait tenter quelque chose

– n'importe quoi – pour aider la librairie (elle pourrait lancer un site Internet ou organiser davantage de lectures pour les enfants), mais son chagrin d'amour l'avait vidée de toute son énergie, et la boutique était si calme en ce moment qu'il n'était absolument pas nécessaire qu'ils y soient tous les deux en même temps. Ça n'avait rien d'encourageant.

Voir Sofia en tailleur, un tas de CV étalés devant elle, évitant de croiser son regard, ne l'aida pas à retrouver le sourire, pas plus que les enfants qui venaient d'inventer une nouvelle chanson.

— Quatre enfants, c'est *bien trop*, commenta-t-elle, pas pour la première fois.

Les filles, debout en haut des escaliers, chantaient à tue-tête : « Un nounou, un nounou, nous on veut *un* nounou ! » Jack cherchait ses crampons en traînant des pieds, et le petit Eric babillait dans les bras de sa mère, tout content. Eric était le plus joyeux des bébés, mais il n'était pas discret. La nuit, il ne les empêchait pas de dormir parce qu'il pleurait, mais parce qu'il faisait toutes sortes de petits bruits bien à lui. Phoebe et Pippa étaient changeantes à son égard : elles se disputaient pour savoir qui l'aimait le plus, essayaient de lui mettre du rouge à lèvres, ou l'ignoraient royalement. Jack lui jetait des regards méfiants, sentant vaguement qu'on lui avait promis un autre garçon pour jouer avec lui, mais que ce gros bébé prenait tout son temps.

Malgré tout, il était d'accord avec ses sœurs pour cette histoire d'homme nounou : ils en avaient vu un dans une série américaine et avaient décrété que si quelqu'un devait s'occuper d'eux, un homme serait bien mieux que les jeunes filles au pair de leurs petits camarades, qui avaient toutes le mal du pays. Et puis il pourrait jouer au foot de temps à autre et aurait un peu de renforts pour regarder *Star Wars*.

Sofia avait espéré élever ses enfants dans un environnement non genré. Mais quand elle avait acheté une poupée à Jack, il s'en était servi comme chair à canon pour jouer à la guerre, et quand elle avait offert une voiture de course à Pippa, elle avait surpris sa fille en train de la border dans son lit en lui disant : « Bonne nuit, voiture. Dors bien et ne fais pas de cauchemars avec des méchants camions », alors elle avait abandonné. Elle avait abandonné nombre de ses idéaux en matière d'éducation, se disait-elle parfois. Elle s'était imaginé qu'élever des enfants comprenait beaucoup plus de temps calmes, avec des jouets en bois, de paisibles parties d'échecs et de longues lectures devant le feu. Pippa, son aînée, une fayote de première, participait volontiers à toutes ces activités, mais seulement si elle pouvait faire la police en douce, en aboyant des ordres aux autres pour les mettre au pas ou en caftant à la moindre dissension dans les rangs. Donc, aux yeux de Sofia, inverser les rôles généralement attribués aux genres n'était peut-être pas une mauvaise chose.

Jack n'avait qu'une envie : s'amuser dehors avec ses copains. Il rêvait de vivre dans un lotissement pavillonnaire, où il pourrait jouer au ballon contre les murs et courir en tous sens sur la pelouse commune. L'idée horrifiait Sofia. Elle feignait de ne pas être snob, mais elle était malgré tout très contente d'avoir quitté le logement social de la côte ouest écossaise où elle avait grandi avec Carmen et d'être propriétaire d'une maison de ville superbement restaurée dans le très chic West End d'Édimbourg.

Sa maison était mitoyenne, en pierre grise et dotée d'un perron qui menait à la porte d'entrée. Il y avait deux fenêtres à douze carreaux au rez-de-chaussée ; trois au premier étage, où la chambre parentale occupait toute la largeur du bâtiment ; et trois au second, qui accueillait les chambres des enfants. Une coupole inondait le tout de lumière.

Puis il y avait le sous-sol, les anciennes chambres de bonne, où l'on trouvait une buanderie, ainsi que deux minuscules cellules avec des barreaux aux fenêtres, dont l'une était toujours occupée par sa sœur cadette un rien horripilante, qui avait emménagé un an plus tôt pour deux mois, mais était toujours là. Ils rangeaient tout leur bazar dans l'autre chambre, pour que la partie principale de la maison reste immaculée, comme tout droit sortie d'un magazine.

— Tu n'as même pas besoin de retourner travailler, dit Carmen à Sofia, penchée sur ses CV. C'est vrai, non ? Federico gagne une fortune. Tu pourrais devenir l'une de ces Édimbourgeoises qui font du bénévolat et qui sont des sorcières en secret.

— Quoi ? demanda sa sœur, perplexe.

— Euh, rien.

Bronagh avait une théorie : les riches Édimbourgeoises, toujours impeccables, qui travaillaient tout en ayant des enfants bien élevés, étaient toutes des sorcières, parce que c'était impossible autrement.

— Je suis diplômée en droit. Si tu crois que je vais gâcher ça en…

— En quoi ? En étant *la maman de quatre enfants* ?

— Ce n'est pas ce que je voulais dire…

Sofia en était consciente : elle préparait des paniers-repas et essayait d'organiser le planning des vacances des enfants tout en parcourant des CV de nounous, pendant que Carmen, allongée sur le canapé, feuilletait le magazine *Heat* en palabrant, se demandant à voix haute si les Kardashian ressemblaient à d'étranges créatures extraterrestres ou étaient encore plus belles, vues de près. Elle en pensait quoi ? Et puis, est-ce qu'elle allait rester seule jusqu'à la fin de ses jours ? Elle avait pris du poids, non ?

— C'est juste que...

Carmen la regarda. Sa sœur était superbe : mince, élégante, avec de longs cheveux bruns brillants et souples, comme ils l'avaient toujours été. Tout était facile pour elle, se disait-elle. Une belle maison, un super boulot, quatre enfants, un gentil mari.

Sofia tint sa langue. Elle ne voulait pas dire le fond de sa pensée, ne voulait pas avouer que, si elle ne se dépêchait pas de reprendre le travail, un des gamins de vingt-cinq ans du bureau commencerait à faire des remarques comme : « Est-ce que tu peux facturer un rendez-vous de quinze minutes si tu attends un appel de ton pédiatre ? », ou : « Tu as combien d'enfants, déjà ? Tu ne trouves pas ça épuisant ? » Elle souhaitait devenir associée, mais, malheureusement, dans le cabinet très à l'ancienne qui l'employait, ça impliquait de faire semblant de ne pas avoir d'enfant. Elle n'avait même pas emmené Eric au bureau, alors que c'était le bébé le plus mignon qu'elle avait jamais vu, avec ses cheveux clairs, ses yeux sombres et ce petit gloussement sonore qu'il faisait dès qu'il voyait quelqu'un. Si elle était si mince, comme Carmen n'arrêtait pas de lui dire, de manière pas totalement flatteuse, c'était parce qu'elle était terriblement stressée de devoir tout gérer en l'absence de Federico, qui travaillait dans la finance et voyageait beaucoup.

Bref, elle devait faire passer des entretiens pour trouver une nounou et elle redoutait ce moment au plus haut point. Ça s'était mal fini avec Skylar, la dernière en date, obsédée par le yoga et les jus de légumes, mais la crise du logement avait poussé de nombreux jeunes à chercher un emploi avec hébergement, et Sofia ne supportait pas l'idée d'en décevoir certains, même s'ils ne convenaient pas du tout. Elle avait fini par sélectionner cinq candidats, tous bien trop qualifiés pour passer prendre Jack à son entraînement de foot et préparer des spaghettis à la bolognaise. Quatre femmes et un homme, d'où l'excitation des filles.

— T'en penses quoi ? demanda-t-elle.

Elle avait envoyé les CV par mail à Carmen, qui y avait jeté un œil.

— Ça m'a tout l'air d'être des tronches : « apprentissage interactionnel » par-ci, « sensibilisation à la nutrition » par-là. Pff. Tout ce qu'il te faut, c'est quelqu'un qui les empêche de traverser la rue en courant.

— Oui, c'est essentiellement ça, le rôle d'un parent, répondit Sofia, peinant à se maîtriser.

— Est-ce que le mec a mis une photo sur son CV ?

— Non. Et n'y pense même pas. Je ferais peut-être mieux d'éviter les hommes nounous, d'ailleurs.

Elle lui jeta un coup d'œil.

— Tu es sûre de ne pas avoir eu de nouvelles d'Oke ?

Carmen se mordit la lèvre, puis baissa les yeux.

— Je suis sûre que tu vas rattraper le coup. Tu étais juste un peu mal à l'aise après être passée pour une obsédée sexuelle psychopathe.

— Je ne suis pas passée pour une obsédée sexuelle psychopathe ! Je suis passée pour une obsédée sexuelle tout ce qu'il y a de plus normal.

Sofia aurait bien haussé les sourcils, mais elle avait pris rendez-vous chez son chirurgien spécialiste du Botox dès qu'elle s'était débarrassée de son soutien-gorge d'allaitement.

— Je ne suis pas certaine de vouloir te voir près d'un jeune homme en âge de se marier. Il faut que tu sortes, plutôt que rester allongée sur le sofa à prendre...

— À prendre quoi ?

— Rien, se ravisa Sofia.

Carmen se leva d'un bond, tâchant de faire preuve de bonne volonté.

— Est-ce que tu veux que je prépare le dîner ?

— Youpi ! crièrent les enfants.

— *Non* !

Elles se rappelaient toutes les deux la débâcle des nuggets de poulet dinosaures. Sofia avait une politique très stricte en matière de malbouffe à la maison. Un soir, elle était rentrée en avance, et Carmen avait oublié de mettre l'emballage carton dans le poêle à bois, comme elle le faisait d'habitude. Phoebe avait encore un demi-dinosaure dans la bouche, et Sofia avait piqué une crise. Depuis, Carmen avait très rarement été invitée à cuisiner, ce qui lui convenait parfaitement.

— Ben, prends quelqu'un qui sait cuisiner, suggéra-t-elle.

— Les nounous ne cuisinent que pour les enfants.

— Pas grave, je mangerai les restes.

— Carmen, arrête de traiter ton corps comme une poubelle !

— Je le fais exprès. Pour calmer ma libido.

— C'est quoi, la bido ? demanda Phoebe en passant la tête en haut des escaliers. Et puis, peut-être qu'un jour, on pourrait manger un dinosaure ? Un seul ?

— Non, répondit sa mère. Parce que je veux que vous deveniez beaux et forts.

Phoebe avait un visage peu avenant : elle donnait toujours l'impression de se méfier du monde extérieur, comme si elle avait déjà tout vu et que ça ne lui avait pas plu. Elle avait les mêmes sourcils que sa tante, le même air bougon. Ses cheveux étaient constamment en bataille, et elle avait de petites jambes et un bidon tout rond. Carmen la prit dans ses bras et se mit à la chatouiller.

— Pas moi ! dit-elle, comme la fillette criait de joie en se tortillant pour se libérer. Je veux que tu deviennes un *gros dinosaure énorme*.

— RRR ! rugit la petite.

— Oh non, un dinosaure !

— RRRRR !

Sofia les regarda faire les folles avec regret. Elle aurait dû être plus claire. Une nounou, ou un nounou, allait arriver et habiter sur place. Ce qui signifiait (elle aurait cru que c'était évident ou, si elle était plus honnête avec elle-même, elle avait voulu l'expliquer mais avait manqué de courage) que sa sœur bébête et exaspérante allait devoir partir. Enfin.

CHAPITRE 2

— Eh bien, je crois fermement à l'éducation holistique. Et aux dernières techniques de programmation neurolinguistique. Et aux échelles de niveaux de compétence, bien sûr, expliquait une jeune femme à l'air sérieux.

Sofia, assise dans sa belle cuisine, lui avait proposé un verre d'eau, mais pas de thé ni de café – un détail important lors d'un processus de recrutement, apparemment, pour des raisons qui échappaient à Carmen. La jeune femme s'occupait d'Eric, qui, comme toujours, faisait ses petits bruits de bébé, mélange de pets, de babillages, de gazouillis et de gloussements.

— Je crois que t'entendre pleurer serait plus reposant, lui dit Carmen en frottant son nez contre ses bonnes joues rondes.

Elle ne l'aurait jamais avoué à Sofia (elle considérait même avoir pour mission de faire éclater la bulle d'autosatisfaction dans laquelle vivait sa sœur), mais elle adorait son neveu.

Par-dessus la tête d'Eric, elle contempla le bel espace ouvert à l'arrière de la magnifique maison de Sofia. Cette extension, équipée d'une baie vitrée coulissante, donnait accès au petit jardin de ville où Jack avait un espace minuscule, ridicule, pour lancer son ballon dans un filet. Elle accueillait une cuisine de rêve, vaste, avec un immense îlot central et une table toute simple entourée de huit chaises et surmontée de trois suspensions en verre. Carmen, elle, se trouvait dans l'espace « détente » : de profonds canapés en velours. Deux portes ouvraient sur un salon télé peint dans un gris si sombre qu'il en était noir. Les murs étaient couverts d'étagères remplies de livres d'art hors de prix et soigneusement exposés. Ça rendait Carmen dingue. C'était une grande lectrice, aux goûts éclectiques, qui posait ses livres de poche n'importe où, parfois avec les coins cornés, ce qui horrifiait son patron et sa sœur. Elle aimait les livres mais, d'après elle, ils étaient faits pour être lus, pas vénérés. Quand Sofia s'absentait, elle se faufilait parfois à l'étage pour profiter de son immense baignoire à remous, puis elle faisait sécher ses bouquins, qui finissaient inévitablement trempés. Elle croyait que sa sœur ne le savait pas.

Elle était assise dans le champ de vision de Sofia ; la malheureuse candidate lui tournait le dos. Les pauvres enfants avaient été bannis à l'étage, où ils devenaient fous. Ils devaient se présenter à l'inspection à la fin de l'entretien. Ils n'arrêtaient pas de chuchoter – Pippa avait élaboré un excellent plan pour expliquer que c'étaient eux, non leur mère, qui devraient faire passer les entretiens aux nounous.

Quand cette gentille fille commença à exposer ses habitudes nutritionnelles, Carmen secoua la tête. Les cicatrices laissées par la très vertueuse Skylar étaient profondes dans la famille.

Sofia ne lui prêta pas attention. Elle voulait le meilleur pour ses enfants, comme tout le monde. Carmen se fichait peut-être qu'ils mangent des frites toute la journée, mais pas elle, et Carmen n'y connaissait rien aux enfants, alors elle n'avait pas à s'en mêler.

— Merci, Olivia. Ça m'a l'air très bien.

Sofia se leva, et la jeune fille l'imita timidement, puis partit, adressant un sourire nerveux à Carmen.

— OH LÀ LÀ.

Les enfants dévalèrent les escaliers.

— Elle n'a même pas demandé à nous voir !

— Elle ne voulait pas nous voir ? demanda Phoebe, qui n'était pas d'un naturel optimiste.

— Est-ce que tu l'as fait exprès ? s'enquit Carmen.

— Bien sûr, répondit Sofia. Si elle ne s'intéresse pas du tout aux enfants… Elle n'a même pas demandé leur prénom ! Elle n'a fait que parler d'elle, en disant qu'elle se sentait appelée à « suivre sa propre étoile » en matière de nutrition infantile, de jeu positif et de pratique centrée sur l'enfant.

— Est-ce que le « jeu positif », ça veut dire pas de jeu du tout ? Ni d'attention ? poursuivit Carmen.

— Ça veut dire que personne n'a le droit de gagner, expliqua Phoebe avec tristesse. Et si on gagne, ils nous disent : « Ça ne compte pas, Phoebe, ce n'est pas ce genre de jeu. »

— Ben, c'est plus juste, intervint Pippa. Comme ça, c'est chacun son tour.

— Pas du tout ! protesta Phoebe. Les grands jouent, et puis ils disent : « C'est du jeu positif, et tu ne peux pas jouer. »

Elle croisa ses petits bras, l'air mutin.

— Bon sang, lâcha Carmen. Et dire que je pensais que c'était nul d'avoir trente ans. Au moins, je ne suis plus une enfant.

— Non, approuva Pippa. Parce que tu as trente ans, et c'est, OH LÀ LÀ… c'est très, très, très vieux. C'est trois fois l'âge de Jack. Même quand j'aurai le double de mon âge, je n'aurai pas trente ans avant des années et des années.

— Est-ce que c'est vieux, trente ans ? demanda Phoebe.

— Oui, répondit sa sœur.

— Non ! s'écria Sofia.

— Et c'est reparti pour un tour, lança Carmen avant de se lever, Eric dans les bras, en entendant la sonnette retentir.

**

Les enfants remontèrent les escaliers en gloussant, se rappelant que le prochain candidat ne devait pas les voir pour passer le test de leur mère. Bien sûr, ils firent un boucan d'enfer. Sofia reprit son air terrifiant et impérieux. C'était amusant de la voir passer en mode avocate : elle était impeccable, naturellement, mais elle avait un je-ne-sais-quoi en plus. Carmen avait tant l'habitude de considérer sa sœur comme une personne pénible et suffisante qu'elle en oubliait parfois qu'elle avait travaillé dur toute sa vie pour en arriver là et pour avoir ce qu'elle avait. En la voyant assise avec une expression sévère, un rien distante, Carmen l'imagina au travail et fut impressionnée. En ce qui la concernait, il n'y avait aucun fossé entre sa vie personnelle et sa vie professionnelle – ce qui expliquait probablement pourquoi elle ne pouvait être embauchée que par des commerces en faillite, songea-t-elle avec un certain abattement.

Elle ouvrit la porte, Eric sur son épaule.

— Madame d'Angelo ?

Un sourire amusé fendit le visage de Carmen, comme si l'idée d'être mariée à Federico était désopilante, ce qui était effectivement le cas : il s'achetait plus de crèmes hydratantes par mois qu'elle ne s'en était acheté dans toute sa vie.

— Oh, non, non…, fit-elle en découvrant un homme à l'air rusé, avec un menton pointu, des sourcils arqués, un grand sourire et des cheveux souples d'un roux vif.

Il portait une élégante chemise bleue à carreaux et un pull en cachemire marine – un style très New Town. Mais, dans le même temps, elle remarqua aussi que d'un côté, ses manches de pull et de chemise étaient épinglées sur son épaule, se révélant vides.

Les enfants. Ce fut sa première pensée. Faites qu'ils n'en parlent pas. Faites que Sofia les tienne à l'écart.

— Je m'appelle Carmen, parvint-elle à expliquer. Je suis la tata et… une locataire.

Elle prononça ce dernier mot tout bas, au cas où Sofia l'entendrait, poufferait et commencerait à lui faire payer un loyer.

— Rudy Mulgay… J'ai un entretien avec Sofia d'Angelo.

— Oui, entrez, finit-elle par lui proposer.

Eric tendit les bras vers lui.

— Salut, toi, lança Rudy. Tu m'as tout l'air d'être un gentil bébé. Mais bon, les apparences sont parfois trompeuses avec les bébés.

Les enfants n'étaient pas visibles depuis le hall d'entrée immaculé au carrelage noir et blanc, constata Carmen avec soulagement, mais elle entendait des chuchotements révélateurs en haut des escaliers, qui cessèrent dès que Rudi apparut.

S'il vous plaît, supplia-t-elle dans sa tête. Faites qu'ils ne soient pas choqués en voyant qu'il n'a qu'un bras. Faites qu'ils ne disent rien.

Elle installa Eric dans son transat, pendant que Sofia se levait.

— Bienvenue, dit sa sœur.

Si elle était surprise, elle ne le laissait pas paraître, songea Carmen. Ça figurait peut-être dans son CV. Mais qui préciserait une chose pareille ? À moins que ça soit pertinent. Est-ce que ça l'était ?

Sofia tendit la main et serra la main droite de Rudi.

— Asseyez-vous.

Carmen entendait des murmures et des « chut ! » à l'étage. Elle lança un regard noir aux enfants, qui, malheureusement, connaissaient bien ce regard et n'y prêtèrent aucune attention. Néanmoins, Rudi, toujours debout face à Sofia, se retourna et leva son visage sympathique vers le haut des escaliers.

— Il y a quelqu'un ? demanda-t-il tout haut.

Silence. Il reposa les yeux sur Carmen et Sofia, l'air toujours aussi jovial.

— Eh ben, je vois que vos enfants sont très sages. Bien, bien.

Il avait manifestement l'accent chantant des Highlands.

— Parfait : les enfants totalement silencieux, qui n'ont rien à dire, c'est le genre d'enfants que j'aime.

— On *n'a pas...*, commença Phoebe, mais Pippa la coupa aussitôt.

— C'était quoi, ça ? Vous avez peut-être une petite souris qui parle là-haut, non ? Je suis sûr d'avoir entendu un couinement.

Carmen jeta un coup d'œil à Sofia. Si elle ne la connaissait pas aussi bien, elle ne l'aurait peut-être pas remarquée : une petite moue approbatrice. Elle l'interrogea du regard, et Sofia opina du chef.

— Descendez, les enfants, cria-t-elle.

Au moins, Rudi avait réussi le premier test : mentionner les enfants.

Ces derniers descendirent lentement. Leurs yeux évitaient à tout prix son moignon, c'en était presque comique. Ils se mirent en rang, fixant le sol ou le plafond.

— Alors, comment vous vous appelez ? demanda Rudi avec désinvolture, sans avoir à se forcer.

Pippa le dévisagea.

— Je m'appelle Pippa et je suis en 6e, donc je n'ai pas vraiment besoin d'une nounou.

— *Moi non plus*, intervint Jack.

— O.K., c'est bon à savoir. Est-ce que vous savez cuisiner ?

— Je sais faire les galettes à l'avoine, lui apprit Pippa.

— Bien.

— Est-ce que tu joues au foot ? l'interrogea Jack.

— Je ne suis pas un très bon gardien, expliqua Rudi avec un sourire en levant son bras.

Le garçonnet écarquilla les yeux, puis regarda sa mère, qui lui donna implicitement l'autorisation d'en parler.

— Où est ta main ?

— Quelque part dans un champ.

Jack ouvrit plus grand les yeux.

— Oh, c'est *trop triste*, commenta Pippa en penchant la tête.

— Pas vraiment. Je crois que ça aurait été pire si j'avais perdu une fesse.

Ils éclatèrent tous de rire, sauf Pippa, qui se montrait toujours bienveillante et estimait que ça n'avait rien d'amusant.

— Est-ce que tu pourrais avoir une main de robot ? s'enquit Jack.

— Oh, j'en ai eu une. Mais elle n'arrêtait pas d'étrangler les enfants dont je m'occupais, alors je m'en suis débarrassé... *ou peut-être pas ?*

Sofia se racla la gorge.

— Oh, désolé, désolé. Je plaisantais.

Elle prit son CV.

— Vous étiez dans l'armée ?

— Oui, madame.

— Vous avez été blessé en service ?

— C'est embarrassant, mais non. Un exercice qui a mal tourné.

— Bon sang. Je suis sincèrement désolée. Vous les avez attaqués en justice ? se renseigna-t-elle, son cerveau d'avocate entrant en action.

— Ils nous ont fait une bonne proposition. C'était involontaire, une simple erreur.

Sofia secoua la tête.

— Pas croyable.

— Maman, il a une main de robot ! s'écria Phoebe, l'air effrayé.

— Il a une *main de robot* ! répéta Jack, l'air ravi.

— En fait, je n'ai pas de prothèse... Ça ne me convient pas. Je me débrouille sans, pour le moment. Même si je dois probablement vous prévenir que je ne repasse pas.

Sofia lui fit signe de s'asseoir. Les enfants restaient plantés là, le fixant, fascinés.

— Dans vos chambres, les enfants, leur dit-elle.

— Orh ! fit Jack.

— Eh bien, il est sûrement temps de préparer les galettes d'avoine pour le dîner, lança Rudi, et Carmen sentit ses lèvres se contracter.

Elle l'aimait bien.

**

Sofia parcourut son CV d'un œil expert.

— Pourquoi avoir choisi la garde d'enfants ?

— Eh bien, après l'armée, je voulais quelque chose de totalement différent...

— Je ne suis pas sûre que ce soit si différent, intervint Carmen, et les deux autres lui jetèrent un regard.

— Et puis, je viens d'une famille nombreuse.

— Oui, je vois ce que vous voulez dire, répondit Sofia, et il sourit.

— Oh non, je veux dire...

Elle le dévisagea.

— Quoi ?

— Vraiment nombreuse.

— Quatre enfants, c'est considéré comme une famille nombreuse, en général.

— Nous sommes treize enfants.

— Vous plaisantez ?

— Non, madame, dit-il en secouant la tête.

— Est-ce que vous avez tous les mêmes cheveux roux ? ne put s'empêcher de demander Carmen.

Il se tourna vers elle.

— Je ne suis pas sûr que vous ayez le droit de me parler de mes cheveux roux pendant un entretien d'embauche. C'est du roucisme.

— Ah. Ben, vous allez devoir me dénoncer à la Cour internationale des droits des roux.

— C'est bon, les coupa Sofia, l'air en colère.

Elle n'aimait pas que tout le monde agisse comme si l'affaire était déjà entendue.

— Alors, vous avez grandi en aidant vos frères et sœurs... Vous vous situez où dans la fratrie ?

— Je suis le quatrième. Ils avaient encore des noms en stock. On appelle les petits derniers par leur numéro...

Le regard perçant de Sofia sembla l'intimider.

— Désolé. Je blague quand je suis nerveux.

— Oui, je connais d'autres gens comme ça, répondit-elle en regardant Carmen.

— Donc, j'étais le quatrième, tous des garçons, puis une longue série de filles a suivi. Elles n'intéressaient pas mes frères, et, quand j'ai quitté l'armée, mes parents ont tenu à ce que ça ne soit pas un frein pour moi, expliqua-t-il en montrant son bras gauche. Du coup, ils m'en ont demandé encore plus. Je suis très doué pour changer les couches d'une main.

— C'est une compétence très utile, s'enthousiasma Sofia.

— Et je cuisine... J'aime cuisiner.

— Vous cuisinez quoi ? demanda aussitôt Carmen.

— Oh, rien de compliqué. De bons petits plats équilibrés, c'est ce qu'il y a de mieux pour les enfants, d'après moi. Je fais un super hachis parmentier... de bonnes lasagnes... ce genre de choses.

— Vous ne laissez pas des machins tremper toute la nuit pour qu'ils germent ? poursuivit Carmen, qui avait un avis très tranché sur la dernière titulaire du poste.

— Bon sang, non. Enfin, c'est le genre de choses que vous voudriez ?

— En fait, Carmen, je ne crois pas qu'on ait besoin de toi, dit Sofia.

— Eh ben, moi, je crois que si. Puisque la chambre libre est juste à côté de la mienne et qu'on va partager la salle de bains.

Sofia releva les yeux.

— Ah.

— Ah, quoi ?

— Ben, c'est juste que... On en parlera plus tard, d'accord ?

Carmen jeta un regard à sa sœur, et elles surent toutes les deux qu'il signifiait : *On va en parler maintenant, sinon je vais piquer une crise.*

Rudi, poli, détourna les yeux quand Sofia baissa la voix.

— Enfin... je m'étais dit... tu sais... ça fait presque un an que tu es là. Je veux dire, on utilisait surtout cette pièce pour ranger les skis et d'autres trucs du genre. Mais tu ne vas pas avoir envie de partager ta salle de bains avec un homme... et j'aurai moins besoin d'aide une fois qu'on aura embauché quelqu'un.

— J'ai très envie de partager ma salle de bains avec un homme, rétorqua Carmen avec une certaine amertume. Un que je connais.

Il devint clair pour toutes les deux que les allusions de Sofia n'avaient pas du tout porté leurs fruits.

— Bon, on en reparlera plus tard, conclut Sofia.

Ça sonnait comme un avertissement, et Carmen sortit de la pièce, tandis que sa sœur commençait à faire subir un contre-interrogatoire à Rudi sur son diplôme.

— On a organisé une réunion, expliqua Pippa d'un ton autoritaire quand Carmen approcha de l'étage des enfants.

Les filles partageaient la grande chambre à l'avant, décorée de beaux lits en fer forgé recouverts de jolies housses de couette et couvertures à pois roses de chez The White Company.

Une immense maison de poupées occupait un mur entier, et les fenêtres à guillotine étaient ornées de stores roses à pois qu'on pouvait baisser. Une guirlande lumineuse scintillait au-dessus du lit de Pippa. Celle de Phoebe ne marchait plus, pour une raison ou une autre.

Malgré tout, c'était une chambre de rêve, douillette, comme les autres chambres aux étages, la chaleur montant et le toit pentu étant parfaitement isolé. Les filles commençaient à être grandes, mais il flottait toujours une odeur de talc et de Dermocrem.

— Bien, répondit Carmen.

La chambre de Jack était plus petite, de sorte qu'ils se réunissaient en général dans celle des filles.

— On l'aime bien, l'informa le garçonnet. Même s'il n'a pas de main de robot.

— Je ne crois pas que j'aurais aimé la main de robot, mais personne ne m'écoute, se plaignit Phoebe.

Pippa considéra Carmen avec méfiance. Leur tante défendait toujours sa petite sœur.

— Oublie la main de robot ! Il l'a dit à ta mère : c'était une blague. Mais il a douze frères et sœurs.

— Ouah ! s'exclama Jack. Combien il a de sœurs ? Enfin, peu importe le nombre, ce sera toujours trop, poursuivit-il en secouant la tête.

— C'est comme dans une histoire, dit Phoebe en respirant fort par la bouche. C'est peut-être douze princesses. Et des danseuses.

Ç'avait dû être plus éprouvant que ça, songea Carmen en son for intérieur, préférant ne pas répondre. Quand elle redescendit, elle trouva Sofia et Rudi en train de plaisanter, se demandant qui était le plus catholique des deux. Il l'interrogeait sur les projets de Pippa pour sa première communion (les projets de Pippa pour sa première communion étaient très précis, bien réfléchis, même si elle n'aurait pas lieu avant huit mois), et Carmen réalisa, le cœur lourd, que ça allait vraiment se produire. Elle n'avait pas été honnête avec elle-même – et Sofia non plus n'avait pas été honnête avec elle. Elle avait perdu Oke. Et, bientôt, elle perdrait sa maison.

DEUXIÈME PARTIE

CHAPITRE 3

Au début, Oke avait apprécié la nouveauté d'être de retour chez lui, dans le petit appartement soigné de sa famille, à Brasilia, loin des mauvais souvenirs que lui rappelaient tous les pavés gris.

— Prends-en plus, avait dit Patience en regardant son cadet, et seul fils, avec inquiétude.

Obedience – Oke – avait toujours été mince, mais il semblait avoir encore maigri depuis qu'il était parti à l'autre bout du monde. Elle lui avait servi une autre louche de farofa.

Elle s'était efforcée de ne pas montrer combien elle était heureuse qu'il soit de retour, de ne pas être trop sur son dos. C'était précisément le genre de choses qui poussaient les enfants à se renfermer sur eux-mêmes. Surtout son fils chéri, si discret, si doué pour les études, si intelligent et rêveur, qui avait passé tant de temps, enfant, à grimper aux arbres et à s'aventurer dans toutes les forêts qu'il voyait.

Ils avaient espéré qu'il deviendrait menuisier – un bon métier, honorable – comme son père, et il avait passé de longues journées à apprendre le travail du bois, humant l'odeur de l'atelier d'Obidiah. Le bois, il aimait ça.

Mais un professeur de biologie non-quaker avait repéré très tôt ses capacités (son immense soif de connaissance, son amour de la vie végétale sous toutes ses formes – du bois, en particulier) et l'avait recommandé pour une bourse à l'université de São Paulo. Oke avait survolé ses études, puis décroché un prestigieux poste d'enseignant-chercheur, qui l'avait envoyé à l'autre bout du monde.

Elle avait craint qu'il ne rentre pas, qu'il rencontre une étrangère, s'installe, disparaisse à jamais, son beau bébé élancé, avec son chignon, son sourire indolent et ses grands yeux verts curieux, qui ressemblaient tant à ceux de sa propre mère.

Mais, Dieu merci, il était revenu. Il était là, en chair et en os, même s'il était maigre, pâle et triste.

— Tu ne gelais pas trop, là-bas ? l'interrogea-t-elle.

Il éclata de rire.

— Je ne...

Patience n'avait jamais quitté le Brésil.

— C'est difficile à expliquer. On a l'impression de vivre dans un frigo. Un frigo plein de vent et de pluie. Mais de vent, surtout. Il vous transperce comme un couteau.

— Tu as détesté, en conclut gaiement Patience en lui resservant un verre de lait.

Il inclina la tête sur le côté, pensif.

— Mais, bizarrement... bizarrement, c'est beau aussi. Splendide même. À la tombée de la nuit, toutes les fenêtres se mettent à briller d'un éclat chaleureux, il y a des lumières partout, et quand on se réfugie à l'intérieur pour échapper au froid glacial et qu'on s'installe au coin du feu, c'est tellement agréable, tellement douillet...

Il s'interrompit, l'air nostalgique.

— Les enfants courent dans tous les sens, les joues roses, en riant aux éclats... Les vieilles maisons tiennent bon contre le vent. Les places centenaires, les pavés anciens, sont chargés d'histoire. C'est une ville magnifique, repliée sur elle-même pour se protéger du vent.

— Je n'aime pas les enfants bruyants.

— Non, je comprends.

— Tu es content d'être rentré ?

— Je...

Oke aimait beaucoup sa famille, mais elle n'avait rien à voir avec celle de Carmen. Dans la famille de Carmen, ils parlaient de tout, ils étaient spontanés, ils s'insultaient, se balançaient des private jokes, se disputaient puis se réconciliaient, comme si c'était totalement normal. Ses proches à lui menaient des vies tranquilles, agréables, honnêtes. Ils ne s'emballaient jamais et ne voyaient pas ça d'un bon œil chez les autres non plus. Allez savoir ce que sa mère penserait de l'imprévisible Carmen, avec ses éclats de rire soudains et ses sautes d'humeur. Il la revoyait allongée sur son lit. Même s'il pensait avoir bien agi, il ne pouvait se la sortir de la tête. Ce souvenir l'obsédait : le visage rouge ; en colère, crispée ; très, très sexy. Avec le recul, il ne pouvait pas lui en vouloir de l'avoir quitté, même s'il aurait préféré qu'elle ne le fasse pas. Désormais, sa vie serait sans doute plus calme. Mais pas aussi marrante. Et elle lui manquait plus qu'il ne l'aurait jamais cru possible.

— Tu sais, Mary Clemens participe à ton expédition dans la forêt amazonienne, elle aussi, reprit Patience. Nous sommes très bonnes amies, avec sa mère.

— O.K.

Il y a peu, il avait cru qu'il passerait l'été avec Carmen, à apprendre l'un de l'autre, à évoluer ensemble. Sa mère, aimante et confiante, ne s'en doutait pas (pas plus que Carmen, d'ailleurs), mais il avait couché à droite et à gauche quand il était à l'université et avait trouvé ça insatisfaisant, contraire à ses convictions et à ce qu'il voulait : un grand amour, une vie riche de sens.

— Je les ai invitées à dîner, ajouta sa mère mine de rien. Mary s'est portée volontaire pour l'expédition, apparemment.

— Mais elle est infirmière, s'étonna Oke.

— Ils en cherchaient une, expliqua sereinement Patience. J'ai envoyé l'annonce à sa mère.

Oke leva les yeux au ciel.

— D'accord, maman.

La porte s'ouvrit alors d'un coup et, soudain, le bruit envahit le petit appartement. Ses sœurs débarquèrent, un grand sourire aux lèvres, les bras chargés de nourriture, accompagnées de ses neveux et de ses nièces. Il en prit autant qu'il le pouvait dans ses longs bras et les serra fort.

**

Mary était bel et bien venue dîner ce soir-là. Elle se montra adorable, très enthousiaste, et, même si Oke se sentait terriblement triste, il ne put s'empêcher de trouver un peu excitant de voir l'équipe prendre forme, avec les compétences nécessaires, prête à partir en exploration dans la jungle pour la plus belle des récompenses : passer du temps à découvrir cet arbre merveilleux, mystérieux, ancien, profondément enraciné, qui existait bien avant qu'il ne vienne au monde et qui continuerait d'exister bien après lui, il voulait y croire. Il espérait sincèrement que la chaleur, la moiteur de la forêt amazonienne, et ses nouveaux compagnons, l'aideraient à oublier ; peut-être même à guérir.

Le matin de son départ, toute sa famille lui dit au revoir avec retenue, puis il monta dans la Land Rover de l'expédition. Assis sur la plateforme arrière découverte, secoué en tous sens sur des routes de plus en plus chaotiques à mesure qu'ils s'éloignaient de la ville, il regarda le monde qui lui était familier disparaître derrière lui. Il lui tardait de se mettre au travail.

— C'est incroyable, non ? lui dit Mary, un thermos à la main, en lui servant une tasse de thé sucré et en venant s'installer près de lui, la voiture rebondissant toujours sur la route.

Dans les arbres, le chant des oiseaux était cacophonique ; des taches de couleurs passaient furtivement entre les branches au feuillage dense. L'eau de la rivière qu'ils longeaient gargouillait, marron, pleine de boue et de remous. L'air était lourd, parfumé. Il avait l'impression d'être sur une autre planète. Il était sans doute parti assez loin.

— Oui, répondit-il, acceptant son thé avec un sourire.

CHAPITRE 4

L E SOLEIL DORÉ de la fin de l'automne était suspendu dans le ciel, comme piégé entre les lourdes pierres de la ville septentrionale.
Carmen avait choisi un itinéraire plein de méandres ce matin-là. Elle longea Princes Street, esquivant les tramways, puis traversa les immenses Jardins de Princes Street, où elle passa d'un pas tranquille devant l'énorme fontaine Ross avant de contourner The Gardener's Cottage, qui évoquait une maisonnette de conte de fées, des feuilles brunes et orange tourbillonnant sur la pelouse impeccable dans un bruissement. Il y avait peu de monde dehors de si bonne heure : quelques personnes promenaient leur chien, et deux ou trois autres nourrissaient les pigeons – ce qu'elles n'étaient pas censées faire, en partie parce que ça en attirait trop et qu'ils laissaient des fientes partout, mais aussi parce que les mouettes finissaient par débarquer et dégager les pigeons. Les mouettes étaient les fauteurs de troubles du monde aviaire : bruyantes, criardes, pénibles, agressives,

elles ruinaient généralement tout sur leur passage. Comme moi, songea Carmen.

Elle s'apitoyait sur son sort, ce matin. La veille, elle s'était disputée avec Sofia (en sourdine, s'efforçant de ne pas envenimer la situation devant les enfants) à propos du prix délirant des loyers à Édimbourg et des boulots utiles (à savoir vendeuse) et inutiles (à savoir avocate). Les termes « frimeuse » et « pleureuse » avaient été prononcés, et leur mère, qui avait dû éteindre son téléphone tout l'après-midi, avait regardé de vieux épisodes de *Call the Midwife* en se disant que la vie était bien plus simple quand elles étaient petites.

Même les doux rayons de soleil sur sa nuque ne parvenaient pas à lui remonter le moral, tandis qu'elle grimpait lentement The Mound, la ville s'étalant peu à peu à ses pieds. Elle voyait les toits jumeaux des deux grands hôtels (le Caledonian et le Balmoral) qui encadraient Princes Street. Elle pourrait peut-être emménager dans l'un d'eux, songea-t-elle, trouver une petite chambre au dernier étage, aller et venir toute la journée, passant à la hâte devant les portiers en pantalon écossais et les élégantes femmes de chambre en uniforme noir et blanc. Se nicher dans un petit coin de la ville.

Puis elle se rappela que le prix d'une chambre pour une nuit équivalait à ce qu'elle gagnait en une semaine, poussa un soupir et poursuivit son chemin.

La lumière vive du petit matin avait incité plusieurs de ses voisins de Victoria Street à nettoyer leur vitrine et à balayer les détritus devant leur porte. Les agents de propreté avaient parfois du mal à ne pas se laisser déborder par le nombre de visiteurs qui venaient admirer la belle rangée de boutiques aux devantures pastel, qui partait de Grassmarket (la place animée et bruyante où on brûlait les sorcières autrefois et qui, aujourd'hui, accueillait des enterrements de vie de jeune fille à la pelle, comme pour venger les crimes du passé dans la joie et la bonne humeur) et montait avec grâce jusqu'à George IV Bridge, cette rue surélevée à la beauté austère, solennelle, qui abritait des bibliothèques et des musées – de hauts lieux du savoir aux façades imposantes.

Les magasins de la rue étaient creusés dans la roche de la colline, l'ancien volcan au sommet duquel se dressait le château. On aurait dit qu'ils avaient poussé directement sur Castle Hill.

Carmen avait emprunté le chemin le plus long : elle était montée depuis le parc, puis avait contourné Ramsay Mews, les magnifiques cottages, si pittoresques, perchés à côté du château, avant de redescendre vers Grassmarket où, à cette heure matinale, elle apercevait en général un ou deux fêtards qui rentraient chez eux, pas fiers, ce qui l'aidait à se sentir un peu mieux. Et puis, si elle remontait Victoria Street, elle pouvait passer au merveilleux petit café du bas de la rue. Dahlia, la gérante, la détestait pour être sortie avec Oke sur lequel elle avait des vues, mais le café et les croissants à la pistache étaient si bons que Carmen encaissait ses regards noirs.

Elle passa devant la devanture vert foncé du magasin de vêtements de Crawford (le plus incroyable temple du chic qu'elle ait jamais vu), puis devant la quincaillerie au moment où Bobby sortait ses seaux et ses balais à franges, sourire aux lèvres. Sa boutique, une vraie caverne d'Ali Baba, renfermait tout ce dont on pouvait avoir besoin, et même des choses dont on avait besoin sans le savoir. Elle atteignit la boutique ésotérique de Bronagh, qu'elle prenait très au sérieux – on pouvait trouver ça marrant au départ, mais après l'interrogatoire de dix minutes qu'on subissait en franchissant le seuil, on changeait vite d'avis.

— Bienvenue, maîtresse des livres, lui dit Bronagh, qui époussetait ses animaux empaillés sur le trottoir.

Carmen lui lança un regard méfiant.

— Salut, Bronagh, répondit-elle, s'efforçant de ne pas laisser paraître sa tristesse, ni aucune émotion, en réalité, car Bronagh était bien capable de rentrer chercher une potion pour la soigner.

— Les temps sont durs, observa Bronagh.

Ce jour-là, sa magnifique chevelure brillait de toutes les couleurs de l'automne, de l'auburn clair à l'écarlate profond.

Carmen se demanda ce que son langage corporel pouvait exprimer : avait-elle le dos voûté ? Sans doute : sa mère et Sofia n'arrêtaient pas de lui dire de se tenir droite. Bronagh avait-elle eu vent de quelque chose ? Peut-être. Carmen préférait toujours ignorer l'explication la plus évidente : Bronagh était vraiment une sorcière.

Elle poursuivit sa progression, puis poussa la porte de la librairie McCredie.

Un an plus tôt, c'était une affaire sur le déclin, un bric-à-brac poussiéreux, délabré, délaissé par son propriétaire, M. McCredie, qui en avait hérité et le gérait tant bien que mal. Le vieux monsieur adorait les livres ; ce n'était pas le problème. Le problème, c'était qu'il n'avait aucune idée de comment transformer cette passion en entreprise viable, qui ne ferait pas déposer le bilan à toute personne qui s'en approcherait. Né dans une famille fortunée, il avait l'air de penser que parler d'argent était inconvenant – vulgaire, même. Carmen, dont les parents étaient plutôt fauchés, pensait le contraire et travaillait comme vendeuse depuis ses dix-sept ans. Elle n'avait aucun scrupule à parler d'argent. Ensemble, ils formaient une bonne équipe.

Mais, aujourd'hui, Carmen était accablée. Car elle avait beau compter et recompter, elle n'y arriverait jamais. Elle pourrait rentrer dans sa ville natale et vivre chez ses parents, mais ils l'avaient envoyée à Édimbourg précisément pour qu'elle sorte de cette ornière.

Avec un coup de pouce de Sofia, elle pourrait déménager, mais l'idée que sa sœur l'aide sur le plan financier la répugnait. Certes, c'était son aînée, elle avait cinq ans de plus, mais n'empêche. Ça montrerait une fois encore, lui semblait-il, que Sofia avait bien mieux réussi qu'elle, avec sa maison somptueuse, ses quatre enfants, son mari séduisant et tant d'argent à dépenser qu'elle aurait littéralement pu payer la caution d'un appartement pour sa petite sœur sans même s'en rendre compte.

Carmen ferma les yeux, se remémorant son rêve du Noël précédent : qu'Oke et elle se trouvent un petit nid douillet quelque part, rien qu'à eux. Peut-être tout en haut d'un des immeubles anciens qui donnaient sur le Royal Mile, dans une chambre de bonne sous les toits, au cinquième étage sans ascenseur, mais cosy et chaleureuse. Elle les imaginait tous les deux, en train de rire, de faire des trucs débiles comme dans les pubs pour les crédits immobiliers (mettre de la peinture sur le bout du nez de l'autre en rigolant, par exemple), ou de regarder la télé, lovés sous une couverture. Oke ne regardait pas la télé, en réalité – il n'y en avait pas chez lui quand il était petit. Mais elle pouvait sans doute passer outre.

Quoi qu'il en soit, rien de tout cela ne se produirait, et, chose incroyable, elle se trouvait en encore plus mauvaise posture que l'année précédente. Et son humeur semblait déteindre sur M. McCredie, qui avait l'air plus triste et taciturne que jamais.

Elle contempla la jolie couronne marron et orange qu'elle avait déjà accrochée sur la vieille porte de la boutique – ils avaient repeint la façade dans un beau bleu pétrole, après avoir adressé plusieurs milliers de lettres à la mairie d'Édimbourg et aux Monuments historiques d'Écosse pour faire approuver cette couleur – et décida qu'il était temps d'installer la guirlande lumineuse en forme de citrouilles. Bronagh ne vit pas cela d'un très bon œil, ayant mis de vraies courges et citrouilles sur sa portion de trottoir, qu'elle éclairait avec des bougies, répandant une légère odeur de soupe en train de brûler dans toute la rue. Mais Bronagh fermait aussi le 31 octobre, parce que c'était « trop dangereux ».

Enfin. Au moins, il lui restait l'heure du conte spécial Halloween à organiser.

CHAPITRE 5

Halloween

PENDANT LE TOURNAGE, ils avaient filmé une heure du conte. Carmen avait assisté à la prise de vue. Les enfants, tous d'une beauté saisissante, d'origines et d'âges variés, s'étaient sagement assis en rond et avaient hoché la tête, sourire aux lèvres, pendant que Genevieve Burr leur lisait le poème « Tom O'Shanter » d'une voix un rien hésitante, en écorchant la plupart des mots :

   Or, Tam, ô Tam, si c'eussent été de jeunes filles
   Dodues et découplées, et n'ayant pas vingt ans ;
   Que leurs chemises, au lieu de crasseuse flanelle,
   Eussent été d'un linge de dix-sept cents, blanc comme neige !
   Ces miennes culottes, ma seule paire,
   Qui jadis furent de pluche, de bon poil bleu,

Je les aurais enlevées de mes fesses
Pour une œillade de ces beaux oisillons[1] !

Carmen n'était pas certaine que ce dernier vers mérite les acclamations et les sourires des enfants, mais elle refusait de s'en mêler : elle s'était déjà fait mettre dehors parce que son téléphone avait sonné (un client cherchait les romans originaux de Roald Dahl, ceux qui n'avaient pas été réécrits pour donner une taille normale au géant et un dérèglement glandulaire à Augustus Gloop) et que ça avait gâché la prise.

Et maintenant, Carmen se demandait pourquoi les enfants qui assistaient à son heure du conte n'étaient pas aussi sages que ceux du film. Elle poursuivit sa lecture :

— « Puis la mère entra… elle ressemblait à la mère de Coraline en tout point. À un détail près. Elle avait des boutons noirs cousus à la place des yeux. »

L'un des petits poussa un cri perçant, pendant qu'un autre se mettait à pleurer.

— Oh, bon sang ! s'écria-t-elle en relevant la tête. Ce n'est qu'un livre ! Il va falloir vous endurcir un peu.

— Des boutons à la place des yeux ? demanda Phoebe. Cette histoire fait *beaucoup trop* peur. *Encore.*

Carmen leva les yeux au ciel, ce qui n'était pas évident, car elle portait de faux cils de sorcière. L'un d'eux tomba. Elle aurait cru que les enfants trouveraient ça marrant, mais, apparemment, ça la rendait encore plus effrayante.

Sofia essaya de sortir les sucettes sans sucre qu'elle avait apportées sans que sa sœur ne le remarque : ça

---

[1]. *Poésies complètes de Robert Burns*, traduites de l'écossais par M. Léon de Wailly, Paris, Charpentier éditeur, 1843.

risquait de l'agacer, car Carmen estimait qu'il n'y avait rien de mal à manger une vraie sucette de temps à autre.

— C'est *Halloween*. C'est *censé* faire peur, répondit Carmen en levant les mains. Vous êtes tous déguisés en sorcière !

— Je suis un *fantôme*, la corrigea un petit fantôme.

— Et en fantôme et autres trucs du genre.

— Je croyais qu'on venait juste pour avoir des bonbons, grommela une fillette, étreignant un seau en plastique orange en forme de citrouille grimaçante.

Il était rempli de papiers de bonbons.

— C'est bien aussi, une histoire, pour Halloween, dit sa mère, la bouche pleine.

— Pas celle-là.

— *Coraline* est un chef-d'œuvre ! s'offusqua Carmen avant de secouer la tête, désespérée. Franchement, vous n'êtes qu'une bande de trouillards. Tout juste bons à réclamer des Milky Way. Allez, faites-moi votre numéro maintenant.

Puis elle attendit patiemment, comme le veut la tradition écossaise, le temps que chaque minuscule sorcière raconte une blague macabre, récite un petit poème ou, dans le cas d'un trio très énergique, chante la comptine « *Three Craws* », assortie d'une chorégraphie, sous le regard dépité des autres mères.

— Vous avez tous mérité vos friandises, les félicita Carmen.

— Pourquoi on ne peut pas juste demander des bonbons ou un sort, comme aux États-Unis ? se plaignit la sorcière Furiosa.

— Parce que je ne veux pas qu'on lance des œufs sur ma vitrine ? répondit Carmen en distribuant ses bonbons. Bon, vous allez voir Bronagh, maintenant ?

— Nooonnnn ! s'écrièrent en chœur les petits.

— Elle va transformer nos jambes en pattes de grenouille ! s'affola l'un d'eux.
— Je suis presque sûre que non ! le rassura Carmen.
— C'est fermé, se justifia un autre enfant.
— Parce qu'elle est partie faire un tour sur son balai de sorcière, expliqua Furiosa.
— Oooh ! firent les autres.
— Allez, dirent leurs mamans en les faisant sortir. La quincaillerie organise une partie de pommes flottantes.
— Tu devrais faire ça, toi aussi, reprocha Furiosa à Carmen. Ça fait pas peur, *ça*, au moins.

Un nouveau groupe de petits fantômes attendait devant la librairie.

— Bon, je vais vous raconter une histoire, mais elle fait *très, très peur*, les prévint Carmen en ouvrant la porte. Est-ce que vous êtes prêts ?
— OUIIIII ! crièrent les petits.

Mais le groupe précédent avait dit la même chose.

**

— Bon..., dit Carmen le lendemain matin en décrochant la couronne automnale de la porte, s'adressant à M. McCredie, qui n'était pas encore là, de sorte qu'elle parlait toute seule, en réalité.

Elle s'efforçait de ne pas penser à son déménagement.

— ... vous savez à quoi on passe maintenant...

Elle jeta un coup d'œil dans les profondeurs de la réserve, derrière le rideau. Elle allait commencer à sortir les livres de Noël. Elle ne pouvait s'empêcher de ressentir une pointe d'excitation. La saison des fêtes à Édimbourg : le sol gelé, l'obscurité, les illuminations, l'impatience dans chaque souffle givré. Ça restait malgré tout sa période préférée de l'année.

Il y avait d'autres rayonnages dans le fond de la boutique. Derrière les livres pour enfants : la poésie et les belles éditions de classiques qu'adorait Carmen. Derrière le comptoir : la non-fiction, de plus grands formats, difficiles d'accès et inattendus. On trouvait dans cette section de vieux volumes consacrés à la cartographie, à l'architecture navale, à la dendrologie et à tout ce qui attirait l'œil du collectionneur invétéré qu'était M. McCredie. Il avait une prédilection pour les sphères impénétrables de la connaissance, conservées en lieu sûr dans des livres, tels des papillons épinglés dans un cadre.

Puis une porte cintrée fermée par un rideau menait à la réserve. Bien plus profonde que la boutique elle-même, elle contenait une grande quantité d'ouvrages – beaucoup plus que le petit pourcentage qu'ils avaient en rayon : une vie entière de bibliophile et de bibliomane. M. McCredie était capable d'y trouver n'importe quel livre grâce à un système de classement bien à lui, que Carmen tenait à déchiffrer avant qu'il ne meure et n'emporte son secret dans sa tombe. C'était là qu'il était le plus heureux. Une petite pièce douillette se nichait tout au fond, avec une cheminée, des fauteuils et un éclairage tamisé : il y passait le plus clair de son temps, à lire. Un escalier menait à son immense logement, dans son jus, qui, de manière déroutante, avait une entrée sur la rue située au-dessus de Victoria Street. Édimbourg était comme ça : des maisons et des immeubles de plusieurs étages qui s'empilaient sur différents niveaux, donnant plus l'impression d'avoir poussé seuls que d'avoir été construits par l'homme.

Ils devaient tout organiser pour Noël, mais M. McCredie demeurait introuvable. Carmen contourna le comptoir d'un pas lourd, laissant une traînée de feuilles mortes derrière elle, fulminant de ne pas avoir d'aspirateur et de devoir passer le balai.

— M. McCredie ?

Mais il n'y eut pas de réponse. Elle aimait arriver une bonne vingtaine de minutes avant l'ouverture pour passer un coup de chiffon, ranger et tout mettre en place, que les clients soient ou non au rendez-vous. Avoir l'impression de tout maîtriser lui faisait du bien. Avec un soupir, elle consulta le répondeur. C'était un modèle à l'ancienne : il fallait appuyer sur une touche pour écouter les messages, souvent laissés par des personnes d'un certain âge qui cherchaient un livre dont elles avaient oublié le nom, ils le connaissaient peut-être, la couverture était rouge, l'auteur devait s'appeler David et tout le monde mourait dedans.

Rien.

Elle alluma l'ordinateur vieux comme Hérode qu'elle avait déniché sur Freecycle. Cette bécane tournait encore sous Windows 98 : autant dire qu'il était difficile de faire correctement l'inventaire, surtout que Carmen n'arrivait pas à se débarrasser de Clippy, l'assistant virtuel qui l'agaçait déjà quand elle était à l'école et qu'elle essayait d'écrire ses rédactions. Il était toujours aussi agaçant.

Elle vérifia sa feuille de calcul, puis la revérifia.

« ON DIRAIT QUE TU SAISIS UNE FEUILLE DE CALCUL », écrivit Clippy.

— Va-t'en, grommela-t-elle, essayant de s'en débarrasser en cliquant trop fort sur la vieille souris, pas vraiment précise.

De temps à autre, leurs clients les plus geeks semblaient pris de nostalgie en voyant leur système d'exploitation. Ils s'approchaient pour jeter un œil, et elle devait les chasser, sans quoi ils auraient joué au Démineur pendant quatre heures sans rien acheter.

Elle pouvait scruter les chiffres aussi longtemps qu'elle le voulait, ça ne changerait rien. Le tournage du film avait aidé, bien sûr, mais il avait occulté leurs problèmes de fond. Ses histoires d'Halloween avaient peut-être été trop terrifiantes (ou pas assez, comme le lui avait dit un petit garçon affublé d'un masque de *Scream*, mais elle n'était pas sûre de devoir le croire). Ils avaient vendu beaucoup de livres de circonstance – *Marianne Dreams*, *Meg et Mog*, *The Weirdstone of Brisingamen*, *Gobbolino, chat de sorcière* et *Coraline* elle-même. Néanmoins, ils gagnaient tout juste de quoi garder la tête hors de l'eau. Elle ne pouvait en aucun cas demander une augmentation qui lui permettrait de payer la caution d'un appartement. Elle poussa un soupir. Bon sang. C'était si dur de tout gérer. Une seule chose jouait en leur faveur : ils se chauffaient grâce à une petite cheminée et une réserve apparemment inépuisable de tourbe que M. McCredie avait découverte dans l'une des caves (située un peu plus haut que le niveau de la librairie, de façon exaspérante). Ils pouvaient donc allumer une belle flambée, protégée par une grande grille et encadrée de plusieurs panneaux d'avertissement à l'intention des enfants qui entraient et s'extasiaient devant. Avoir un foyer ouvert dans une boutique entièrement faite de papier gérée par un vieux monsieur distrait n'était pas idéal, Carmen en avait conscience, mais la seule autre solution était de payer des factures d'électricité qui lui donnaient envie de pleurer : elle préférait donc le feu.

Mais tout le reste était si cher. L'électricité, le stock, les impôts, les frais de livraison ; les prix explosaient, et les gens avaient moins d'argent à dépenser en livres – elle le voyait à leur visage navré, tandis qu'ils manipulaient avec tendresse une édition reliée de *Middlemarch* ornée d'une page de garde signée William Morris, ou demandaient des manuels scolaires d'occasion pour leurs enfants. Elle fixa l'ordinateur, l'air préoccupé, puis décida de réutiliser le sachet de thé qu'elle avait mis dans le petit évier. Noël approchait. Il faudrait qu'ils réalisent de belles ventes. Ce serait le cas. Cette époque de l'année était merveilleuse et bien remplie, pas vrai ?

**

La cloche du magasin tinta. C'était Bobby, le gérant de la quincaillerie. Il avait l'air aussi sombre que Carmen.

— Salut ! lança-t-elle. Est-ce que tu m'apportes un café ?

— Nan.

— O.K., mais je te préviens, je n'ai plus qu'un sachet de thé.

— Nan, on devrait aller se chercher des cafés.

Carmen grimaça. Dépenser cet argent (le prix du café s'était envolé, lui aussi) alors qu'elle allait bientôt devoir payer la caution et le loyer d'un studio sinistre à Pétaouchnok, dans la banlieue d'Édimbourg – pour autant qu'elle puisse se permettre de rester à Édimbourg, ce qui semblait peu probable. Les régions du Fife et du Lothian, qui entouraient la ville, étaient belles, mais loin, surtout quand on ne pouvait pas venir en voiture, le centre étant protégé par une armée de pervenches zombies.

Bobby remarqua la tête qu'elle faisait.

— De l'eau, ça ira, grommela-t-il.

— Qu'est-ce qui t'arrive ? l'interrogea-t-elle.

« ON DIRAIT QUE TU ENREGISTRES UN FICHIER ! » tapa Clippy. Bobby fixa l'écran, perplexe.

— Eh bien..., commença-t-il d'une voix accablée. J'ai reçu une offre de mon propriétaire.

— Comment ça ?

— Pour la quincaillerie.

Carmen fut aussitôt prise d'inquiétude. De par son agencement, Victoria Street n'était pas une simple rue, mais une communauté.

— Mmh mmh ? fit-elle, circonspecte. Je veux dire, ta présence est très utile ici.

— Cette quincaillerie existe depuis deux cents ans, répondit Bobby avec tristesse. Je ne pourrais plus regarder ma famille en face si je la perdais.

Carmen était sonnée. Les horribles boutiques de souvenirs se répandaient déjà comme une traînée de poudre dans les principales artères commerçantes, transformant une grande partie de leur belle cité en un genre de ville-musée, sous cloche, où se côtoyaient bâtiments classés et attrape-touristes. Ce n'était pas du tout ce qu'ils voulaient. Cette ville devait être vivante, Carmen le ressentait au plus profond d'elle-même. Et pas seulement pour les touristes, mais pour les gens qui y habitaient. Les résidents n'étaient pas gardiens de musée ni concierges. Ils avaient de la chance de vivre dans l'une des plus belles villes du monde, bien sûr. Mais il fallait qu'elle soit vibrante de vie.

— C'est qui, le propriétaire ? l'interrogea-t-elle.

Il haussa les épaules.

— Oh, c'est…

Il semblait avoir du mal à prononcer ce nom à voix haute. Carmen l'encouragea du regard.

— Jackson McClockerty, dit-il au bout d'un moment, comme si elle avait forcément entendu parler de lui.

Elle secoua la tête.

— Jackson ? McClockerty ? Ah. Eh ben, je pensais que tu savais qui c'était. Tout le monde le connaît.

Carmen secoua une nouvelle fois la tête, puis sirota une gorgée de son thé qui avait désormais un goût d'eau de vaisselle.

— Est-ce que c'est un propriétaire de quincaillerie très célèbre qui peut te fournir des seaux et des balais à franges à un prix imbattable et te rendre riche ? demanda-t-elle sans beaucoup d'espoir.

— Non.

La porte s'ouvrit alors d'un coup.

— Nous sommes fermés, dit-elle mollement en levant malgré tout les yeux.

Bronagh se tenait dans l'entrée, ses cheveux scintillants dans la lumière froide du matin.

— Mon petit doigt me dit qu'il se passe quelque chose, lança-t-elle. De qui parlez-vous ?

Carmen lui jeta un regard en coin.

— Ben, Bobby ne vient pas souvent me voir, donc il doit se passer quelque chose. C'est évident. Arrête de faire ta mystérieuse.

Bronagh posa ses yeux verts sur elle.

— Mettre une sorcière en colère le jour des Morts ne me paraît pas très avisé.

Au même moment, une forme sombre rasa la vitrine, jetant une ombre dans la boutique. Ils levèrent tous les yeux, mais ce n'était qu'une pervenche occupée à sa sinistre besogne.

— Je n'ai pas de thé, l'informa Carmen.

— Ah non ? lança Bronagh en se dirigeant vers la pièce du fond, où se trouvait l'évier, pour reparaître avec trois tasses fumantes d'une boisson qui n'était ni du thé, ni de la tisane, ni quoi que ce soit d'identifiable, mais qui était bien infusée et délicieuse.

— Continue, frère Smith.

Bobby poussa un soupir.

— J'étais en train de lui raconter que... j'ai eu une offre de Jackson McClockerty.

Bronagh s'offusqua.

— Tu sais qui c'est ? l'interrogea Carmen.

— Tout le monde sait qui c'est. Il possède la moitié des magasins sur le Royal Mile. Il vend de la camelote bon marché. Des babioles et des rêves brisés.

Carmen regarda Bobby pour qu'il traduise.

— Ce sera juste une boutique de cadeaux, expliqua-t-il, l'air toujours honteux. Les gens pourront acheter des gadgets, des petits souvenirs qu'ils pourront ramener chez eux.

— Des Nessie en plastique ? lança la jeune femme, horrifiée. Et des torchons décorés de petits chiens ?

— Des tas de gens aiment les torchons décorés de petits chiens, répondit Bobby d'une voix qui semblait implorante.

Bronagh, elle, faisait des bruits désapprobateurs.

— Oh bon sang ! s'écria soudain Carmen. Il ne va pas passer de la cornemuse à fond toute la journée, si ?

— Il... euh. C'est possible, confirma Bobby, la tête basse. Il le fait dans ses autres magasins.

Carmen se couvrit le visage.

— Bobby ! On essaie de construire quelque chose d'agréable ici, une rue où les gens peuvent venir pour plein de raisons différentes ! Pour boire un café, manger un gâteau, acheter des vêtements, des outils, des livres, des... euh, tu sais, des carillons et des trucs du genre.

— *Des carillons et des trucs du genre ?* répéta Bronagh d'une voix un rien effrayante.

— Si on se transforme en site classé dégueulant de tartan, les Édimbourgeois ne viendront plus, et on a besoin des deux ! Des touristes et des Édimbourgeois ! C'est pas toujours le mois d'août !

— Je sais. Mais je ne... Carmen, les gens n'ont pas envie d'acheter des pots de peinture ou de vernis au pied de la ville pour les trimballer jusqu'en haut. Ça n'a aucun sens. Ils prennent leur voiture et vont en périphérie.

— Tu ne peux pas vendre des pots plus petits ? demanda-t-elle en grimaçant.

Il secoua la tête.

— Ça ne réglerait pas le problème.

Et Carmen dut admettre qu'il avait raison.

— Mais tout le reste... tes clous et tes vis !

— Ouais. Les vis se vendent à quinze pence pièce, et les clous, à six.

— Et les seaux ?

— Le truc, c'est que, quand les gens achètent un livre, ils le lisent, puis ils en achètent un autre. Mais quand ils achètent un seau... Je veux dire, très souvent, ça leur suffit, ils n'ont pas besoin d'un autre.

— Mais il y a tant de commerces aux alentours qui ont besoin de toi...

Il acquiesça.

— Je sais. Mais de moins en moins, à cause des magasins de souvenirs... Et comme les loyers ne cessent d'augmenter, y'a que les magasins de souvenirs qui peuvent les payer. Et les gens ont moins d'argent, j'ai du mal à payer l'électricité...

— Je vois, dit Carmen, pleinement consciente de ses propres difficultés financières.

Elle savait ce que c'était.

— Oh, Bobby, qu'est-ce que tu vas faire ?

— Il m'a proposé un boulot dans le magasin.

— Ah. Tu ne partiras pas, du coup ?

Il fit non de la tête.

— Je serai un employé.

Carmen lui jeta un regard compatissant. À son ton, elle comprit que Jackson McClockerty ne serait pas un patron aussi accommodant que M. McCredie.

Le vieux monsieur entrait justement dans la pièce d'un pas traînant, vêtu d'un pyjama et d'une vieille veste d'intérieur rouge. Il ne semblait pas faire la distinction entre sa maison et la librairie et ne parut pas du tout surpris d'y trouver autant de monde de si bonne heure. Il avait un livre intitulé *Apprendre à dessiner l'Antarctique à l'échelle* sous le bras.

— Oh ! Bronagh, tu pourrais… ?

L'intéressée fila préparer une autre tasse fumante de son étrange breuvage, qu'il prit avec gratitude.

— Bobby va travailler pour Jackson McClockerty, lui annonça Carmen.

— Oh non, déplora-t-il. Comme si les choses n'allaient pas déjà assez mal.

— Sérieusement. Tout le monde le connaît ?

— Des gens étaient déguisés en lui hier soir, lui apprit Bobby.

— C'est bon, je vais jeter un sort à la boutique, intervint Bronagh.

— Surtout pas ! s'écria Carmen. Quelqu'un la reprendrait pour en faire un *escape game* ou un truc du genre. Ce serait horrible !

— Oui, ne fais pas ça, approuva Bobby. Enfin, si ça ne t'embête pas. Je serai à l'intérieur et c'est moi qui finirai avec des pattes de grenouille à la place des jambes.

— Je le ferai quand même, grommela Bronagh.

— Je ne suis pas sûr que cet homme ait sa place dans la rue, observa M. McCredie.

— J'en reviens pas que vous sachiez qui c'est, alors que vous ne savez même pas ce qu'est… je ne sais pas moi, le Chanel N°5.

— Bien sûr que je sais qui c'est, répondit doucement le vieux monsieur. Il semble s'être fixé pour mission de conquérir la ville et de reprendre tous les commerces vacants ou en faillite pour les transformer en magasins le plus bas de gamme possible. Je ne vois pas où il veut en venir. Lui non plus, j'en ai bien peur.

— Je veux le rencontrer, décréta Carmen.

— Oh, ne t'en fais pas pour ça, répondirent les trois autres d'une même voix, tandis que Clippy se mettait à rebondir de façon inquiétante dans un coin de l'écran.

**

Quand Bronagh et Billy partirent, M. McCredie était toujours en pyjama. Il regardait autour de lui, l'air affolé.

— Est-ce que le facteur est passé ?

— M. McCredie, est-ce que ça va ? l'interrogea Carmen, prise d'inquiétude.

— Euh. Je crois, oui. Je pensais...

Ce n'était pas la première fois qu'il avait un comportement bizarre ces temps-ci, réalisa Carmen. Il était d'un naturel si excentrique qu'elle ne prêtait pas vraiment attention à ses petites bizarreries, normalement. Une de plus ou de moins... Mais le pyjama, ça, c'était nouveau.

— Je pensais que le facteur était passé.

— Je ne crois pas, non, répondit-elle au moment où la cloche tintait et qu'entraient deux vieilles dames.

Elles cherchaient des romans policiers de Josephine Tey, mais leurs sourcils clairsemés s'arquèrent à la vue du pyjama. Elles paraissaient choquées.

— M. McCredie, est-ce que vous pouvez aller vous habiller, *s'il vous plaît* ? l'implora Carmen en le chassant avant de se tourner vers ses clientes avec un grand sourire. Euh, bonjour !

**

M. McCredie reparut un peu plus tard, vêtu de ses habituelles veste en tweed et chemise à rayures, mais il paraissait toujours préoccupé, désorienté. Carmen garda un œil sur lui, tout en répondant avec le sourire à une cliente qui lui demandait où étaient ses décorations de Noël, le lendemain d'Halloween, et si elle avait des livres de recettes pour les fêtes. La jeune femme dut s'enfoncer dans les profondeurs de la réserve pour en dégoter un, ce qui lui valut de chaleureux remerciements.

— Il faut que je file, dit cette dame, qui portait un pull vert et rouge orné d'une clochette. J'ai une dinde à acheter !

Puis elle s'éloigna dans la rue d'un pas affairé.

— Est-ce que ça va ? finit par demander Carmen à son patron.

M. McCredie se tourna vers elle, et elle le regarda. Elle le regarda vraiment, elle ne lui jeta pas un simple coup d'œil, comme elle le faisait d'habitude quand elle l'évitait pour attraper un livre, lui marchait sur les pieds en passant le chiffon ou l'appelait lorsqu'un client à l'air professoral entrait, avec le sourire satisfait d'un amoureux des livres qui serait ravi de passer les quatre-vingt-dix prochaines minutes à s'entretenir avec lui des lacunes de la classification décimale de Dewey, d'un livre de plans du Sopwith Camel[1] ou de la musique à l'époque romaine.

Ses joues étaient encore plus roses que d'habitude, trahissant son trouble ; ses yeux bleus étaient perdus dans le vague, lointains.

Carmen commença à s'inquiéter. Il ne rajeunissait pas : il était né juste après la Seconde Guerre mondiale,

---

1. Avion de chasse britannique de la Première Guerre mondiale.

des amours malheureuses de sa superbe mère et d'un prisonnier de guerre allemand, alors qu'ils n'étaient encore que des adolescents. Mais il allait bien, non ? Le père de Carmen s'était fait poser un stent l'année précédente, et il n'avait qu'une soixantaine d'années. Mais M. McCredie n'engloutissait pas autant de pain, de vin et de glace que lui. Loin de là.

— Tout va bien ? insista-t-elle.

— Je... je n'en suis pas sûr, répondit-il en la regardant.

Il paraissait plus perplexe que chamboulé.

— Tout va bien dans votre tête ?

— Quelle drôle de question. Je ne te suis pas.

— Vous êtes désorienté ? Vous devriez consulter un médecin.

Il sourit.

— Oh non, je ne crois pas... Et si je devais consulter quelqu'un, j'irais voir Bronagh.

— Ne soyez pas ridicule !

— Mais je ne suis pas désorienté, ma chère, poursuivit-il, comme s'il ne l'avait pas entendue. Non. J'ai rarement été aussi sûr de moi dans ma vie. Bon, où est ce facteur ?

Au même moment, Beto, ledit facteur, poussa la porte, les bras chargés de colis pour leurs clients, comme toujours, et le vieux monsieur leva des yeux pleins d'espoir.

— Merci, dit Carmen avec un sourire.

— Je pensais que les gens commandaient leurs livres sur Internet et se faisaient livrer chez eux, observa Beto. Je ne me plains pas : je dis ça comme ça.

— Parfois, les gens ont besoin de toucher pour savoir qu'ils veulent quelque chose, expliqua Carmen. Ils ont besoin de toucher, de sentir, de voir.

Elle prit un paquet qui venait d'une maison d'édition et se dépêcha de l'ouvrir. Il contenait *Un Guide des frontières pour les profanes*, un sublime atlas relié qui pesait une tonne. À l'intérieur, au fil des pages, on découvrait des cartes du monde, depuis les temps les plus reculés, qui montraient sa topographie et la connaissance qu'en avaient les populations au fur et à mesure de leur expansion. Sur ces cartes en relief figuraient de minuscules montagnes en trois dimensions. De près, on avait l'impression qu'on pouvait arpenter la route de la soie. C'était une vraie splendeur.

Beto le contempla.

— Ben dites donc ! C'est quelque chose.

— N'est-ce pas ? répondit fièrement Carmen, qui se félicitait d'avoir suivi son intuition et de l'avoir commandé, même à un prix exorbitant. Vous n'auriez jamais ressenti ça devant un écran. Vous ne vous seriez pas rendu compte qu'il était si beau.

Délicatement, Beto laissa courir ses doigts sur les vallées et les sommets.

— Oh, c'est bizarre, poursuivit-il. J'en envie de l'avoir, mais je ne sais pas pourquoi.

— C'est qu'il est fait pour vous. Bien choisi, un livre devient une partie de vous. Vous voulez que je vous le garde ?

Il le couva du regard.

— Je vais le mettre sur ma liste de Noël. Je suis en contact direct avec le pôle Nord, répondit-il en tapotant sa sacoche avant de tourner les talons, prêt à partir.

Puis il fouilla à nouveau dans son sac.

— Oh, pardon, j'ai autre chose. Une facture, sans doute.

Carmen hocha la tête. C'était le cas, en général.

— Drôle de timbre, commenta le facteur en sortant l'enveloppe.

M. McCredie les rejoignit avec une agilité surprenante pour un homme de son âge.

— Je crois... que c'est pour moi.
Ça l'était.

**

— Qu'est-ce que c'est ? demanda Carmen, méfiante, comme M. McCredie manipulait l'enveloppe avec une certaine révérence.

Il avait les yeux brillants et les joues plus roses que jamais. Un instant, elle craignit que ce courrier vienne de l'hôpital.

Les mains tremblantes, il l'ouvrit, le lut, puis poussa un profond soupir.

— *Quoi* ? fit-elle, trépignant d'impatience. Qu'est-ce que c'est ? C'est le médecin ?

Il la dévisagea.

— Pas du tout. Non. En fait... Je...

Ses yeux lointains s'embuèrent de larmes.

— J'ai décidé de faire un voyage.

— Comment ça ?

Une seconde, elle crut qu'il évoquait le dernier voyage de manière poétique.

— Vous êtes malade ? l'interrogea-t-elle, plus fort cette fois. Vous devez me le dire, ce n'est pas juste.

Il posa ses bons yeux bleus sur elle.

— Non. Non. Du moins je ne crois pas. Rien de plus que les tracasseries habituelles à mon âge, en tout cas. Non. Je ressens un besoin. Je dois faire un voyage.

— Où ça ?

Il voulait peut-être aller visiter la British Library, à Londres. Ou Shakespeare and Company, à Paris, ou la Tromsø Bokhandel. Voir les plus belles librairies du monde. Ça aurait du sens.

M. McCredie regarda dehors, vers le bas de la rue, comme s'il était déjà loin.

— En *Antarctique*, finit-il par répondre. À l'extrémité sud du monde.

Carmen le dévisagea.

— Vous plaisantez ?

Il lui rendit son regard.

— Je pensais que tu avais compris que je ne plaisantais jamais, répondit-il de sa voix douce.

C'était vrai.

— Mais comment... comment comptez-vous aller en Antarctique ?

— Un bateau de ravitaillement part juste après Noël. C'est l'été, là-bas. On peut y aller avant que la glace se referme. Je pourrai lui témoigner mon respect. Le navire part du port de Leith.

Les ancêtres de M. McCredie étaient de célèbres explorateurs de l'Antarctique : il avait ça dans le sang, du moins le croyait-il. Il possédait toute une collection de vieux *finnesko*[1] et après-skis dans le grenier.

— Attendez une seconde. Ils vous emmènent ? Vous leur avez demandé ?

— Je leur ai envoyé un courrier.

Il lui montra la lettre qu'il venait de recevoir en réponse, au haut de laquelle était inscrit « British Antarctic Survey ».

— Et ils vous emmènent ? *Vous* ? s'étonna Carmen, sans se rendre compte de sa grossièreté.

— Oui. Si je peux payer.

Carmen prit la lettre, la lut et poussa un sifflement admiratif.

---

1. Bottes traditionnelles des Samis, en peau de rennes.

CHAPITRE 6

Forêt amazonienne

O KE ÉTAIT LÀ depuis plusieurs mois maintenant (l'expédition avait été prolongée, comme ça arrive souvent), et tout ce qui lui avait paru extraordinaire au départ – vivre sous une tente, travailler dans la plus grande jungle du monde, et la plus sauvage – était presque devenu banal. La chaleur, l'humidité amollissante dans l'air et le nombre inouï d'oiseaux et d'animaux qu'ils avaient commencé à apercevoir à mesure qu'ils s'enfonçaient dans les profondeurs de la forêt amazonienne le poussaient encore plus à vouloir préserver ce monde, ce qu'il en restait : c'était un besoin viscéral. Les cris étonnants des perroquets sauvages et les colibris aux couleurs chatoyantes lui coupaient le souffle. Il ne rêvait plus aussi souvent de ruelles froides et sombres, de matinées fraîches et ensoleillées, de la neige qui craquait sous ses pieds, de pubs accueillants, chaleureux, et de feux de cheminée qui étaient un vrai plaisir, pas un pauvre truc autour duquel ils se rassemblaient pour tenter de contrer l'obscurité oppressante et les nombreux insectes nocturnes. Il ne rêvait presque plus d'une fille fougueuse au rire malicieux, qui ne savait pas danser la samba mais mourait d'envie d'apprendre. Mais parfois, parfois seulement, il pensait à ce qu'il avait laissé derrière lui, et un sentiment de nostalgie, de solitude le submergeait.

Pourtant, ici, au cœur de la jungle – toujours sur le qui-vive, conscient de ses dangers, abordant ou contournant ses populations avec respect, en fonction de ce qu'ils savaient d'elles, pagayant à tour de rôle sur les grands affluents de l'Amazone –, il se sentait mieux. Il n'était plus aussi triste, pas à longueur de temps. Quand il se plongeait dans l'étude des arbres majestueux, qu'il analysait leur sève, les comptait, notait leur emplacement sur une carte, retransmettant le plus de données possibles à l'université – il se sentait bien, utile.

Et Mary était toujours là, bien sûr, débordant d'enthousiasme, suggérant des chansons qu'il ne connaissait pas à entonner autour du feu, toujours serviable et enjouée, même si les membres de l'équipe étaient en grande partie des spécialistes sérieux qui auraient préféré ne parler que de sève.

En plus des soins infirmiers, elle s'occupait des repas et lui apportait tous les jours une tasse de café à son réveil. Elle l'interrogeait sur sa mère et le prévenait quand c'était son tour d'utiliser le téléphone satellite. Son portable ne captait plus depuis longtemps, il ne l'avait pas rechargé depuis des semaines.

Il se mettait facilement au diapason de Mary, réalisa-t-il. Ils se remémoraient des histoires rigolotes de leur enfance, puisqu'ils avaient grandi dans la même ville et fréquenté le même temple quaker ; leurs jeux et leurs mères, bien sûr, qui étaient les meilleures amies du monde ; ses sœurs, encore.

Mary savait parfaitement ce qu'elle voulait faire après l'expédition : obtenir son diplôme, puis travailler dans leur ville natale, s'installer près de chez ses parents, mener une vie heureuse… Elle était jeune, exaltée, lucide, et Oke se rendit compte qu'il enviait sa certitude.

Toute sa vie, même s'il n'était pas le plus assidu des quakers, Oke avait cru farouchement aux principes de sa religion : recueillement silencieux et un engagement fort envers la vérité et la communauté.

Il n'était pas aveugle. Sa mère ne s'en était pas cachée. Il devrait accepter Mary, ou une fille comme elle, et vivre dans la communauté soudée et paisible où il était né. Il s'était toujours plus ou moins attendu à cette existence. Ça rendrait leurs familles très heureuses. Un amour constant, qu'ils entretiendraient, qui grandirait. Mary était une fille bien, ça ne faisait aucun doute. Et il avait des remords : il avait essayé de vivre autrement, mais il n'avait réussi qu'à rendre deux personnes très malheureuses. Il y avait peut-être du vrai dans l'ancienne sagesse, en fin de compte.

Une nuit, alors que l'expédition touchait presque à sa fin, Mary le rejoignit, comme sortie de nulle part. Ils avaient eu une dure journée : ils avaient remonté le fleuve, puis entrepris une longue randonnée épuisante à la recherche d'un arbre qui apparaissait sur une carte, mais qui n'existait finalement pas. Pour couronner le tout, les piles de leurs lampes torches s'étaient déchargées et, bref, dans l'ensemble, cette horrible journée avait été une perte de temps.

Le camarade de tente d'Oke s'appelait Juan Castillo. Originaire de Rio, c'était un garçon maigrichon, drôle, fort en gueule, qu'Oke n'aimait pas trop au départ, jusqu'à ce que ses éternelles blagues cessent d'être énervantes pour devenir réconfortantes. Quand on tendait l'oreille la nuit pour s'assurer qu'un caïman n'allait pas sortir de l'eau et vous arracher la jambe, quand on rêvait de prendre un bain dans une maison avec un toit au lieu de se laver avec une douche solaire, ou qu'on brûlait d'envie de boire une tasse de café digne de ce nom, avoir un boute-en-train dans l'équipe était plus que bienvenu.

Juan Castillo, K.-O., ronflait déjà comme un sonneur, mais Oke avait veillé tard. Allongé sur le capot de la Land Rover, il contemplait la Croix du Sud, qui n'avait rien perdu de sa magie.

Aucune série télévisée ne pouvait rivaliser avec le spectacle des étoiles brillant au-dessus d'une clairière, loin, très loin des villes, de la pollution lumineuse et de la rumeur du monde. Un monde qui lui manquait parfois, plus qu'il ne l'aurait imaginé, mais qu'il était parfois heureux d'avoir laissé derrière lui. Il se sentait pris en tenaille entre des désirs contradictoires, tiraillé d'un côté et de l'autre. Sa famille voulait une chose ; l'université, une autre. Un pays froid et étrange l'attendait toujours, même s'il était incapable de l'imaginer pour le moment. Édimbourg : une cité du XVIIIe siècle, alors qu'il avait été élevé dans une religion du XVIIe qui s'efforçait de s'adapter au monde du XXIe.

Mais ici, il était loin des préoccupations humaines, entouré par une forêt tropicale qui n'avait pas changé depuis le temps des dinosaures, les oreilles emplies des bruits nocturnes de la jungle : des cris sauvages, des hurlements perçants, le pépiement des oiseaux et, de temps à autre, un grognement, très lointain, espérait-il. Dans l'air chaud et humide, Oke admirait les diamants étincelants au-dessus de lui et il se sentait bien, plus convaincu que jamais que le monde entier était interconnecté et qu'il y avait quelque chose – quelque chose – là-bas, au fin fond de l'espace ou aux confins du temps, au-delà des limites de l'univers connu. Et nous n'y occupions qu'une place négligeable. Mais il trouvait ça réconfortant : prendre les meilleures décisions possibles, c'était tout ce qu'on pouvait faire. L'univers était trop vaste, trop mystérieux, pour être appréhendé, par lui ou par quiconque. Même dans ce tout petit coin du monde, dans l'un des écosystèmes les plus anciens et les plus fabuleux de la planète, il y avait tant de choses qu'ils ne connaissaient pas. Qu'ils ne connaîtraient jamais. Et c'était très bien comme ça.

Il était à moitié en transe, à moitié endormi, quand Mary, qui revenait des toilettes du campement, tomba sur lui.

— Hé, murmura-t-elle. Tu fais quoi ?

— Pas grand-chose, répondit-il en montrant vaguement le ciel. Tout.

Elle se rapprocha, et il lui fit gentiment une petite place.

— On voit Cassiopée, commenta-t-elle d'une voix douce. Et Pégase.

Il hocha la tête. Nommer les constellations lui paraissait frivole, un peu comme les histoires que Carmen vendait aux enfants. Même s'il ne pensait pas à elle.

— J'adore cet endroit, pas toi ? chuchota Mary. On vit dans un pays vraiment merveilleux. Ça doit tellement te manquer, quand tu es loin.

Oke répondit d'un grommellement évasif. Mary lui jeta un regard en coin.

Elle le connaissait depuis toute petite. Elle avait toujours, toujours, adoré ce grand garçon intelligent et studieux, qui faisait du vélo un livre à la main, qui restait silencieux pendant les réunions et ne fanfaronnait pas en dehors, qui écoutait avec attention les conseils de ses aînés, pour prendre ses propres décisions ensuite. Et, à présent, c'était un homme expérimenté, cultivé, qui avait voyagé : un doctorant. Il n'était pas riche, mais ça n'avait pas d'importance. Leurs deux familles voulaient la même chose. Elle était restée discrète, sur la réserve. Mais elle sentait qu'il était temps de passer à la vitesse supérieure. L'expédition prendrait bientôt fin, et elle aimerait bien que l'affaire soit... entendue. Parce qu'elle était amoureuse de lui depuis la moitié de sa vie.

Elle se tourna pour contempler son beau profil et dut fournir un gros effort pour ne pas le toucher.

— Ce voyage a été extraordinaire, tu ne trouves pas ?
— Oh si.
— Je n'en reviens pas qu'il soit presque fini. Ce serait génial de trouver... un boulot dans la recherche, non ? De passer notre vie à explorer ? Je pourrais être infirmière partout, tu sais.

Il la regarda et remarqua que, bien qu'elle soit en short et en débardeur, elle avait mis du mascara.

— Hmm.
— Je crois... enfin... on s'entend bien, non ? demanda-t-elle en tendant un bras vers lui.

Était-ce ce que voulait l'univers ? se demanda-t-il en fixant le ciel. Il pensa au visage de sa mère, à la joie de sa famille. Il pensa à Carmen : en colère, toute rouge, furieuse. Il pensa aux petits matins froids, à un monde qui lui paraissait si lointain ; un monde hors de prix, glacial. Son cerveau sembla se dissocier : les pensées se mirent à se bousculer dans sa tête. Il avait l'impression que les étoiles bougeaient, que le ciel penchait vers lui, oppressant, écrasant de chaleur. Tous les jours, songea-t-il, tous les jours, il se réveillait trempé ; il nageait dans le fleuve boueux pour se laver – ils réservaient l'eau claire pour la boire, et la douche solaire était si difficile à faire fonctionner qu'ils ne prenaient en général pas la peine de l'utiliser. L'air était si moite que dix minutes après être sorti de l'eau, il était de nouveau trempé, sa chemise collée à son dos.

Il n'y prêtait pas attention avant, il remarquait à peine le temps qu'il faisait. Mais ici, même en pleine nuit, il avait du mal à supporter ce climat. La chaleur l'accablait. Le froid mordant d'une matinée glaciale et lumineuse lui manqua tout à coup. Il avait envie de porter un bonnet, pas un chapeau pour se protéger de la lumière aveuglante. Le monde lui paraissait torride, et il ne pouvait y échapper. Plongé dans un état de torpeur, il sentit son sang devenir plus sirupeux, son rythme cardiaque déjà lent ralentir encore, son esprit dériver sur des mers chaudes et démontées.

— Oke ? l'appela Mary en voyant ses yeux s'agrandir et rouler sur le côté.

Puis son ton se fit plus pressant.

— OKE ?

CHAPITRE 7

Novembre

— RÉPÉTEZ-MOI ÇA, dit Carmen, incrédule. Ça n'avait ni queue ni tête.
— Je dois être en Amérique du Sud le 2 janvier. Le bateau viendra me chercher, on fera escale aux îles Malouines puis on mettra le cap sur le détroit de McMurdo. Nous partons le 26 décembre, expliqua M. McCredie, ses yeux s'embuant une nouvelle fois, perdus dans le vague.
— *Ce* mois de décembre ? C'est impossible ! Ce n'est que dans quelques semaines.
— Oh si, c'est possible, parce que c'est l'été...
— Non, ce n'est pas ce que je veux dire. Comment vous comptez payer le voyage ? On est déjà en novembre.
— Ah, oui.

Leurs regards se portèrent sur la lettre désormais froissée du British Antarctic Survey. Ils acceptaient de l'emmener, insistaient-ils, car ses illustres ancêtres avaient participé à l'expédition Scotia[1]. Tout en bas de la page figurait la somme qu'ils lui demanderaient. Elle était astronomique.

— Vous n'avez pas cet argent, reprit Carmen, qui connaissait le montant de leur découvert. Clippy le trombone va vous le dire.

« ON DIRAIT QUE TU ESSAIES D'OUVRIR UN FICHIER », tapa Clippy sans l'ouvrir.

— Oui, mais c'est pour ça que tu es là, non ? répondit le vieux monsieur, les yeux ronds et impatients, sans même jeter un coup d'œil à l'écran. Pour trouver des moyens intelligents de gagner de l'argent ?

— Je les ai tous envisagés, je crois. Qu'est-ce que vous avez pensé de mon conte d'Halloween à glacer le sang ?

— J'ai trouvé cette histoire particulièrement effrayante.

— C'était pour Halloween ! Et le film ?

— Vulgaire.

Carmen souffla.

— Mais j'ai bien une idée, reprit-il.

— Ah oui ? s'enthousiasma-t-elle.

Il connaissait la librairie mieux que personne, tous les trésors qu'elle pouvait receler.

— Enfin, c'est un peu insolite.

— Encore mieux. C'est bien si c'est original !

Il fit la moue.

— Eh bien... il y a ce monsieur...

— Mmh mmh ?

— Tu sais, Jackson McClockerty. Il a des idées *très* intéressantes sur ce qu'on pourrait faire ici...

— Comment ça ? s'emporta-t-elle.

---

[1]. Expédition nationale antarctique écossaise, menée par William Speirs Bruce entre 1902 et 1904.

— Oh, ça fait des années que Jackson a des vues sur la librairie.

**

— Il a perdu la tête, décréta Carmen ce soir-là en faisant les cent pas, Eric gigotant dans ses bras. Il est devenu complètement fou.

— Jackson McClockerty, dit Sofia, dépitée.

Elles faisaient une trêve, car l'autre option était trop déprimante. Rudi emménageait la semaine suivante.

— Tu le connais ?

— Tout le monde le connaît ! C'est le roi de la camelote de Costorphine. Sauf qu'il ne vit sans doute plus en banlieue.

— Bon sang. Je… je ne le supporterais pas. Je veux juste vendre des livres.

Sofia se renfrogna. Cette solution lui paraissait si évidente qu'elle ne comprenait pas pourquoi Carmen y était hostile.

— M. McCredie a besoin d'argent. Et vite.

— Mmh mmh.

— Et il a toutes ces pièces vides chez lui…

Carmen se décomposa à nouveau. Elle n'arrêtait pas d'oublier, ou essayait, mais Sofia n'arrêtait pas de lui rappeler. Chaque fois, ça lui faisait l'effet d'un coup de massue. Elle détestait sa sœur, parfois.

— Sofia, c'est inhabitable ! Il n'y a pas le chauffage central, tu sais ? Je crois qu'il ne peut plus monter les escaliers. C'est à l'abandon, en gros.

— Je sais juste que c'est dans un super quartier et très pratique pour le travail.

Un silence presque aussi glacial que le logement de M. McCredie s'installa, et Sofia s'affaira dans la cuisine.

— Tu sais, tu devrais ouvrir le fond de la boutique, dit-elle au bout d'un moment en signe de paix. L'avant est tout petit, mais la réserve est immense, c'est ridicule. En l'ouvrant, il y aurait plus de livres à regarder, et les gens en achèteraient plus.

— Et comment je fais pour abattre le mur et éclairer les pièces du fond, hein ? L'argent ne pousse pas dans les arbres. C'est complètement débile, comme idée.

Mais ce n'était pas si débile, en réalité, ce qui l'agaça encore plus, et les deux sœurs se remirent à s'ignorer, maussades, jusqu'à ce que la porte finisse par s'ouvrir. Pippa entra.

— Bonjour, ma chérie, lança Sofia, ravie de cette diversion.

— Ohhh, fit la fillette en s'affalant sur la table.

Ça ne lui ressemblait pas. En général, en arrivant, elle claironnait ses succès du jour : ses bonnes réponses, ses dictées sans faute, les compliments qu'elle avait reçus. Ce jour-là, elle paraissait abattue et fixait la table de la cuisine.

— Qu'est-ce qui t'arrive ? l'interrogea Carmen.

Pippa lui jeta un coup d'œil. Elle considérait que sa tante prenait toujours le parti de sa petite sœur (à sa décharge, il y avait une part de vérité là-dedans. Phoebe et Carmen se ressemblaient beaucoup).

La fillette poussa un profond soupir.

— Est-ce qu'un chocolat chaud te ferait du bien ?

— *Carmen !* la reprit Sofia, exaspérée.

En réponse, l'intéressée leva les yeux au ciel.

— Désolée. Je pensais juste que ça lui ferait du bien.

— Le sucre n'est pas la solution !

— Ça dépend un peu de la situation, quand même, rétorqua Carmen.

— Eh bien, oui, pourquoi pas, répondit Pippa, cédant un peu de terrain dans la guerre secrète qu'elle menait inlassablement contre sa tante.

Carmen se leva pour se diriger vers la cuisinière, installant Eric dans son transat, où il pouvait passer des heures à faire des « BA BA BA BA », tant que tous ceux qui passaient devant lui donnaient une petite impulsion pour le balancer. Elle versa du lait dans une casserole, puis attrapa les biscuits hors de prix que Sofia cachait sur l'étagère du haut, sous le regard assassin de cette dernière.

La porte d'entrée s'ouvrit à nouveau. Cette fois, c'était Phoebe. L'établissement scolaire des enfants, qui allait de la maternelle au lycée, n'était pas loin, et les deux sœurs auraient pu rentrer ensemble en théorie, mais ça n'arrivait jamais. Pippa marchait devant avec ses meilleures copines, parmi lesquelles il y en avait toujours deux qui se faisaient la tête. Elles avaient toutes les mêmes queues-de-cheval lisses et brillantes, nouées bien haut sur le crâne. Phoebe, elle, cavalait en marge des grands groupes de filles ou de garçons qui défilaient dans la rue, s'employant à donner l'impression qu'elle était seule, le cartable ouvert, semant des bouts de papier et des vieilles chaussettes derrière elle, comme un personnage de Quentin Blake[1].

Le lundi, quand la librairie était fermée, Carmen allait souvent à sa rencontre avec Eric. Voir sa petite chérie monter seule la colline en direction du West End, traînant son barda, tandis que Pippa trottait devant, lui serrait le cœur. Sofia faisait pareil, se rappelait-elle, mais dans ses souvenirs, ça ne l'embêtait pas : les sœurs ne

---

1. Illustrateur et écrivain britannique connu pour avoir illustré les romans de Roald Dahl.

se parlaient pas à l'école, c'était la règle. Et le moins souvent possible à la maison, si elles pouvaient l'éviter.

— Salut, Phoebs ! lança-t-elle avec un sourire chaleureux.

L'une des tresses bien serrées de la fillette avait réussi à se défaire et ses cheveux tombaient en cascade sur son pull, qui était mal rentré dans sa jupe et troué aux poignets, car elle tirait sans cesse dessus avec ses pouces, même si on lui répétait d'arrêter. On lui donnait les vieux vêtements de Pippa en parfait état, mais elle réussissait toujours à les perdre ou à les abîmer en quelques semaines.

— Tu as passé une bonne journée ?

Les épaules de Phoebe s'affaissèrent.

— M. Lochin a dit que je devais plus me concentrer.

Sofia releva la tête. M. Lochin était exactement le genre de professeur qu'elle aimait : de la vieille école, conventionnel, très exigeant avec tous ses élèves en matière de politesse, de comportement et de travail. C'était un vrai désastre avec Phoebe.

— Te concentrer sur quoi ? demanda Carmen en remuant le chocolat chaud.

— En fait, Phoebs, lança Pippa d'une voix forte. Il faut que j'aie une *conversation de grands*, là. Tu veux bien nous laisser, s'il te plaît ?

La petite parut triste.

— Je te garderai du chocolat chaud, la rassura sa tante.

— On ne me prépare jamais de chocolat chaud quand j'ai des problèmes, moi, se plaignit la fillette.

— Parce que tu as des problèmes *tous les jours*, répliqua sa sœur. Le chocolat chaud t'en créerait de nouveaux.

— Pippa ! Ne sois pas méchante, l'implora sa mère.

— Je suis bienveillante et je dis la vérité ! Je croyais qu'on était censés dire la vérité ! protesta Pippa.

Mine de rien, Carmen servit quatre tasses de chocolat bien chaud, évitant avec diplomatie d'en donner une à Sofia, qui aurait refusé. Jack ferait irruption d'une minute à l'autre ou, plus probablement, enverrait un texto pour dire qu'il était chez Olly. Son copain vivait dans ce que Jack considérait comme le paradis sur terre : une énorme maison neuve dans un lotissement sécurisé, dotée d'une table de billard au sous-sol, d'un immense jardin et même d'un sauna. Toutes ces maisons identiques entouraient une pelouse commune, où les enfants pouvaient jouer au foot. Sofia trouvait ça vulgaire, avec toutes ces voitures en rang d'oignon, ces salles de cinéma, ces distributeurs de chewing-gum, ces gigantesques réfrigérateurs américains et ces pelouses artificielles manucurées. Pour Jack, c'était un eldorado.

Phoebe considéra son chocolat chaud.

— Est-ce que je peux l'emporter à l'étage ?

— Non, répondit sa mère.

— Est-ce que je peux l'emporter dans la chambre de Carmen ?

— Bien sûr.

— Quoi ?

Carmen adorait Phoebe, mais cette enfant renversait des trucs partout où elle allait.

— Oh, arrête ! Tu t'en fiches.

Sous-entendu : *Et tu déménages bientôt.*

— Hum, hum, fit Pippa.

— Je peux peut-être rester ? tenta une nouvelle fois Phoebe.

Sa sœur lui jeta un regard impérieux.

— Mais c'est un truc de grands, pour les grands. Tu ne peux pas intervenir.

— Je ne dirai rien.

— *Rien du tout.*
— D'accord.
— Et puis c'est un secret... tu n'as le droit de le dire à personne, sinon je le saurai.
— D'accord, répondit Phoebe de la voix la plus basse et la plus docile possible.
— Qu'est-ce qu'il y a ? l'interrogea Sofia.
— Eh bien..., commença Pippa avant de marquer une pause théâtrale. Alfie Broderson veut que je sois sa petite copine.

Le silence se fit dans la pièce.

— Mais tu es encore une enfant, protesta Carmen.
— J'ai presque douze ans !
— La définition même d'une enfant, quoi.

Sofia s'assit.

— Alfie Broderson, c'est le garçon qui fait du rugby ?
— Oui, il est horrible, je ne l'aime pas, répondit Pippa d'un trait.
— Bien, parce que tu es une enfant, insista Carmen.
— Tout le monde dit qu'il t'aime bien, intervint timidement Phoebe.
— Les *CE2* parlent de ça ? s'étonna son aînée, s'efforçant de cacher sa joie. C'est horrible.
— Tout le monde en parle.

Pippa semblait avoir oublié que sa sœur ne devait pas dire un mot.

— C'est le plus beau garçon de l'école. Enfin, d'après certaines filles, continua la petite en ronchonnant. Moi, je trouve qu'il a l'air débile.
— Voilà, du coup, je ne sais pas quoi faire, reprit Pippa.
— Est-ce qu'il te plaît ? l'interrogea Sofia en regardant sa fille dans les yeux.
— *Sofia !* la reprit Carmen. Arrête !

— Non. C'est un moment important quand on grandit. Et puis je me souviens de toi à cet âge, ne l'oublie pas.

— Pas en 6ᵉ !

— Peu de temps après.

Sofia savait qu'elle devait prendre la chose au sérieux. La morphologie de Pippa commençait déjà à changer. De nombreuses filles de sa classe avaient de la poitrine, avait-elle remarqué, et certaines avaient même leurs règles. Autrefois, ça n'arrivait pas si tôt : les choses changeaient, supposait-elle. Et elle était là pour soutenir ses filles. C'était le genre de mère qu'elle aspirait à être, comme le préconisaient tous les manuels.

— Mais tu ne veux pas sortir avec lui ?

— Je suis bien trop jeune. Et il est bête.

— Ça me paraît très raisonnable.

Pippa était la raison même. Elle fit un grand sourire.

— Le problème, c'est que quand je lui dis « Non, merci », il insiste encore plus.

— Oui, c'est vrai, ma chérie. Je t'ai expliqué que ça se passe comme ça.

Carmen la dévisagea.

— Quoi ?

— Oh, tu sais. Fuis-moi, je te suis. Tu sais bien. C'est pas nouveau.

— C'est n'importe quoi, on se croirait à l'époque victorienne ! Ne lui mets pas des âneries pareilles dans la tête !

— Tu permets ? Je suis en train de discuter avec ma fille, là, s'emporta Sofia.

Carmen encaissa le coup. Elle ne pouvait s'empêcher de le prendre comme une pique à son intention. Pendant toute leur relation, elle avait été folle d'Oke, s'était jetée à son cou. Pour rien.

— Tu pensais ça de moi ? demanda-t-elle à voix basse. Quand j'étais avec Oke ?

— Carmen, tu es une grande fille, capable de prendre tes propres décisions. Et tu n'aurais pas voulu de mes conseils.

— Mais tu le pensais, hein ? Tu pensais que je me jetais sur lui ?

— Je préférerais qu'on évite de parler de ça devant les filles.

— Ça veut dire oui, traduisit Pippa.

— Oh bon sang, lança Carmen, les larmes lui montant aux yeux.

Sofia se tourna vers elle.

— Mais tu étais si heureuse, ma chérie ! Tu étais dingue de lui. Je me suis dit qu'il valait mieux que je ne m'en mêle pas. Tu aurais fait quoi si je t'avais dit qu'il donnait un peu l'impression d'être traqué ? Tu m'aurais arraché la tête.

Carmen refoula ses larmes d'un battement de paupières.

— Où est Oke ? demanda Phoebe à brûle-pourpoint. Est-ce qu'il est toujours dans la jungle ? Je croyais que ça allait être mon nouveau tonton. Je l'aimais bien. Sauf pour le truc des anniversaires. Mais tu m'aurais quand même fait un cadeau, alors ça n'aurait pas été grave. Enfin, tu aurais aussi pu me faire deux cadeaux. Tu sais. Pour compenser le fait qu'Oke ne fête pas les anniversaires. Mais, à part ça, je l'aimais beaucoup. Est-ce qu'il est toujours dans la jungle ?

La gorge de Carmen se serra.

— Je ne sais pas. D'après ta mère, je me suis jetée sur lui et j'aurais dû prendre exemple sur Pippa.

— Tout le monde devrait prendre exemple sur Pippa, répondit tristement Phoebe. Mais c'est très dur.

— Ce n'est pas dur ! se récria sa sœur. Il faut juste être gentille !

Carmen regarda Sofia, qui détournait les yeux.

— Oublie ça, dit-elle. Tu as raison, tu sais. Je crois que je ferais bien de déménager.

Un cri de surprise retentit.

— Tu vas *quoi* ?

**

Phoebe se rua sur sa tante.

— Tu ne peux pas t'en aller ! Tu vis ici, avec nous !

— En fait, elle est juste venue nous rendre visite, expliqua Pippa. Puis elle est restée *très longtemps*. C'est maman qui l'a dit. Je l'ai entendue au téléphone.

— PIPPA ! cria Sofia.

Carmen ne l'avait jamais entendue s'adresser aussi durement à sa fille.

Sofia se tourna vers elle.

— J'aurais aimé que tu me préviennes que tu t'étais organisée, pour pouvoir l'annoncer aux enfants moi-même, lança-t-elle d'un ton glacial.

Elle était visiblement furieuse. *Bien,* songea Carmen.

— Je pensais que tu resterais pour *toujours,* s'entêta Phoebe, les larmes aux yeux.

Carmen la prit sur ses genoux, même si elle commençait à être trop grande pour ça.

— Je reviendrai vous rendre visite. Et Rudi va arriver ! Tu vas l'adorer !

— Où est-ce que tu vas ? l'interrogea Pippa.

— Oh, je ne sais pas encore. Mais il y a beaucoup de monde dans cette maison, pas vrai ?

— Oui, répondit Phoebe en reniflant. Papa est pour Jack, maman, pour Pippa, et toi, pour moi.

Malgré la cuisinière encore chaude, le chauffage au sol et tout le confort de la jolie maison de Sofia, la température baissa brusquement dans la pièce.

— Ne dis pas de bêtises, ma chérie, répondit sa mère, mais sa voix était étranglée.

Intérieurement, elle ne pouvait s'empêcher de se révolter. Elle n'y pouvait rien si Pippa la suivait comme une ombre, toujours sage, sociable, sans jamais s'attirer d'ennuis, alors que Phoebe semblait déterminée à se compliquer la vie. Elle aimait sa fille – bien sûr, de tout son cœur. Mais, parfois, elle était si difficile.

Néanmoins, elle n'aurait jamais cru s'être trahie.

Elle s'approcha, mais la petite était toujours assise sur les genoux de Carmen, qui prenait soin de ne pas la regarder. *Satanée Carmen*, songea-t-elle tout à coup, qui apprenait à Phoebe que ce n'était pas grave de traîner toute la journée sur le canapé, de se moquer de son apparence et de se gaver de bonbons et de chocolat chaud, comme si finir vendeuse au smic et vivre aux crochets de sa famille à trente ans était une fierté.

Satanée Sofia, songea Carmen. Dès que quelqu'un faisait un pas de travers, elle le mettait dehors. Elle espérait que Phoebe ne retiendrait pas cette leçon.

CHAPITRE 8

— Tu me trouves méchante ? demanda Sofia à Federico.

Elle parlait à voix basse, même si les enfants dormaient à poings fermés un étage au-dessus d'eux, qu'ils entendaient Eric renifler dans son babyphone, et que Carmen était deux étages en dessous, au sous-sol.

— Je veux dire, elle est super avec Eric. Vraiment super.

Son mari acquiesça.

— Bien sûr qu'elle a été super. Je constate simplement qu'elle vit ici sans payer de loyer ou presque et que je ne l'ai pas vue mettre de l'argent de côté pour une caution, alors qu'elle aurait dû.

— Oh non, j'ai l'argent, répondit Sofia, qui avait placé la somme symbolique que sa sœur lui versait pour le couvert sur un compte épargne avec un bon taux d'intérêt (ce qui rendrait Carmen furieuse quand elle le découvrirait). Mais ça ne fait quand même pas beaucoup.

— Enfin bon, quoi qu'il en soit... Tu sais que ça ne me dérange pas. Sincèrement. Mais ma mère voudrait venir passer un peu de temps ici, et elle serait mieux en bas, et quand ce type va emménager...

Sofia le regarda.

— Ça ne t'embête pas que ce soit un homme ?

— Non, pourquoi ? Je crois que c'est ce qu'il nous faut. Sauf si tu meurs d'envie d'avoir une liaison avec un intégriste religieux roux et manchot.

— Ce n'est *pas drôle*. Et si tu dis ça plus fort, les enfants le répéteront à la seconde où il passera la porte et il nous intentera un procès pour discrimination. Et il aurait raison ! Je le défendrais.

— Mmh mmh. Bref, ça me plaît bien. Il est temps de faire entrer Dieu dans l'existence de ces petits païens.

Sofia le dévisagea.

— Tu veux les emmener à la messe ?

— Nooonnn.

— Alors d'accord.

— Et Carmen ?

— CHUT !

— C'est de ça que je parle. Je sais qu'on a besoin de quelqu'un, mais est-ce qu'on a besoin de *tout* ce monde ? Et j'aimerais ne pas avoir à murmurer *sous mon propre toit*. C'est tout. Et huit personnes, même dans notre belle et grande maison... ça fait beaucoup. La plupart des trentenaires ne voudraient même pas vivre ici.

— Je sais, répondit Sofia. Je sais. Tu as raison. Il est temps.

Elle le regarda.

— J'espère juste que Phoebs ne le prendra pas trop mal.

— Ne t'inquiète pas trop pour elle, d'accord ? Avoir de bonnes notes, ça ne fait pas tout. On en a déjà parlé. Tant qu'elle fait de son mieux.

— Je sais, j'en ai discuté avec elle.

— Tu vois, tout ira bien. Arrête de t'inquiéter autant. Les enfants sont adorables, Eric est adorable, Carmen va se ressaisir, tu seras contente de reprendre le travail. On a beaucoup de chance.

Elle l'embrassa.

— C'est vrai.

**

À l'étage, les filles chuchotaient dans le noir.

— Maman m'a encore dit que j'étais très bien comme j'étais, raconta Phoebe.

— Oh non, répondit Pippa. Ce n'est jamais bon signe.

— Nooonn. Et je n'avais rien fait de mal, en plus.

S'ensuivit un long silence.

— Est-ce que tu crois que Carmen s'en va à cause de moi ? demanda Phoebe tout bas.

— Phoebe, je vais être gentille.

— Bien.

— Alors je ne répondrai pas.

CHAPITRE 9

— *O*KE ? répéta Mary, inquiète.
Mais Oke n'était plus vraiment là ; il avait la tête renversée en arrière, face aux étoiles. Il respirait difficilement.

Mary le secoua.

— Réveille-toi... réveille-toi... *Juan Castillo !*

Les heures suivantes passèrent dans une sorte de brouillard : hélicoptères, papiers d'assurance, perfusions. Heureusement, Mary était une très bonne infirmière. Elle accompagna Oke, qui délirait, atteint de paludisme, jusqu'à l'hôpital le plus proche. À un certain niveau, le jeune homme, totalement hébété, avait conscience que quelque chose n'allait pas, pas du tout, mais il semblait incapable de réagir.

La douleur était intense, comme de la glace brûlante. Il se mit à rêver de neige. Des étoiles blanches s'abattaient sur lui, tandis qu'il était allongé... sur une voiture ? Où était-il ? Sur la voiture ? Non, il était par terre à présent. Le sol était gelé ; des étoiles givrées tombaient. Ou de la neige. Ou de la glace. Sinon, il bouillait : la glace se transformait en fragments ardents qui lui transperçaient la peau. Il était brûlant, il avait trop chaud. Il tirait sur ses vêtements. Des gens lui parlaient en criant, mais il n'entendait pas ce qu'ils lui disaient. Ça allait et venait. Et, maintenant, le soleil l'embrasait à nouveau.

Il était sur le coffre d'une voiture, en train de contempler le ciel. En pleine tempête de neige. Mais était-ce vraiment le cas ? Il avançait, ballotté en tous sens. Une femme le regardait. Il ne comprenait pas. Ce n'était pas sa mère. Ni Carmen. Où était Carmen ? Carmen était sa... Était-elle dans la neige ? Pourquoi était-il aussi brûlant ? Pourquoi la neige n'arrêtait-elle pas de tomber ? Comment pouvait-il se rafraîchir ? Il voulait faire un ange de neige, mais tout se consumait sous ses doigts. Il essayait d'appeler Carmen, mais personne ne répondait. Ou, si quelqu'un venait, c'était un autre visage : il n'y comprenait rien. Et où étaient passés tous les arbres ? Étaient-ils recouverts de neige ? Mais c'étaient des arbres tropicaux. Il ne neigeait pas ici. Il ne devrait pas neiger ici. Ce n'était pas... ce n'était pas possible.

Il entendit un bruit métallique quelque part, comme un martèlement, sans comprendre ce dont il s'agissait. Puis il s'endormit – vraiment ? –, pour s'éveiller dans un monde d'un blanc immaculé. Mais était-ce bien de la neige ? Y avait-il jamais eu de la neige ? Était-ce une simple chambre ? Aux murs blancs ? Avait-il jamais neigé ?

Il s'assoupit à nouveau. À son réveil, il n'avait plus chaud ni froid. Il ne savait pas combien de temps il avait dormi. Il n'avait aucune idée de l'endroit où il se trouvait, aucune idée d'où était son chez-lui.

CHAPITRE 10

Il gelait, ce dimanche matin-là. Sofia avait invité Rudi pour mieux faire connaissance, car elle reprenait le travail deux jours plus tard. Carmen épluchait donc le site Extra Room en soufflant et lisait à voix haute les annonces les plus gratinées.

— « Colocation avec cinq hommes. Intérêt pour les jeux vidéo et admiration pour les Vikings préférables... » Sérieux, c'est quoi ça ?

— Des nazis, répondit Federico, penché sur le *Financial Times*. Des nazis *incels*.

— Je vois. Mais, à ce prix-là, les charges sont comprises, hein ?

Les enfants couraient en tous sens dans le petit jardin venteux : ils ramassaient des feuilles orange et jaunes avec lesquelles Sofia prévoyait vaguement de réaliser un collage. Elle prenait des tas de photos de cette activité saine, réjouissante, censée être partagée en famille, pour pouvoir les poster sur Instagram et épater la galerie. Mais Jack essayait déjà de filer en douce pour jouer au ballon contre le mur, et Phoebe et Pippa commençaient à se disputer pour savoir laquelle prenait le mieux soin de l'escargot qu'elles venaient de trouver et qu'elles avaient décidé de garder tout l'hiver. Résultat, elles le firent tomber, et sa coquille se fêla. Et Sofia se demanda, pas pour la première fois, comment faisaient les parents qui éduquaient leurs enfants sans crier : ils leur disaient que les escargots morts étaient de simples victimes collatérales ?

Eric rampait par terre en poussant de petits cris de satisfaction et de surprise, mâchouillant un certain nombre de feuilles au passage, pendant que les filles pleurnichaient et s'accusaient mutuellement.

— Et celle-ci ? dit Carmen sans prêter attention au vacarme. « Passionné de batterie recherche autre passionné aimant se coucher tard... 1 200 livres. »

— C'est dans quel coin ?

— Mars... Oh, attends ! « Personne à l'esprit ouvert... »

— NOOONNNN.

On sonna à la porte, et l'écran du visiophone connecté au téléphone de Sofia s'afficha.

— Ah oui, c'est Rudi, expliqua-t-elle. Il vient pour une séance d'acclimatation. Avant d'emménager.

Carmen se tut.

— Mardi, poursuivit Sofia, le visage pâle, en prenant Eric sous un bras pour aller ouvrir la porte.

Carmen interrogea du regard Federico, qui haussa les épaules, ne souhaitant pas passer pour le méchant. Mais elle savait qu'il n'y avait aucun sujet de désaccord entre eux, jamais, aucun sujet dont ils n'auraient pas parlé. C'était sans doute l'idée de cette fichue Sofia, mais il ne s'y opposerait sûrement pas.

Elle poussa un soupir. Phoebe s'approcha d'elle et colla son visage tout poisseux au sien.

— Est-ce que tu es triste à cause de l'escargot ?

— Je suis triste de te quitter, ma puce.

Les larmes de sa nièce redoublèrent aussitôt et Carmen s'en voulut d'avoir recours au chantage affectif.

— Mais tu me verras toujours très souvent, ajouta-t-elle du tac au tac.

— Oui, mais avec qui je vais faire des goûters en pleine nuit ?

Carmen afficha un air scandalisé.

— On ne doit *jamais* parler de ça !

— Oh non, j'avais oublié !

Sofia apparut à la baie vitrée qui donnait sur le jardin. Rudi la suivait, un sourire enjoué sur son visage couvert de taches de rousseur.

— Bonjour, les d'Angelo ! lança-t-il jovialement en montrant un sachet. J'ai acheté des mini bananes !

Phoebe le regarda, les joues baignées de larmes, toutes crasseuses.

— Tu ne feras pas de goûters en pleine nuit ! s'écria-t-elle, la morve au nez, avant de s'essuyer sur la manche de son pull Boden hors de prix. Et l'escargot est *mort*.

Rudi eut le mérite de ne pas se laisser démonter par cette sortie incompréhensible. Il s'approcha de la fillette, désormais accroupie par terre.

— Tiens donc ! dit-il en voyant l'escargot. O.K., bon, est-ce que quelqu'un peut me dire où est rangé le vernis à ongles ? Il faudra sans doute que je le sache à un moment ou un autre, de toute façon.

Pippa se leva d'un bond et alla lui chercher celui que Carmen lui avait offert pour son anniversaire, devant une Sofia écœurée.

— Qu'est-ce que tu comptes faire ? l'interrogea-t-elle avec méfiance.

— Tu crois que je ne sais pas réparer les escargots, peut-être ?

— Est-ce qu'ils vous apprennent ça, à l'armée ? demanda Jack. Est-ce que tu m'apprendras ce que tu as appris à l'armée ? À part les trucs d'escargot.

— D'accord. Je vais aussi avoir besoin de sparadrap.

Rudi parut impressionné par l'arsenal de secours que Sofia s'était constitué dans le tiroir.

— Vous pourriez ouvrir un hôpital mobile avec ça, lui dit-il par-dessus son épaule en attrapant un rouleau de sparadrap.

— Ça fait longtemps qu'on ne m'avait pas dit quelque chose d'aussi gentil, répondit Sofia, surprise.

— Hé ! fit Federico d'un air amusé.

Les enfants imitèrent sagement Rudi quand il s'agenouilla à côté de l'escargot. Carmen lui jeta un coup d'œil. Elle n'avait pas remarqué qu'il était si large d'épaules.

— Bon, mon petit gars, pas de mouvements brusques, dit-il en ouvrant le flacon de vernis avec les dents.

Il fit alors un grand sourire, et le soleil de fin d'automne illumina ses cheveux roux, qui prirent soudain une teinte dorée éclatante.

Il recouvrit délicatement la coquille fissurée de vernis, puis de sparadrap, maintenant soigneusement la bande avec son moignon avant de la couper avec les dents.

— Tu peux tenir l'escargot immobile ? demanda-t-il à Phoebe. C'est une tâche très importante.

— Je peux le faire, moi ! intervint Pippa.

Rudi parut pris au dépourvu, mais réagit vite.

— Non, j'ai besoin que tu lui fasses un lit, lui dit-il. On va le mettre sur un lit de feuilles douillet et lui donner à manger une petite friandise. Des...

— MINI BANANES ! cria Jack, tout content.

— Exactement ! Je vois d'ailleurs que le plus jeune de l'équipe a pris en main le projet bananes.

En effet, Eric avait profité de ce remue-ménage pour ramper dans les feuilles et était déjà en train d'attraper les bananes naines, un sourire édenté aux lèvres, l'air tout content de lui.

Carmen les observa, tous ensemble. Phoebe séchait ses larmes, et Sofia et Federico échangeaient des regards très enthousiastes, qui voulaient dire : *Ça y est, après avoir eu des nounous désastreuses pendant des années, de la simple calamité à la voleuse patentée, est-ce que tu crois qu'on a enfin trouvé la perle rare ?*

Pippa construisait méticuleusement la maison pour escargots la plus sensationnelle qui ait jamais existé, et Jack fixait cette nouvelle présence masculine, muet d'admiration. Et Carmen, abattue, eut une prise de conscience. Une vraie prise de conscience : elle devait partir. Elle n'avait rien à faire là. Ils l'aimaient, bien sûr, mais ils essayaient de fonder une famille. Ils *étaient* une famille. Ils n'avaient pas besoin qu'elle soit là, à vider leur frigo, à traîner dans leurs pattes. Sofia angoissait déjà à l'idée de reprendre le travail, elle n'avait pas besoin de se rajouter du stress avec sa petite sœur.

Elle regagna la cuisine pour faire du thé, ce qui était assez inhabituel. D'habitude, Sofia lui demandait d'en préparer pendant qu'elle allaitait Eric, et Carmen, qui était le plus souvent en train de se plaindre de ne pas avoir de nouvelles d'Oke, grimaçait et répondait : « Je ne suis pas ton esclave. » Puis elle se rappelait qu'elle squattait le sous-sol et se levait pour le faire, de mauvaise grâce, et mal en plus.

Mais, cette fois, elle le prépara de son propre chef.

Sofia la rejoignit et se posta à côté d'elle.

— Écoute. Phoebe ne veut vraiment pas que tu partes. Il n'y a pas beaucoup d'espace en bas, mais... reste, si tu veux. S'il te plaît.

— Non, se força-t-elle à répondre. Non. C'est mieux comme ça. Je le vois, maintenant.

Sa sœur lui tapota le bras, sans insister.

— Rudi a l'air gentil, commenta Carmen.

— Je suis *très* gentil, lança le jeune homme en entrant. Est-ce que je peux avoir du thé ? lui demanda-t-il avec un clin d'œil qu'elle ne remarqua pas tout de suite.

Mais quand elle finit par percuter, elle lui tendit une tasse avec un grand sourire. *Dieu merci, elle s'en va,* songea Sofia. Et, Dieu merci, elle reprenait le travail. Elle s'occuperait d'affaires familiales, de divorces et de testaments toute la journée, mais ce serait quand même beaucoup moins pénible que sa propre famille.

CHAPITRE 11

CARMEN DÉCIDA DE DÉCORER la boutique et d'évaluer le potentiel de la maison. Elle alla fouiller dans le grenier poussiéreux, traversant le logement de M. McCredie où il régnait un froid de canard. L'élégant salon était intact depuis 1952, idem pour la très vieille cuisine, puis les escaliers continuaient de monter, menant à des pièces où elle n'avait même jamais mis les pieds. Cette maison était franchement inhabitable : glaciale, pleine de poussière, avec des prises électriques en bakélite terrifiantes. Carmen songea au délicieux chauffage au sol de Sofia et poussa un soupir. Peut-être que si elle avait été une meilleure colocataire, ou une meilleure petite amie… Peut-être, peut-être, peut-être…

Elle contempla les vieilles pièces, pleine de regrets. Et, bien sûr, M. McCredie pouvait ne pas accepter.

Bon, ça suffit, se reprit-elle. Secoue-toi ! Tu as des choses à faire ! Histoire de garder au moins un boulot.

Elle descendit du grenier la maison de poupées peuplée de petites souris dont elle s'était servie pour décorer la boutique l'année précédente et la plaça dans l'une des vitrines, sur un tapis de coton, puis elle brancha la guirlande lumineuse. Sa lueur chaleureuse éclaira la devanture du magasin, la rendant accueillante et attrayante. La seconde vitrine était réservée au train électrique. Autour de ces ornements, elle disposa tous les plus beaux livres de Noël qu'elle trouva : de magnifiques éditions de vieux contes et d'aventures inédites, des histoires de fantômes situées dans des déserts de neige, des histoires d'amour impliquant le père Noël.

Au moins, même si tout le reste allait de travers, la librairie était ravissante. Elle appréhendait sa discussion avec M. McCredie, mais elle trouvait apaisant, salutaire, de décorer la boutique pour Noël. On pouvait difficilement ne pas retrouver le sourire en voyant le magasin aussi joli, scintillant de mille feux. Elle admirait son œuvre quand elle entendit un grincement dehors, un son aigu de cornemuse.

Carmen était originaire de la côte ouest : elle avait été biberonnée à la cornemuse (et aux excellentes glaces). Elle aimait cet instrument et trouvait parfois ces airs profondément touchants. À petites doses.

Ce mugissement continu, qui sortait de la porte ouverte de la quincaillerie de Bobby, était implacable. Et les reprises de chansons populaires à la cornemuse s'enchaînèrent toute la journée.

Tous les riverains s'en plaignirent. En plus, les seaux adorés de Bobby, habituellement alignés devant sa devanture, étaient maintenant remplis de bérets écossais bas de gamme, d'affreuses poupées en plastique vêtues de tartan (fabriquées à l'étranger, bien sûr) et autre camelote kitsch bon marché. Le pire (du moins aux yeux de Carmen et de M. McCredie), c'étaient les énormes pancartes placées au-dessus – « POUPÉE :

6,99 £ » ; « TEE-SHIRT : 9,99 £ » –, les lettres noires se détachant crûment sur un fond orange fluo. C'était d'une laideur sans nom.

Bobby le savait. Il portait toujours son tablier de travail, mais il semblait mal à l'aise, gêné, et feignait de ne pas les voir passer. Crawford, du magasin de vêtements, adressa de longues missives soigneusement formulées au conseil municipal, qui manquait de moyens et de personnel et pour qui ce problème n'était pas une priorité tant que quelqu'un payait le loyer. Bronagh maugréait – elle avait manifestement un plan. Carmen ignorait en quoi il consistait, mais elle espérait qu'il s'agissait d'un sortilège de silence.

Des drapeaux en plastique de quatre sous claquaient au vent, et Carmen, qui avait besoin d'agrafes pour faire tenir ses souris dans son décor, espérait que Bobby en avait en stock. Elle devait s'en procurer au plus vite, avant qu'un enfant passe devant la vitrine et la surprenne en train d'agrafer un petit rongeur – elle ne voulait pas revivre ça. Elle descendit la rue.

La minuscule boutique, autrefois belle et utile, était à présent la verrue de Victoria Street. C'était évident : les gens qui venaient prendre la rue en photo l'ôtaient du cadre ou demandaient à leurs proches de se déplacer, alors que, pendant longtemps, les seaux, les serpillières et les balais en paille de riz si pittoresques de cette petite quincaillerie au charme désuet avaient régulièrement été mis à l'honneur sur Instagram. Mais bien sûr, les gens entraient rarement s'acheter une serpillière en souvenir.

Carmen fixa le magasin, horrifiée. Bobby faisait les cent pas à l'intérieur. On lui avait demandé de porter un béret et un kilt en tartan royal, mais le kilt était de mauvaise qualité, en tissu synthétique rouge vif, sans véritables plis, et Bobby le portait avec des chaussettes ordinaires et des chaussures sans lacets. C'était monstrueux.

Il la vit en train de le fixer derrière la vitre et s'empourpra. Elle s'apprêtait à remonter la rue quand elle se rappela être venue acheter des agrafes.

— Salut, Bobby, dit-elle en entrant. Comment ça va ?

Elle dut élever la voix pour qu'il l'entende par-dessus une reprise atroce de « Douce nuit ».

— J'aimais bien la cornemuse avant, ajouta-t-elle avec une certaine mélancolie.

— Moi aussi.

Ce n'était plus le même homme : son visage rond n'avait plus le même air enjoué. Il avait des cernes sous les yeux. Un gros casque antibruit traînait sur le comptoir. Il suivit son regard.

— Oui, désolé. Je n'ai pas le droit de le porter quand j'ai des clients.

— Oh bon sang. Je suis sincèrement désolée. Tu ne peux pas l'envoyer balader ?

Bobby secoua la tête.

— J'ai signé un document. Et puis, Carmen, je gagne de l'argent.

— Sérieux ?

Il acquiesça, l'air triste.

— Ouais. Les gens veulent acheter ces… machins.

Elle attrapa un Nessie en Velcro et reçut une petite décharge d'électricité statique. Nessie perdit un de ses piquants au passage.

— Ça ne me dérange pas que les gens s'achètent des souvenirs. Mais est-ce que ça doit nécessairement être des trucs horribles ?

— Je ne choisis pas ce que j'ai en stock, expliqua Bobby avec regret. Les commandes sont centralisées.

— Tu m'étonnes ! répondit-elle en regardant cette camelote produite en masse.

Même l'odeur était infecte : comme après un incendie dans une usine de nylon.

— Oh, Bobby.

— Je sais.

— Tu n'avais pas d'autre solution ?

— Rien qui rapporte de l'argent et qui ne nécessite pas un agrément sanitaire pour vendre du café.

— Et tu n'aurais pas voulu faire de concurrence aux copains, de toute façon.

— Nan, confirma-t-il.

La porte du magasin s'ouvrit alors, et Carmen réalisa, scandalisée, que la cloche d'origine avait disparu. Maintenant, une sonnerie électrique criarde se déclenchait.

— Nouveau dispositif de sécurité, grommela Bobby amèrement.

— Mais c'est *horrible*. Je veux dire, tout le reste est merdique, mais, ça, c'est carrément *sacrilège*.

— Ravi de connaître votre opinion, lança une voix. Mais vous êtes qui, d'abord ?

**

Cette voix était celle d'un homme grand et corpulent vêtu d'un costume en tartan bleu et violet tape-à-l'œil, qui venait du magasin de Crawford, Carmen le devina aussitôt, et qui devait donc coûter une petite fortune.

Certaines personnes sont si sûres d'elles qu'on a beau leur dire ce qu'on veut, ça rebondit sur elles, comme sur du titane. Jackson McClockerty était indéniablement l'une d'elles, songea Carmen. Le genre de type à vous décrire comme fougueuse ou à vous demander si vous aviez vos règles quand vous n'étiez pas d'accord avec lui – selon qu'il voulait vous mettre dans son lit ou non. Il semblait peu probable qu'il y ait un entre-deux. Il la mesura du regard, d'une manière qu'elle trouva insupportable : elle eut envie de lui donner un coup de pied dans les tibias et de s'enfuir à toutes jambes, comme on interdisait de le faire aux enfants.

— Carmen, répondit-elle, refusant d'en dire plus.

Bobby en profita pour cacher son casque antibruit sous le comptoir.

Jackson plissa les yeux. Il avait une tête énorme, des traits grossiers, une masse de cheveux bouclés blond roux, trop longs, coiffés en coupe mulet, et des sourcils épais.

— Je vous reconnais. Vous travaillez avec ce vieux fou, à la librairie, non ?

— *Pardon* ? dit Carmen, atterrée, avant de se rendre compte qu'elle était tombée dans le panneau.

— Oh, une fougueuse ! Voyons, vous savez de qui je parle. Il n'est plus tout jeune.

— Si vous parlez de mon patron, il s'appelle Monsieur McCredie.

— J'aime bien les pimbêches. On croirait presque qu'elle est de la haute, hein, Bobby ? Sauf que ce n'est manifestement pas le cas.

Il eut un petit rire satisfait, et Bobby fixa le sol. Carmen décréta qu'elle haïssait tant ce type qu'elle l'aurait bien empalé avec une de ses épées « d'époque » toutes pourries, si elles ne se tordaient pas au moindre impact.

Jackson posa son postérieur imposant sur un vieux coffre en bois, très beau, qui ressemblait à un meuble d'apothicaire et qui contenait jusque-là tous les types de vis et de clous imaginables. Maintenant, il était rempli de magnets en toc en forme de cornemuse, le côté en plastique débordant des tiroirs, donnant à l'ensemble des allures de douteux bric-à-brac. En tout point opposé à l'idée que Carmen se faisait d'un commerce.

— Au fait, je dois passer tout à l'heure, reprit-il, guettant sa réaction.

Il le faisait exprès, elle le savait, et ça la rendait dingue. Il n'y a rien de pire que quelqu'un qui essaie de vous faire sortir de vos gonds et qui parvient à ses fins. On se sent fébrile et floué en même temps. Carmen, qui pouvait démarrer au quart de tour, se hérissa.

— Ah oui ?

— *Oui*, fit-il en imitant son accent de la côte ouest. Oui, il m'a demandé de passer. Pour voir si je pouvais lui donner un coup de pouce. Il paraît qu'il a besoin d'argent.

Amusé, il regarda Carmen ravaler sa colère.

— On s'en sort très bien, déclara-t-elle, s'en voulant de se la raconter devant cet affreux bonhomme.

— Ah. Eh bien, je suis vraiment *ravi* pour vous. Nous voulons tous la même chose, non ? Nous voulons qu'Édimbourg prospère. Nous ne voulons pas voir nos jolies boutiques disparaître pour être transformées en fast-foods avec des enseignes en plastique.

Il souriait, mais ses yeux clairs étaient aussi froids que ceux d'un reptile. Carmen savait pertinemment qu'il essayait de lui faire péter les plombs et résistait à l'envie de lui donner satisfaction.

— Il faut que j'y aille, dit-elle. Salut, Bobby. Oh, attends... J'ai besoin d'agrafes !

— Euh... fit Bobby, et elle vit que c'était le coup de grâce. On n'en a plus en stock, désolé.

CHAPITRE 12

— **M**ONSIEUR McCREDIE ?
Il fallait absolument qu'elle le voie en premier. Elle avait les joues roses et tremblait un peu. Sofia, bien sûr, aurait traité Jackson avec élégance et condescendance. Il n'y avait qu'elle pour se laisser provoquer par un type comme lui.

— *Monsieur McCredie !*

Elle le trouva dans la réserve. Il avait à la main une magnifique première édition de *Frankenstein ou le Prométhée moderne*, qui ne devait en aucun cas être manipulée de la sorte. Son arrivée l'avait manifestement pris au dépourvu.

— Tu fais beaucoup de bruit de si bonne heure, Carmen, lui reprocha-t-il.

— Il est presque 11 heures ! Et je viens de rencontrer Jackson McClockerty. C'est le mal incarné !

Le vieux monsieur fronça les sourcils.

— Je crois… il doit venir me voir avec plusieurs idées intéressantes pour augmenter les recettes de la librairie, comme... euh... des torchons à imprimé Scottish terrier, si je me souviens bien. J'ai besoin d'argent, c'est évident. Et vite, en plus !

Carmen prit une inspiration. Le moment était venu. Sa gorge se serra. Elle était prête.

— Non. Non. Vous pouvez dire non à Jackson. On trouvera de l'argent. Écoutez. Vous devez louer une de vos chambres.

— *Pardon* ?

— À moi. Vous devez me louer une chambre, à moi. J'ai besoin d'un toit. Et je... enfin, Sofia... enfin, bref. On vous paiera.

Il parut perplexe.

— Et tu veux vivre... ici ?

— Ah ça non. Mais j'ai besoin d'un toit, vous avez des chambres vides, et j'ai de l'argent. Enfin, Sofia a de l'argent et elle m'a dit qu'elle paierait une caution.

— Bigre ! Je n'y avais jamais pensé. Les chambres ne sont pas en très bon état.

— Comme tout le reste, répondit Carmen d'un ton sombre. Oh, et il faut aussi qu'on trouve un moyen d'ouvrir la réserve. Je ne sais pas comment, mais il va falloir trouver. Pour que les gens puissent chercher les livres, qu'ils ne se contentent pas de vous demander si vous en avez entendu parler.

— Mais j'en ai toujours entendu parler.

— Arrêtez un peu ! L'autre jour, quelqu'un vous a demandé le dernier polar de Floriana Grawford et vous avez eu l'air perdu, dit Carmen, faisant référence à une série au succès phénoménal dont l'héroïne, une médecin généraliste ancienne reine de beauté, dirigeait une ravissante maison de retraite bon marché qui accueillait les personnes âgées et leur fidèle compagnon, tout en élucidant des meurtres pendant son temps libre.

— Je parle de vrais livres. Des livres importants.

— Tous les livres sont importants ! Je devrais imprimer ça sur un tee-shirt. Non, qu'est-ce que je raconte ? Surtout pas. Bref. Dans notre cas, c'est vrai. Vous devriez savoir ce que veulent les gens et être au courant des nouvelles parutions.

— Mais pourquoi les gens ne préfèrent pas lire de grands livres ? demanda M. McCredie en nettoyant ses lunettes.

— Eh bien, pour la même raison que, parfois, on a envie de manger un bœuf bourguignon et d'autres fois, un cheeseburger.

Il la dévisagea, consterné.

— Un *quoi* ?

Elle leva les yeux au ciel.

— D'accord, parfois on a envie… d'une crème au citron.

— C'est mieux, mais où veux-tu en venir ?

— Je veux dire que vous valorisez certains types de livres, mais que ce n'est pas le cas de tout le monde. Je crois que quand on aime vraiment les livres, on les aime tous, pas seulement les vieux livres poussiéreux.

— Tu me demandes d'aimer des romans où quelqu'un est marié à un psychopathe pendant vingt ans sans s'en rendre compte ? l'interrogea-t-il, dubitatif.

— Oui ! S'ils sont bons.

— Ah ! Mais comment… comment comptes-tu trier les livres de la réserve ? dit-il en regardant autour de lui.

— Je ne sais pas encore. Mais vous aurez votre argent sans avoir à écouler des torchons pour cet escroc. Et je peux emménager dès demain. Et commencer à vous payer un loyer, poursuivit-elle, tentant de ne pas paraître désespérée.

Elle entendit des pas lourds approcher.

— Allez, laissez-moi faire ! On gagnerait plus d'argent en augmentant la surface de la boutique, en exposant plus de livres.

Il poussa un soupir.

— Je ferai même la poussière partout !

— Est-ce que je vais perdre mon coin lecture ?

— Je suis sûre qu'on pourra le déplacer. De toute façon, vous serez en Antarctique : il ne vous manquera pas.

— Je suis là ! lança une voix forte et agressive de l'autre côté du rideau.

— Vous serez assis, emmitouflé dans des vêtements de pluie, à la proue d'un navire, comme Ripitchip dans *Le Monde de Narnia*, vous regarderez le large, toujours sur le pont...

— En route vers le pôle Sud, dit M. McCredie d'une voix rêveuse.

— D'immenses étendues blanches se profileront au loin, improvisa-t-elle. Les grands déserts de neige du bout du monde. Intacts. Immaculés. Tant d'endroits où l'homme n'a jamais posé le pied. Et. Euh. Des manchots. Partout. Vous pourrez sans doute en avoir un comme animal de compagnie.

— Certainement pas, la contredit-il d'une voix très lointaine.

— Vous pourriez mettre un petit bonnet et une écharpe à votre manchot de compagnie et marcher avec des... miniskis.

Les connaissances de Carmen sur la vie en Antarctique étaient pour le moins vagues.

— Et vous partirez vers l'horizon, vers un soleil qui ne se couche jamais, sa lumière blanche éblouissante se réfléchissant sur la banquise, comme des diamants.

Des montagnes d'une hauteur inimaginable. Un grand palais de cristal...

Carmen se rendit compte qu'elle était sur le point de citer des extraits de « Libérée, délivrée », de *La Reine des neiges*, mais M. McCredie, les yeux toujours perdus dans le vague, ne semblait pas l'avoir remarqué. Il ne semblait pas non plus avoir entendu Jackson McClockerty, qui râlait dans la boutique, expliquant que son chéquier était prêt.

— D'accord, répondit-il, ses joues pâles s'empourprant.
— Vous êtes d'accord ?
— Oui.

Carmen, soulagée, laissa tomber ses épaules.

— O.K. Allez vous asseoir, je vous apporte votre thé.

**

Elle regagna la boutique avec détermination, l'air suffisant.

— Salut, ma poule. J'ai rendez-vous avec votre patron, il me semble.
— J'ai bien peur qu'il ne soit pas disponible.
— Ah oui ? fit Jackson en croisant les bras.
— Oui.

Il parcourut la pièce des yeux.

— C'est quoi cet endroit, de toute façon ?
— Le centre des impôts, rétorqua-t-elle, maussade. Pas étonnant que vous ne connaissiez pas.
— Des livres, poursuivit-il avec dédain.
— Oui. C'est une librairie. Les gens viennent ici pour vivre une autre vie, découvrir de nouveaux lieux, pendant un petit moment.
— Mais pourquoi ça ? J'aime ma vie, moi.
— Tant mieux pour vous.

Il pouffa.

— Eh ben, bonne chance pour survivre après Noël.

— Merci.

Il fouilla dans sa luxueuse sacoche pour en sortir une petite brochure couverte de tartan, aux pages cornées.

— Vous pourriez au moins vendre cette brochure, lança-t-il d'un ton de défi.

Carmen la prit. Intitulée *Histoire de votre clan* (le clan Lindsay, dans le cas présent), elle était constituée d'informations piochées sur Wikipédia, photocopiées et imprimées à moindre coût.

— Oh bon sang, non merci.

— 12,99 livres pièce.

La mâchoire de Carmen se décrocha.

— Vous plaisantez ! Elle a l'air de valoir 25 pence !

— Vous avez beaucoup à apprendre, mon chou.

— On va quand même essayer à notre façon, dit-elle en s'empourprant à nouveau.

— Bien. Je vous verrai après Noël, quand vous aurez tout essayé et que vous vous apprêterez à mourir de faim.

— Mais bon Dieu, vous êtes *horrible* ! éclata-t-elle.

— Je ne suis pas horrible ! répondit-il, pris au dépourvu. J'évite à ces magasins d'être transformés en appartements ou de fermer et rester vides ! Je suis un philanthrope ! J'ai reçu des prix.

— Pour vendre des Nessie inflammables aux gens.

— Pour leur vendre des babioles à un prix raisonnable en souvenir de leur agréable séjour dans cette charmante ville.

— Ville à laquelle vous ôtez *tout son charme.*

Jackson ouvrit la porte, et une affreuse reprise de « A Spaceman Came Travelling » emplit la boutique. Puis il s'éloigna dans la rue d'un pas décidé.

CHAPITRE 13

Novembre

Ç A SE PRODUISAIT VRAIMENT. Un jour glacial de la fin du mois de novembre. Elle déménageait. Partout, on entendait les voitures déraper sur la chaussée verglacée. C'était un temps à porter tous ses vêtements thermiques. Et à prendre une paire de gants de rechange, pour remplacer ceux qu'on oubliait inévitablement dans le bus.

Carmen parcourut des yeux la minuscule chambre du sous-sol et poussa un soupir. Elle n'avait plus qu'une chose à mettre dans sa valise : la carte que Phoebe lui avait offerte pour son trente et unième anniversaire. Ç'avait été un moment un peu gênant. La veille au soir, elle était sortie avec Idra et d'autres amis et avait bu bien trop de Negroni (à savoir plus d'un – elle n'était pas une grande buveuse de Negroni et ce n'était pas un cocktail pour les chochottes). Elle était rentrée très tard, en titubant, avait essayé d'appeler Oke et laissé plusieurs messages interminables sur son répondeur, sans se rappeler précisément leur contenu. Comme il ne lui avait pas répondu, elle ne savait pas ce qu'elle lui avait dit et, chaque fois qu'elle y pensait, ça lui donnait envie de se rouler en boule et de mourir. Elle n'avait aucune idée d'où il se trouvait ce jour-là.

**

— *Mea amor !*

Au moins, il reconnaissait sa mère à son chevet, dans la chambre blanche. De nombreux visages allaient et venaient. Aucun d'eux n'était celui qu'il voulait voir, mais sa mère, c'était déjà bien.

— Tu as été tellement malade !

Sa mère s'activait dans la chambre, pliant les vêtements qu'elle lui avait apportés : après plusieurs mois dans la jungle, les siens n'étaient plus que des guenilles.

— Je sais, répondit-il d'une voix faible, heureux de la revoir.

— Tu es si maigre ! Tiens !

Elle lui tendit une énorme boîte de pâtisseries, qu'il regarda en battant des paupières. C'était la dernière chose dont il avait envie.

— C'était le palu, c'est ça ?

— Oui, et une forme grave.

Elle n'exprima aucune émotion (ce n'était pas dans sa nature), elle ne lui confia pas s'être fait un sang d'encre, mais ils se turent un instant.

— Je ne comprends pas. J'ai eu tous mes vaccins et j'ai pris mes médicaments.

Sa mère secoua la tête.

— Vous étiez profondément enfoncés dans la jungle, répondit-elle avec une certaine fierté. C'était une souche peu commune. Les médecins étaient très inquiets. Je peux compter sur mon fils pour attraper une maladie rarissime.

Il esquissa un demi-sourire.

— Il n'y a aucune fierté à en tirer. C'est horrible. Je n'en reviens pas que l'expédition se soit terminée comme ça.

— Pff. Je suis sûre que tu as fait du très bon travail.

— Je... je ne trouve pas mon téléphone, dit-il en regardant autour de lui.

— Il n'est pas arrivé jusqu'ici. Mary a dit qu'il était tombé de l'hélicoptère, je crois.

— Est-ce que je... Est-ce que tu peux m'en acheter un autre ?

— Non. Du repos. C'est de ça que tu as besoin.

**

Le matin de son anniversaire, à 7 heures, au moment où elle commençait à remuer, Phoebe et Jack avaient débarqué dans sa chambre en faisant un boucan d'enfer, Pippa les suivant de loin pour montrer qu'elle était trop grande et trop cool pour s'emballer pour ça. Carmen avait la désagréable impression que quelque chose de terrible s'était passé, que la soirée avait été un désastre, et puis elle avait mal partout et une forte envie de vomir.

Phoebe l'avait couverte de bisous et Jack, de cadeaux. Pippa, acerbe, avait fait remarquer à plusieurs reprises qu'il flottait une drôle d'odeur dans la chambre, un peu comme du baba au rhum. Elle s'était aussi demandé si quelqu'un n'avait pas *fumé* dans la pièce. Pendant ce temps, Carmen avait peu à peu repris ses esprits. Elle entendait son cœur battre dans ses tempes, ce qui lui rappelait les *boum boum* de la boîte où elle avait eu la mauvaise idée de finir la veille. Puis elle s'était souvenue avoir laissé au moins un message à Oke et avait consulté son téléphone, se rendant compte qu'elle ne lui en avait pas laissé un, mais trois, et que l'un d'eux durait sept minutes.

— OUVRE NOTRE CADEAU ! avait hurlé Phoebe, incapable d'attendre plus longtemps et de comprendre qu'elle ne partage pas son enthousiasme.

Pourquoi l'avait-elle appelé, déjà ? Oh non. Ça lui était revenu. Elle l'avait supplié – *supplié* – de lui passer un coup de fil. Puis elle s'était bagarrée avec Idra, qui avait voulu lui prendre son téléphone. Bon sang.

Elle avait à nouveau vérifié son portable.

Bien sûr, il n'avait pas répondu. Elle avait seulement un message d'Idra, qui disait : « Je ne t'en veux pas. Bois de l'eau. »

— Je vais peut-être ouvrir une fenêtre, avait lancé Pippa en agitant la main devant son nez avec ostentation.

Délicatement, le froissement du papier accentuant son mal de tête, Carmen avait déballé son cadeau. C'était un flacon d'huile parfumée pour le bain, que les enfants avaient visiblement choisi eux-mêmes. Sofia n'aurait jamais voulu d'une chose pareille chez elle, puisque le bouchon en plastique était en forme de rose, énorme, toute pailletée, et que l'huile avait une odeur de glace fondue sur un trottoir brûlant.

— Ouah, c'est... ça sent très fort, avait dit Carmen, les yeux embués.

— On l'a choisi nous-mêmes ! avait expliqué Phoebe.

— J'ai laissé les filles choisir, avait précisé Jack. Le parfum, c'est débile.

— Jack, arrête d'être aussi *sexiste*.

— Je ne suis pas *sexiste* ! s'était récrié leur frère, qui réagissait rarement, puisqu'il avait l'habitude d'être le seul garçon. Je déteste aussi l'après-rasage ! C'est débile, ça aussi !

— Je crois qu'un cadeau qui sent bon était un très bon choix, surtout aujourd'hui, avait insisté Pippa.

— C'est bon, Pippa, j'ai compris. Je peux prendre une douche ?

— *Non !* avait répondu Phoebe. C'est ton petit déjeuner d'anniversaire ! Viens !

— Il est 7 heures ! Et je ne travaille pas aujourd'hui, je ne suis pas obligée de me lever ! Je ne peux pas prendre mon petit déjeuner au lit ?

La fillette avait secoué la tête.

— Maman a dit non, parce que tu en mettrais partout.

Carmen aurait éclaté de rire si elle n'avait pas été aussi triste et n'avait pas eu aussi mal à la tête.

— Je peux prendre une douche, s'il vous plaît ? avait-elle répété en se levant.

Elle avait la peau toute poisseuse, c'était désagréable.

Pippa avait secoué la tête à son tour.

— Il faut qu'on aille à l'école.

— Ah, si ça vous arrange, alors…, avait répondu Carmen en se traînant à l'étage.

En la voyant, Sofia avait haussé un sourcil parfaitement dessiné. Elle avait rejoint Carmen et ses amis pour boire deux verres au Tiger Tiger, puis elle était rentrée s'occuper de son bébé, ce qui ne la dérangeait pas le moins du monde, vu que la situation semblait sur le point de dégénérer – ce qui n'avait pas manqué, de façon prévisible. Elle n'avait pas voulu assister à l'inévitable conversation sur elle, « la méchante Sofia qui la foutait dehors », qu'ils avaient bel et bien eue, mais très brièvement, un simple interlude entre une crise de larmes (« Pourquoi Oke ne m'aime pas ? ») et le combat de catch avec Idra (« Je crois que je vais juste l'appeler… »).

À l'étage, la cuisine était immaculée. Federico, qui faisait cuire des pancakes, avait eu un sourire compatissant.

— Les enfants avaient très envie de te voir.

Elle avait acquiescé. C'était mignon, très mignon. Phoebe lui avait confectionné une carte : elle avait dessiné une licorne avec des étoiles qui lui sortaient des fesses, sous laquelle elle avait écrit : « Tu as trente et un ans, c'est vieux, mais pas autant que maman. » Carmen l'avait remerciée pour sa franchise. Jack lui avait dit : « Joyeux anniversaire, Carmen », le strict minimum, mais ça ne l'avait pas dérangée. Pippa, elle, s'était éclairci la voix avant de sortir une feuille de papier d'un air entendu. Carmen avait jeté un coup d'œil à Federico : il lui avait aussitôt tendu une grande tasse de café au lait, qu'elle avait descendu d'un trait, avec gratitude. Sofia, qui allaitait Eric sur le canapé, avait vaguement agité la main.

— « C comme *câline*, c'est une super copine », avait déclamé solennellement Pippa, lisant sa feuille.

— Je ne suis pas votre copine, je suis votre tante, avait dit Carmen en essuyant son mascara.

— Oui, mais tu es aussi une super copine, était intervenue Phoebe, faisant sourire Carmen.

— C'était juste pour la rime, avait expliqué Pippa. « A comme *attentionnée*, tu essaies toujours de nous aider. »

— Oh.

— « R comme *rouge*, Carmen boit beaucoup de vin rouge. »

— Ouais, bon, ça va.

— « M comme *mari*, Carmen voudrait trouver un mari. »

Tout le monde avait rigolé, mais Carmen avait cru voir un petit sourire satisfait se dessiner sur les lèvres de Pippa.

— « E comme *efficace*, au travail, tu te décarcasses. »

— « N comme *Noël*, tu vas avoir des cadeaux à la pelle. Même si c'est ton anniversaire », avait-elle ajouté à toute vitesse.

Federico s'était mis à applaudir, et Carmen l'avait péniblement imité.

— Merci, Pippa, c'est un très joli poème.

— Tu peux le garder pour toujours, avait répondu la fillette en lui tendant sa feuille.

— Promis, avait dit sa tante avec sincérité.

— Qui veut des pancakes ? avait demandé Federico.

— NOUS ! avaient crié en chœur les trois enfants, qui avaient distribué leurs cadeaux de bonne heure exprès pour pouvoir en manger.

Carmen s'était assise. L'odeur des pancakes et du sirop d'érable lui donnaient la nausée, mais elle avait ouvert les cadeaux toujours attentionnés de Sofia avec bonne volonté : une pochette très chic, pour toutes les mondanités auxquelles elle n'assistait pas, une bonne bouteille de Pickering's Gin et un bracelet délicat, un bijou d'un goût si sûr qu'elle n'aurait jamais pu le choisir elle-même. Elle avait de la chance, elle le savait, malgré tout ce qui se passait ; malgré les déceptions et l'horrible situation dans laquelle elle se retrouvait. Elle avait de la chance d'avoir une famille qui l'aimait en ce monde.

**

Et maintenant, en empaquetant la carte de Phoebe, qu'elle comptait garder précieusement, elle avait un nouveau coup de cafard. C'était la dernière fois qu'elle essayait de contacter Oke. Ç'avait été le coup de grâce. Elle avait très mal géré la situation.

Au fond d'elle, elle savait que Sofia avait été plus que sympa et qu'elle avait besoin de la chambre. Mais elle ne pouvait s'empêcher d'être amère en cette matinée glaciale.

Elle jeta négligemment ses vêtements dans sa valise, sans cesser de souffler. Puis elle trouva une décoration de Noël en bois sous le lit. Allez savoir comment elle avait atterri là. Oh, ça lui revint tout à coup : Phoebe, qui la rejoignait souvent dans la nuit, l'avait adoptée comme doudou et s'était mise à dormir avec, même si ça s'était révélé très inconfortable quand elle se retournait. C'était un cercle en bois divisé par une croix. Elle se rappela le soir où Oke la lui avait achetée, au marché de Noël, quand elle lui avait expliqué comment ils célébraient Noël. Oh bon sang. Ça ne l'aidait pas, vraiment pas.

Elle entendit frapper à la porte du sous-sol. Elle avait officiellement sa propre entrée : Sofia préférait qu'elle l'utilise, de façon à ne pas salir la maison impeccable avec ses bottes boueuses, son manteau, ses sacs et ses livres. Du coup, elle entrait toujours par la porte principale, en partie pour énerver sa sœur et en partie parce qu'elle n'aimait pas avoir l'impression d'être une domestique qui devait utiliser une entrée séparée. Même si c'était précisément à ça que servait la porte du sous-sol depuis la construction de la maison, deux cents ans plus tôt.

Elle se renfrogna. Bien sûr, elle savait qui c'était, mais elle ne l'attendait pas si tôt.

Rudi, un grand sourire aux lèvres, avait une grosse valise dans son unique main.

— Bonjour ! dit-il en secouant les gouttes de pluie de ses cheveux roux et souples, comme un chien. Me voilà !

Carmen le dévisagea.

— Vous m'attendiez bien aujourd'hui, hein ? Un bras, doué avec les enfants ?

— Oui, bien sûr. C'est juste que je ne suis pas encore partie.

— Oh. Je croyais qu'ils libéreraient une autre chambre...

— Eh ben ce n'est pas le cas.

Elle ne s'attendait pas à être aussi agressive et s'en voulut.

— Où tu vas ? Je peux te tutoyer ?

Il jeta un coup d'œil dans la chambre, située à l'avant du bâtiment : elle était petite, en contrebas de la rue, avec des barreaux aux fenêtres pour décourager les cambrioleurs, mais elle était bien tenue, propre et chaude. Sofia venait juste de faire installer une nouvelle moquette beige toute douce, ce qui avait profondément énervé Carmen.

— Ouah ! fit-il.

— Euh, ça t'ira ? demanda Carmen, qui n'avait pas arrêté de s'en plaindre auprès d'Idra.

— Oh, oui, c'est juste... enfin, je ne suis pas habitué à avoir une chambre pour moi tout seul, c'est tout. Entre la caserne et la maison familiale, précisa-t-il, et Carmen culpabilisa d'avoir fait la fine bouche.

— Les camions passent très tôt dans la rue, ça fait un boucan pas possible sur les pavés.

— Ce sera toujours moins bruyant que le réveil des troupes, tu peux me croire.

— Bon, je te laisse t'installer, dit-elle en soulevant son sac avant de tourner les talons.

— Je suis vraiment désolé. Je ne voulais pas te mettre à la porte. Sincèrement.

— Ce n'est pas le cas, répondit-elle, la culpabilité ayant raison d'elle. Sofia reprend le travail, elle a besoin de quelqu'un à temps plein, pas d'une baby-sitter occasionnelle. Ça n'a rien à voir avec toi, je te jure.

— Ben, tu passeras souvent, non ? lança-t-il, les yeux pétillants. Ce n'est pas le début d'une querelle familiale qui va durer sur plusieurs générations ?

— Non. On va s'en remettre. Je crois.

— Bien. Et je pourrai peut-être t'emmener boire un verre un de ces jours, pour me faire pardonner.

Carmen l'observa, pour voir s'il était sérieux, mais il était déjà en train de poser sa valise, imperturbable.

Elle n'en fit pas grand cas, mais cette idée lui réchauffa le cœur.

— Merci, dit-elle, et elle était sincère.

**

On installait le marché de Noël quand elle passa dans Princes Street Gardens en traînant sa valise : des dizaines et des dizaines de petits chalets, des vendeurs de vin chaud, des manèges, des ballons, des grottes pour les enfants et une immense grande roue qui dominait la ville, dans laquelle une voix désincarnée répétait sévèrement de ne pas mettre les doigts dans les portes.

Des illuminations étaient accrochées à chaque réverbère et scintillaient dans chaque vitrine, de sorte que, même si la nuit tombait à 15 heures (ce qui était le cas), la ville était toujours étincelante de magie, et ce spectacle remontait à coup sûr le moral, malgré le mauvais temps. Il y avait une odeur de café et de pain d'épices dans l'air, un peu de givre sur les pelouses et un sentiment d'impatience grandissant, même si les matinées étaient de plus en plus froides et sombres.

Carmen choisit le chemin le plus long, dans l'espoir que marcher lui ferait oublier sa mauvaise humeur. Elle se retrouva à suivre l'itinéraire qu'elle avait emprunté quand elle était arrivée à Édimbourg et que Sofia craignait qu'elle se perde. Elle avait traversé les beaux jardins, puis monté The Mound, la grande rue en lacets bordée de musées – enfin d'un musée, où les enfants l'avaient traînée plusieurs fois pour voir *The Skating Minister*[1], et d'un bâtiment mystérieux qui ne semblait pas servir à grand-chose et dont Jack était persuadé qu'il s'agissait de l'entrée d'une organisation top secrète.

Elle longea la grande rangée d'édifices au sommet de The Mound, qui menait au château lui-même, parmi lesquels Mylnes Court, qu'elle refusa de regarder.

Elle poursuivit son ascension, tentant de se remémorer toutes les soirées glaciales qu'elle avait passées sur ses marches antiques, qui semblaient taillées dans la roche du volcan sur lequel s'érigeait la ville ; des marches usées par les pieds pressés qui les montaient et les descendaient depuis des centaines d'années. Même des pieds de vendeuses affligées, déçues par la vie, songea-t-elle, et cette pensée la réconforta un peu. Combien d'entre elles s'étaient faufilées ici afin de demander pardon pour leurs péchés et leur cœur embrasé de désirs à la Tolbooth Kirk ou à la cathédrale Saint-Gilles elle-même, avec son immense esplanade, où se trouvait le cœur de Midlothian, la mosaïque qui marquait l'entrée de l'ancienne prison et sur laquelle les gens du coin crachaient toujours en passant pour montrer tout le mépris qu'ils avaient pour les pendaisons qui s'y déroulaient jadis.

En montant ces marches, en traversant ces cours ancestrales, elle ne put s'empêcher de se sentir à sa place. Dans une ville comme Édimbourg – où les trams

---

1. Tableau attribué à Henry Raeburn, exposé à la Scottish National Gallery.

n'allaient nulle part, où les rues étaient trop escarpées pour se déplacer à vélo, où tout le monde marchait, connaissant les nombreux raccourcis et chemins de traverse qui permettaient d'éviter les hordes de touristes –, on éprouvait un puissant sentiment d'appartenance. Dans les vieilles rues de cette cité plusieurs fois centenaire, vivante et animée, au détour d'un passage désert ou d'un escalier dérobé, on pouvait tomber sur un vrai marché, plein de foin et de bétail. Sur Grassmarket, les marchands vendaient leurs produits au milieu des cochons qui grognaient et des poules qui couraient partout, des soldats défilaient dans leur veste rouge vif, des chevaux étaient attachés devant les nombreux abreuvoirs que comptait toujours la ville, des gens priaient à genoux dans l'église. Édimbourg ne changeait pas. Les antiques escaliers continuaient de s'user ; les voitures étaient entrées dans le centre, mais on les expulsait de nouveau. On n'envoyait plus les sorcières au bûcher mais, d'après Bronagh, il existait d'autres moyens de les brûler, et on n'avait jamais cessé d'essayer.

La solidité de cette ville, sa nature immuable, apaisait Carmen. Toujours. Des roues d'arroseuses-balayeuses, non des roues de charrettes, arpentaient désormais ces pavés, mais ça lui rappelait que, même si certaines choses changeaient, les murs de ces maisons étaient encore debout ; le château trônait toujours, fier et austère, assurant tous les citoyens de sa protection.

Carmen eut du mal à discerner la maison de M. McCredie depuis le Royal Mile. La librairie occupait le rez-de-chaussée du bâtiment, mais se trouvait un étage plus bas que Lawnmarket, la partie du Royal Mile sur laquelle elle venait de déboucher en venant de Princes Street. Elle vivait ici depuis un an, mais trouvait toujours ça aussi déconcertant.

Il y avait quelques magasins de souvenirs, certains beaucoup plus kitsch que d'autres, et Carmen blâma aussitôt Jackson McClockerty. Sur Lawnmarket, les bâtiments étaient soit gris anthracite soit blancs, ornés de petites moulures dorées qui mentionnaient leur année de construction – 1639 en l'occurrence, même si la librairie n'avait ouvert que plus tard. L'entrée de la maison de M. McCredie se trouvait au fond d'un passage étroit flanqué de deux magasins de tricots, derrière une grande porte noire. Carmen ne s'attendait pas à ce qu'il réponde quand elle tira sur la corde de la sonnette à l'ancienne.

Mais, à sa plus grande surprise, elle entendit un bruit derrière la porte.

— Carmen ? demanda la voix de M. McCredie. C'est toi ?

S'ensuivit un claquement, comme le vieux monsieur secouait le verrou, essayant de l'ouvrir. Puis un autre. Puis un horrible crissement.

— Ah ! Tu vois, je ne...

— Vous n'utilisez jamais votre porte d'entrée ? demanda Carmen, incrédule.

— Eh bien, je...

Il ne recevait jamais personne, songea-t-elle. Naturellement. Bon sang. Enfin. Elle était là, armée de la nouvelle couverture chauffante électrique que Sofia lui avait achetée en cadeau de départ, par culpabilité. Elle se sentit nerveuse tout à coup.

— Bon, si on tourne la poignée en même temps..., dit M. McCredie.

Ils essayèrent et, peu à peu, avec un affreux grincement, la vieille porte en métal s'ouvrit lentement. Carmen prit une profonde inspiration, se préparant à entrer dans sa nouvelle maison.

CHAPITRE 14

CARMEN SE RETROUVA dans un long vestibule doté d'un soubassement en bois. Un dallage à cabochons noir et blanc recouvrait le sol, de grands portraits ornaient les murs et, au bout du couloir, une horloge de parquet tictaquait bruyamment. Il régnait un froid glacial. Mais l'horloge, en bois sombre ciré, était belle : son cadran arborait un ange doré qui pointait des mots dans un livre. Carmen aurait aimé s'attarder. Plusieurs portes donnaient sur ce vestibule.

— C'est pour vous..., dit-elle en tendant une grande boîte de biscuits chocolatés que Sofia l'avait aussi obligée à accepter comme cadeau pour son nouveau propriétaire.

— Bien, bien. Ils devraient bien se conserver. On pourra peut-être les ouvrir pendant le voyage pour se faire un petit plaisir le soir du Nouvel An.

Elle fronça les sourcils.

— C'est un bateau ordinaire, il me semble. Je ne crois pas que la traversée sera particulièrement pénible.

— Oh, mais un homme ne découvre sa force de caractère et son courage que dans l'adversité !

— Je vois, répondit-elle, pensant malgré elle à Oke, en plein cœur de la jungle sauvage.

Se découvrait-il ? Ou découvrait-il cette très jolie fille aux tresses parfaites ?

— Alors, je dors dans quelle chambre ?

M. McCredie se prit aussitôt la tête dans les mains.

— Je savais que j'étais censé faire quelque chose. Pardon. Pardon, pardon. J'ai bien peur que tu doives en choisir une toi-même.

Il désigna le fond du vestibule, où trônait l'horloge de parquet. Un autre couloir, plus étroit, sombre, inévitablement garni d'étagères, partait sur la droite et, à gauche, on trouvait un escalier en colimaçon, très différent de celui qui descendait à la librairie.

— Monte. Choisis une chambre. Je ne vais quasiment jamais là-haut.

Carmen ferma les yeux. Bon sang. Dans quel état ça allait être ? Il pleuvait toute l'année à Édimbourg, et il n'y avait aucune chance qu'il ait effectué des travaux de réparation sur le toit. Quand il avait accepté qu'elle vienne s'installer ici, elle avait supposé qu'il disposait d'une chambre pour elle, une pièce aménagée.

Et non...

— Mais d'abord, laisse-moi te faire visiter cet étage, proposa-t-il, et Carmen le suivit sans discuter. Alors, voilà la cuisine.

Ladite cuisine aurait pu être exposée dans un musée. Rien n'avait bougé depuis les années 1950. On y trouvait un vieux fourneau noir qui semblait impossible à utiliser, un buffet où était exposée de la vaisselle en porcelaine, des étagères en bois qui accueillaient des bols et divers ustensiles, une cheminée et une belle table en bois. Le lino au sol était un peu gondolé et il n'y avait pas de hotte aspirante. Une fenêtre donnait sur deux murs opposés, ce qui n'aida pas Carmen à mieux cerner l'agencement du bâtiment.

Il y avait aussi de vieux produits d'entretien sur les étagères (du Miror, de la lessive Omo), ainsi qu'un antique lave-linge à double cuve, dont dépassait un tuyau. La jeune femme fut franchement surprise de ne pas voir d'essoreuse à rouleaux. En revanche, la pièce était propre. C'était déjà ça.

— Qu'est-ce que vous mangez ?

— J'aime bien les sardines. Et les biscuits, bien sûr ! répondit-il en poussant une grosse boîte vers elle.

— Vous mangez des *biscuits de mer* ?

— Et beaucoup de bonbons au citron vert.

Carmen se décomposa, puis le suivit dans le grand salon qu'elle avait déjà vu, avec ses canapés instables, ses photographies en noir et blanc et son ambiance lugubre.

En haut de l'escalier en colimaçon se trouvait un autre palier avec plusieurs portes. Carmen tenta d'en ouvrir une. Une pièce remplie de livres se cachait derrière. Puis une autre.

— Ah oui, il faut que je les trie.

— Monsieur McCredie, si vous aviez débarrassé ces livres et loué ces chambres sur Airbnb, vous seriez millionnaire à l'heure actuelle.

— Oui. Enfin, on m'a dit de faire des tas de choses dans ma vie pour être millionnaire. Et puis, je crois bien que je l'ai été. Autrefois.

Elle le dévisagea, mais il était impossible de lui en vouloir longtemps, surtout avec le loyer qu'il lui faisait payer.

— Je passe la plupart de mes soirées en bas, dans la librairie, expliqua-t-il.

Elle ne pouvait pas le lui reprocher. Oh, la maison de Walgrave Street lui manquait déjà tant, avec sa grande cuisine confortable, où un plat mitonnait toujours sur l'Aga ou dans la mijoteuse, et où il y avait toujours quelqu'un à qui parler. Elle regretterait même le basson de Pippa – elle n'aurait jamais cru penser ça un jour. Et elle avait réussi à rendre Sofia accro à *Mariés au premier regard* – plaisir coupable auquel sa sœur n'aurait jamais cédé avant : une fois les enfants couchés, elles s'asseyaient côte à côte sur le canapé du salon télé avec un thé ou, si le week-end approchait, un verre de vin et un sachet de chips. Sofia se tourmentait parce qu'elle ne faisait pas assez de yoga et qu'elle n'était pas allée à son club de lecture depuis des mois, et Carmen lui répondait avec entrain, laisse tomber, tu es en congé mat et un des couples va s'engueuler, et puis elle se remettait d'une peine de cœur terrible et avait besoin de compagnie.

C'étaient de bonnes soirées. Même si elle ne le réalisait pas vraiment à l'époque.

Maintenant… maintenant, elle descendrait travailler, puis elle remonterait pour faire quoi ? Se percher sur son lit ? Il n'y avait pas de connexion Internet, bien sûr ; encore un problème à régler. Les prises murales ne semblaient même pas compatibles avec des appareils modernes : rondes, en bakélite, elles avaient l'air franchement dangereuses.

Enfin. Si elle avait mieux cherché avant… si elle n'avait pas été aussi obstinée et s'était laissé plus d'options. Ce n'était pourtant pas la mer à boire : il était on ne peut plus normal de chercher un appartement, de rencontrer de parfaits inconnus et de leur donner tout son argent. Elle poussa un soupir. Ce logement était une bonne affaire, ça, au moins, c'était sûr, et en plein centre-ville. Ce n'était pas grave si des toiles d'araignées s'étiraient au-dessus de tous les encadrements de porte. Elle n'aimait pas faire de mal à ces petites bêtes, y compris en détruisant leur habitat, mais elle n'aurait pas le choix. Il y en avait dans toute la cuisine, comme si c'était encore Halloween. Le salon, malgré ses quatre fenêtres qui donnaient sur les deux rues, était figé, poussiéreux, déprimant. On se serait cru dans un cabinet d'antiquités, empli de pièces soigneusement choisies qui devaient déjà être vieilles quand M. McCredie était enfant. Elle s'attendait à moitié à trouver de petites inscriptions sur les murs ou des mannequins sans visage flippants, vêtus de vêtements d'époque, un seau à charbon à la main. On aurait dit une maison de poupées. Cet endroit fichait la trouille, elle le détestait et voulait rentrer chez elle.

Mais elle prit sur elle, se disant qu'elle était adulte et qu'elle devait se montrer courageuse.

— Alors, je peux choisir n'importe quelle chambre ? parvint-elle à demander au bout d'un moment.

M. McCredie haussa les épaules.

— Oui, monte, choisis-en une au dernier étage. Je n'y vais jamais, à part pour arroser les plantes.

Son visage s'illumina.

— Cela dit, tu vas pouvoir t'en charger maintenant. J'oublie tout le temps, de toute façon.

— Pourquoi est-ce que vous avez des plantes là-haut si vous n'y allez jamais ? grommela-t-elle.

Il parut perplexe.

— Je ne sais pas trop. Elles étaient à ma mère.

Carmen commença à traîner sa grosse valise, à bout de souffle. Le côté positif, songea-t-elle, c'est qu'elle n'avait pas eu besoin de prendre ses livres : il y en avait une source intarissable ici. Elle tenta de se remonter le moral en se disant que, quand elle était petite, l'idée de vivre dans une librairie aurait été un rêve devenu réalité : un petit lit au-dessus d'étagères remplies de bouquins sur tous les sujets possibles – de quoi combler toutes ses envies.

D'un autre côté, en ce moment, le souhait le plus cher de Phoebe était de dormir sur un nuage : ça ne lui plairait sans doute pas, à elle non plus, s'il se réalisait.

Une cloche tinta dans les profondeurs de la maison, et Carmen comprit qu'elle était reliée à celle de la librairie. Voilà pourquoi M. McCredie ne fermait jamais la porte à clé : il entendait les gens entrer d'ici.

— Vous voulez bien aller voir qui c'est ? demanda-t-elle. On attend une livraison de *The Broons*[1].

Le front de M. McCredie se plissa.

— Et pas la peine de faire semblant de ne pas connaître les Broons. Je vais poser mes affaires. Je vous rejoins dans une minute.

**

Les pas du vieux monsieur s'évanouirent dans le couloir quand Carmen se fraya un chemin jusqu'à l'escalier qui menait au dernier étage. Bon, elle dormait dans un sous-sol très humide avant, il y avait peut-être du progrès, tenta-t-elle de se convaincre. Une chambre de bonne sous les combles plutôt qu'au sous-sol, même si ça restait…

Elle poussa un soupir. Elle ne pouvait pas continuer à s'apitoyer sur son sort. Ça n'arrangeait rien. Elle avait bien fait de ne pas insister pour rester chez Sofia – au fond d'elle, elle savait que sa sœur aurait cédé si elle

---

1. Bande dessinée en langue écossaise créée en 1936 par R. D. Low et Dudley D. Watkins.

s'était acharnée, si elle avait fait toute une histoire et impliqué leur mère. Certes, le sentiment d'avoir bien agi était réconfortant, mais pas autant que le luxe de la maison de sa sœur.

Elle dut ouvrir une lourde porte pour trouver l'escalier qui menait au dernier étage. Aussitôt, elle entendit de l'eau couler. Oh non. Les canalisations devaient être dans un état épouvantable. Il allait faire si froid, si humide là-haut.

Tous ces escaliers, c'était vraiment bizarre. Cette maison ne pouvait pas avoir été dessinée : on aurait plutôt dit que des membres supplémentaires étaient venus s'ajouter au fur et à mesure. Un plan d'étage aurait ressemblé à un bretzel.

De la lumière filtrait du palier supérieur – M. McCredie avait peut-être laissé une ampoule allumée. Les vieilles marches en bois grinçaient beaucoup, et l'escalier était très raide. Carmen laissa donc son sac en bas pour aller faire un repérage des lieux.

En atteignant le haut des marches, elle plissa les yeux, croyant avoir la berlue.

Elle commença par penser que l'impossible s'était produit : que M. McCredie avait laissé le toit se détériorer au point qu'il n'y en avait plus du tout, que les plantes avaient poussé à travers, et qu'elle se trouvait désormais à l'extérieur.

Mais, peu à peu, sa vision s'ajusta, et elle se rendit compte de ce qu'elle avait sous les yeux.

Un jardin d'hiver occupait une partie des combles, totalement invisible du rez-de-chaussée. Un carrelage noir et blanc recouvrait le sol, une statue de chérubin trônait à un bout de la pièce et, contre toute attente, le bruit d'eau que Carmen avait entendu, s'attendant à des canalisations défectueuses, s'avérait être le murmure d'une petite fontaine murale, dont le jet sortait de la bouche d'un autre chérubin.

— Ça alors ! s'exclama-t-elle en pénétrant à l'intérieur.

Les plantes se dressaient au-dessus de sa tête. Toutes poussiéreuses, très vieilles, elles s'accrochaient péniblement à la vie, ployant sous leur propre poids. Elle ne connaissait le nom d'aucune d'elles, mais elles étaient très belles.

— Monsieur McCredie ? appela-t-elle par-dessus son épaule, mais il ne pouvait rien entendre derrière la porte épaisse au bas des escaliers : cet étage constituait presque un appartement indépendant.

Elle s'assit sur un petit tabouret posé à côté de la fontaine chantante et regarda autour d'elle, émerveillée. Face aux plantes, un grand miroir reflétait l'abondante végétation. Un rayon de soleil hivernal perça le toit vitré en pente, lavé par la pluie.

— Ça alors ! répéta-t-elle, serrant bien son blouson autour d'elle, parce qu'il gelait. C'est complètement dingue.

Elle contempla les plantes. Elles dégageaient une odeur de moisi, leurs branches pendaient dans le vide, et elle se demanda s'il arrivait à M. McCredie d'en prendre soin, au-delà de penser à les arroser de temps à autre. Elles étaient à moitié mortes, en réalité, et des feuilles marron jonchaient le sol, ce qui renforçait l'impression d'intérieur/extérieur.

Au fond de la pièce, des portes-fenêtres ouvraient sur une partie plate du toit. Carmen essaya de tourner la poignée. La porte n'était pas fermée à clé, mais elle était rouillée, et elle dut la secouer à plusieurs reprises pour qu'elle s'ouvre. Elle finit toutefois par réussir et là, au sommet du bâtiment, elle découvrit une petite terrasse, où poussaient d'autres plantes, qui paraissaient tout autant, à l'abandon. Orientée sud, la terrasse donnait sur une cour pavée entourée d'autres bâtiments de pierre dont les fenêtres donnaient elles aussi sur la cour, mais elle les surplombait et n'avait donc pas de vis-à-vis. Carmen distinguait le haut de l'imposant College of Art et, au-delà, les sommets vallonnés des Pentland Hills.

Elle entendit un toussotement poli dans son dos.

— J'avais presque oublié que c'était là, ça, dit M. McCredie.

— Comment c'est possible ? demanda la jeune femme, qui n'aurait jamais pu imaginer qu'un tel trésor se cachait au sommet du bâtiment. Vous aviez oublié que vous aviez une *terrasse* sur votre toit ?

Il haussa les épaules.

— Je ne... J'arrose les plantes de temps en temps, mais je ne m'attarde jamais ici. Ce jardin d'hiver était la plus grande fierté de ma mère.

— J'imagine. C'est fabuleux. On se croirait dans *Sur les toits*.

— Tu trouves ? fit-il, ravi. Quel livre merveilleux. Bien sûr, il est introuvable aujourd'hui. Mais oui, on avait des oiseaux, ici. Ma mère pouvait restait là pendant des heures quand elle n'était pas trop... triste. Enfin. Il a perdu de sa splendeur d'antan.

— Comme nous tous, non ? répondit Carmen en admirant les lieux. Bref, je n'y connais rien en jardinage...

— Non, moi non plus. J'ai toujours préféré les paysages plus nets.

— ... mais je pourrais peut-être consulter un ou deux livres.

— Eh bien d'accord !

Ils échangèrent un sourire.

— Oh, et les chambres ? se rappela-t-elle soudain.

Il y avait trois portes de l'autre côté du palier. Le jardin d'hiver n'occupait que la moitié du dernier étage, sur toute la profondeur du bâtiment. Au nord, du côté du Royal Mile, il se trouvait deux étages au-dessus de la rue ; au sud, du côté de Victoria Street, trois étages au-dessus. C'était déroutant.

Derrière deux de ces portes, elle découvrit avec plaisir deux chambres identiques : des pièces propres, simples, qui donnaient sur Lawnmarket – elle voyait Mylnes Court, remarqua-t-elle, ainsi que la salle de réunion des quakers en haut de West Bow. Elles avaient chacune deux fenêtres, mais étaient suffisamment en hauteur pour qu'on n'entende pas le bruit de la rue, et la vue qu'elles offraient n'avait pas changé depuis des centaines d'années. L'une d'elles, dotée de lits jumeaux, était la chambre de M. McCredie quand il était enfant, lui expliqua-t-il ; il dormait là quand ils quittaient leur grande propriété à la campagne, qui avait été vendue des décennies plus tôt pour payer les impôts, et séjournaient en ville.

Carmen choisit l'autre chambre, garnie d'un petit lit double. La troisième pièce était une salle de bains glaciale avec une grande baignoire à pattes de lion. La jeune femme peinait à croire qu'il y avait assez d'eau chaude pour la remplir, mais elle fut malgré tout contente de la voir.

Le lit avait beau être une véritable antiquité, il était confortable. M. McCredie alla lui chercher des draps dans l'armoire : ils ne dataient pas d'hier et avaient été reprisés, mais le temps les avait rendus tout doux. Carmen préféra toutefois attendre d'être seule pour les installer, car elle n'avait encore jamais fait de lit avec de vrais draps et couvertures.

— Alors, ça… te convient ?

— Je pense, oui, répondit-elle en balayant la pièce des yeux.

Son regard s'attarda sur la ville qui s'étalait à ses pieds, puis se porta de nouveau sur l'étonnant jardin suspendu dans le ciel. Elle avait bien droit à un peu de répit après avoir accepté de déménager sans se plaindre (même si elle avait été longue à la détente) et, chauffage ou non, elle vivait là, à présent. Elle sortit l'enveloppe pleine de billets que Sofia lui avait donnée, et la lui tendit.

— Je crois que ça va aller.

CHAPITRE 15

La reprise du travail fut difficile pour Sofia. Pourtant, ce n'était pas la première fois, se disait-elle. Et commencer un mois avant Noël était un bon moyen de retrouver ses marques, de revoir ses clients, de se remettre dans le bain.

Elle avait pensé qu'elle apprécierait davantage de se glisser à nouveau dans sa peau d'avocate, dans un univers qu'elle connaissait si bien, à aider et conseiller les autres. Mais Eric était un tel amour, et elle savait, elle était certaine que ce serait son dernier bébé. À ses yeux, sa petite enfance représentait donc moins le développement progressif d'un nouvel individu que la perte du dernier de ses nourrissons. Ça ne lui ressemblait pas, mais elle avait envie de faire durer chaque seconde, de sentir sa tête à l'odeur poudrée, d'embrasser son petit nez, de fixer son sourire édenté pendant des heures. Chaque jour, elle avait le sentiment de perdre quelque chose. Elle n'avait pas ressenti ça avec les autres : les voir passer à l'étape suivante – marcher, parler, explorer

– l'avait toujours enthousiasmée. Mais si elle avait pu mordre Eric, comme un vampire, elle l'aurait fait.

Non, se reprit-elle. Elle ne l'aurait pas fait. C'était ridicule. Et horrible. Bref. Le moment était venu. Mais elle était irritable, énervée. Les grands étaient insupportables, par-dessus le marché. Comme beaucoup d'enfants, ils étaient conservateurs et détestaient le changement sous toutes ses formes. Même s'ils s'étaient pris d'affection pour Rudi, leur maman et Carmen ne seraient plus là quand ils rentreraient de l'école. Ils trouvaient ça difficile, et chacun d'eux le manifestait à sa manière. Jack, surexcité, cassait tout ce qu'il touchait ; Pippa insistait pour que sa mère écoute jusqu'au bout ses rédactions, ses morceaux de basson et ses longues litanies sur ses petits camarades, qui n'étaient pas sages alors qu'elle avait eu un nouveau bon point ; et Phoebe soufflait, poussait de longs soupirs, incapable d'effectuer la moindre tâche, même la plus simple, comme se laver les mains avant de dîner ou enlever son cartable du coin sombre de la cage d'escalier, pour éviter que les habitants de la maison ne trébuchent dessus à longueur de temps.

Tout se passerait bien, s'encouragea-t-elle son premier jour de travail. Il faisait froid, gris – le genre de journée où le soleil ne perçait pas. Son tailleur noir lui allait encore, tout juste, à part au niveau de la poitrine. C'était ridicule, elle en avait conscience. Avec les autres, elle avait volontiers arrêté d'allaiter, dès six mois, comme le préconisait l'OMS. Mais avec Eric, ça lui paraissait inenvisageable. Chaque fois qu'elle le nourrissait, qu'il buvait de longues gorgées, son petit minois béat, les joues gonflées, le corps complètement relâché, lové contre elle, le ventre sur maman, tout fonctionnant normalement, elle ne pouvait imaginer que ce soit la dernière. Elle avait plus ou moins arrêté (Eric acceptait très bien le biberon et mangeait déjà tous les solides qui lui tombaient sous la main, pâte à modeler et sable compris), puis avait flanché et repris. C'était purement égoïste. Résultat, elle avait toujours des seins énormes, dignes d'une actrice porno, qui donnaient l'impression qu'ils pouvaient fuir à tout moment – ce qui n'était pas du tout l'impression qu'elle voulait donner quand les associés du cabinet se réunissaient. Enfin.

Rudi monta de bonne heure, sourire aux lèvres, et lui tendit un café, ce qui était un bon début. Federico venait de partir à Tokyo, il lui manquait.

— Les flocons d'avoine sont là... avec du lait entier, même si Phoebe dit qu'elle n'aime pas ça... pareil pour les raisins secs...

— Ça va aller. Donc, si je comprends bien, c'est Frosties et chocolat au lait à volonté ?

— Rudi ! s'écria-t-elle, mais elle souriait.

Elle l'appréciait déjà. Il possédait la qualité la plus sous-estimée : l'amabilité.

— Je leur donnerai une fessée à tour de rôle pour qu'ils aillent se doucher.

— Oui, parfait, répondit-elle avant de baisser la voix. L'un d'eux fait pipi dans la douche. Je suppose que c'est Jack, mais il ne veut rien dire, donc n'importe quel...

— Jouer au détective privé, c'est en supplément, mais je serai ravi, bien sûr.

— En parlant de détective privé, n'hésite pas à les emmener à la librairie McCredie s'ils en ont envie, poursuivit Sofia, qui trouvait toujours suspect que sa sœur soit partie sans discuter.

— Entendu. Venez là, monsieur le glouton, dit-il en glissant habilement Eric sous son bras.

— Tu crois qu'il veut une dernière tétée ?

— Il sait déjà faire marcher le grille-pain. Allez, ouste !

**

En se réveillant pour la première fois dans sa chambre haut perchée, pendant une seconde, Carmen ne sut pas où elle était. Le ciel était couvert, gris. Une cloche d'église sonnait. Il était très tôt. Les vieilles couvertures épaisses étaient confortables, douillettes, comme un nid, et elle réalisa, surprise, qu'elle aimait sentir leur poids sur elle.

Elle se rendit d'un bond dans la salle de bains glaciale, remplit le vieux lavabo et grimaça : l'eau était tiède. Il gelait vraiment ici. D'étranges courants d'air traversaient la pièce. Avec l'eau tiède, elle remplit un verre à dents et gagna le jardin d'hiver. Les portes-fenêtres étaient belles, mais elles avaient un défaut : elles n'étaient pas bien hermétiques. Pas étonnant que ces pauvres plantes souffrent. Elle fronça les sourcils. M. McCredie faisait manifestement le minimum pour les garder en vie. La mousse et les mauvaises herbes envahissaient tout. Elle les arrosa une par une.

Il n'y avait pas de radiateur dans sa chambre, seulement une cheminée vide, pas même décorée d'un bouquet de fleurs séchées. Carmen songea au chauffage au sol de Sofia et poussa un soupir envieux.

Passe à autre chose, se dit-elle en enfilant un pull, ajoutant son peignoir par-dessus. Elle n'avait jamais eu de chaussons. Ça montrait à quel point elle avait été gâtée, songea-t-elle, parce qu'ici, il lui faudrait la totale. S'emmitouflant bien dans son peignoir et se touchant le bout du nez pour voir s'il était froid (il l'était, très), elle descendit discrètement.

Il n'y avait aucune trace de son propriétaire, ce qui n'était pas étonnant, puisqu'il se levait tard. Elle comprenait maintenant pourquoi : il attendait sûrement que quelques rayons de soleil pénètrent à l'intérieur de sa chambre pour réchauffer ses vieux os. Mais en arrivant dans la cuisine, elle fut ébahie : un feu brûlait dans la petite cuisinière à bois noire. Oh la vache ! La pièce était chaude, et elle repéra une grosse bouilloire, prête à poser sur le fourneau. Elle s'en rapprocha, savourant sa chaleur.

— Merci ! dit-elle tout haut, au cas où M. McCredie serait dans les parages, mais elle n'entendit rien.

Tout ça était très mystérieux, mais très, très bienvenu. Elle enleva son peignoir, souleva difficilement la lourde bouilloire pour la poser sur la cuisinière et chercha les sachets de thé. Un cellier jouxtait la cuisine : il faisait saillie sur la cour (cette maison était vraiment très particulière) et il y régnait à peu près la même température que dans un frigo, mais elle y trouva un pot de crème fraîche épaisse, un beau morceau de beurre et un bout de pain. En retournant dans la cuisine, elle ne vit pas de grille-pain, mais découvrit, pas franchement surprise, deux pics à rôtir. Résignée, elle nota dans un coin de sa tête de racheter du pain, puis entreprit de faire des toasts, pleine de bonne volonté.

Mais en ouvrant le petit poêle, elle eut un choc : des livres brûlaient à l'intérieur.

Elle était outrée. C'était terrible, un vrai sacrilège.

Et puis, les choses allaient-elles si mal pour M. McCredie ?

— Qu'est-ce...

Au même moment, le vieil homme entra d'un pas traînant.

— Ah, Carmen, dit-il en voyant sa tête. Ce ne sont pas des vrais.

— Ils ont *l'air* vrais.

— Non, non. Regarde.

Et il inséra le tisonnier dans la cuisinière pour lui montrer un titre. C'était l'autobiographie d'un des responsables politiques les plus corrompus de ces dernières années.

— Ce sont tous des autobiographies d'hommes politiques, expliqua-t-il. Ils sont tous affreux. Vénaux. C'est un vrai gâchis de papier, ce n'est bon qu'à servir de combustible.

Carmen ravala sa salive.

— Mais non. Sérieusement, c'est de la folie ! dit-elle, à moitié calmée.

— J'ai les mémoires d'un « influenceur », si tu préfères. Je ne suis pas sûr de savoir ce qu'est un influenceur, mais ça brûle bien. Ne fais pas cette tête, Carmen. Ils allaient finir incinérés de toute façon. Comme ça, on en profite tous.

— Ce n'est pas bien, insista-t-elle, mais il était si agréable de se réchauffer le nez et les doigts près du feu.

— J'ai besoin d'argent, ajouta-t-il simplement en mettant deux tranches de pain sur les pics à rôtir d'une main experte. Tu m'as beaucoup aidé, merci. Mais ce n'est pas encore assez.

Elle surveilla le pain en train de dorer, pendant que M. McCredie sortait une mixture dégoulinante, qu'elle s'apprêta à refuser, avant de se rendre compte que c'était délicieux sur les toasts. Ils préparèrent d'autres tartines à la confiture, accompagnées d'un thé bien infusé : ils prirent un bon petit déjeuner, en réalité. Puis Carmen remonta les escaliers jusqu'au dernier étage et se changea le plus vite possible, se jurant de trouver un moyen, n'importe lequel, de résoudre le problème de son patron. Il y avait forcément une solution.

**

Carmen contempla les piles de livres à l'arrière du magasin – si seulement ils pouvaient ouvrir cette réserve sans que ça leur coûte de l'argent qu'ils n'avaient tout bonnement pas.

Mais l'avant de la boutique était douillet, avec le feu, les souris dans leur maison de poupées et le train électrique qui allait son petit bonhomme de chemin en sifflant autour de son circuit enneigé. Personne n'aurait pu se douter qu'ils avaient des problèmes.

Une livraison arriva, et Carmen reprit du poil de la bête – des livres de Noël ! Puis un client entra, et elle reconnut tout de suite la crinière rousse.

— C'est l'usurpateur ! annonça-t-il en entrant dans un tintement de cloche.

— Ça ne fait qu'un jour que je suis partie ! Ne me dis pas que Sofia t'a demandé de m'espionner pour s'assurer que je n'avais rien volé en partant.

— As-tu volé quelque chose en partant ?

— Ça ne te regarde pas, répondit Carmen, qui s'était peut-être servie dans le tiroir spécial collants neufs de Sofia (qui avait un tiroir spécial collants neufs, franchement ?).

Elle avait peut-être aussi pris un ou deux pulls en cachemire mais, enfin, elle en aurait plus besoin qu'elle. Et une robe sexy, sur un coup de tête.

— Sinon, qu'est-ce que tu fais aujourd'hui ? l'interrogea Carmen après avoir sorti Eric du porte-bébé où il gazouillait gaiement.

— Je viens de déposer les enfants à l'école et je vais au marché paysan acheter des produits bio pour le dîner, espèce de fouineuse, expliqua Rudi, qui avait un grand sac à dos vide sur les épaules. Je me suis dit que j'allais passer te dire bonjour, par politesse.

— Tu viens juste de me traiter de fouineuse ! remarqua-t-elle. Et puis tu pourrais te contenter de leur acheter des nuggets de poulet, tu économiserais de l'argent. Sofia ne rentrera pas avant des heures, et les enfants te couvriront.

— Arrête d'essayer de me faire virer pour récupérer ta chambre ! Tu as déjà oublié que Sofia a une informatrice dans la place, peut-être ? Je ne pourrai jamais rien cacher à Pippa !

— Tu n'as pas tort. C'est un peu comme si tu gardais Hillary Clinton.

— C'est bon à savoir. D'autres conseils ?

— Si tu fais de la peine à Phoebe comme la dernière nounou…, le prévint-elle en lui lançant un regard des plus éloquents.

— Tu me couperas mon autre main ?

— Je n'ai jamais dit ça ! Oh bon sang !

— Tu y pensais, c'est évident.

— Mais non ! mentit-elle.

— Alors que tu as un cutter et un bébé dans les mains ?

Carmen, qui avait bel et bien un cutter à la main, lui tendit Eric, puis commença à couper le scotch de son carton.

— Comment est ta chambre ?

— Vivifiante, répondit Carmen, qui portait des mitaines, avec la ferme intention de les garder jusqu'au mois d'avril.

— Argh.

Elle s'adoucit un peu.

— Mais il y a des plantes.

— Quel genre de plantes ?

— J'en sais rien. De très grosses plantes ?

— Je vois, répondit-il avec une moue.

— Je ne sais pas trop quoi en faire, mais elles sont belles.

— Je m'y connais un peu en jardinage. Je pourrais peut-être venir avec les enfants et...

— Oui, le coupa-t-elle, s'efforçant de ne pas paraître désespérée. S'il te plaît. Viens avec les enfants, s'il te plaît. Quand tu veux. Quand ils veulent.

Le scotch céda, et le carton s'ouvrit d'un coup.

— C'est quoi ?

— Des livres de Noël ! s'exclama-t-elle avec un sourire. C'est juste que... Les gens offrent beaucoup de bouquins à cette époque de l'année, on essaie donc d'en avoir le plus possible en rayon. Ce sont aussi de merveilleux cadeaux pour les enfants : c'est si bien d'avoir des livres à la maison, qu'on relit chaque année, bien au chaud sous la couette, en attendant le père Noël.

Elle en sortit un avec un grand geste.

— Ah.

Rudi prit lui aussi un exemplaire dans le carton, l'air perplexe.

— Quoi ? *Le Noël de l'ours péteur ?*

Carmen fixait le livre.

— Bon sang.

— « Blair Pfenning », ça me dit quelque chose. Il est célèbre, non ?

— Laisse tomber. C'est juste un débile qui traînait à la boutique l'an dernier.

— C'est pas un médecin star ou un truc du genre ?

— C'est un abruti. Et ce n'est même pas un vrai médecin : il a acheté son diplôme à l'Université des Dents blanches et des Poncifs éculés. C'est aux États-Unis, je crois. Il a déjà écrit un livre sur un ours, expliqua-t-elle en feuilletant ce nouveau tome. Ah, ben, l'ours fait toujours la même chose, sauf que maintenant, il pète.

Elle poussa un soupir.

— Et je me retrouve avec vingt-quatre exemplaires à écouler. Oh mais quel abruti.

— Tu as couché avec lui ?

— Qu'est-ce qui te fait croire ça ? s'étonna-t-elle.

— La plupart des gens ne s'énerveraient pas autant en voyant un livre sur un ours qui pète écrit par une star de la télé.

— Eh ben ils devraient !

Elle ouvrit une page au hasard.

— « "Soyez gentil, Monsieur le Pingouin !" dit l'ours. "Nous pétons tous ! Comme nous nous lavons tous les dents !" "C'est vrai", répondit le pingouin. »

— Les pingouins n'ont pas de dents, observa Rudi.

Elle le dévisagea.

— Je ne suis pas sûre que ce soit le pire, ici. Et non, je n'ai pas couché avec lui. Mais écoute ça : « "Aimeriez-vous cet énorme chou de Bruxelles, Monsieur Ours ?" "Oui, volontiers. Les légumes sont délicieux, tout le monde le sait. Nous raffolons tous des choux de Bruxelles ! De tout notre cœur ! Même s'ils nous font…" » C'est vraiment *n'importe quoi* ! éructa-t-elle.

— Bon sang, fit-il en tournant le livre. La photo de l'auteur est énorme. Ses dents sont vraiment aussi blanches ?

— Ouais.

— Et ses cheveux, ouah ! Sexy.

— Ah oui ? fit-elle, déroutée.

— Oui. Je ne le virerais pas de mon lit.

Je l'ai fait, moi, songea-t-elle, se sentant seule tout à coup.

— Tu aimes les garçons… ?

Il haussa les épaules.

— Bien sûr. Et...

Mais la cloche tinta, et une femme magnifique entra. Une petite quarantaine, brune, elle arborait un carré géométrique et avait des lèvres rouge vif.

— C'est pas vrai, Rudi ! s'exclama-t-elle avec un grand sourire en posant la main sur le haut de son bras. Il me semblait bien t'avoir reconnu.

Elle regarda autour d'elle.

— Quelle jolie boutique !

C'était le genre de personne qu'elle aurait voulu avoir comme amie, songea aussitôt Carmen.

— Belle sélection...

Puis elle prit un exemplaire du *Noël de l'ours péteur*.

— Oh, fit-elle, l'air déçu, et Carmen décida de les cacher dans la réserve. Bref, mon chéri. On m'a dit que tu étais de retour, c'est une *excellente* nouvelle ! Passe donc à la maison.

Elle s'éloigna pour parcourir les rayons, puis jeta un regard en coin très explicite à Rudi.

— Ce soir, si tu es libre.

— Bien sûr.

Elle se rapprocha de lui et posa un doigt à l'ongle rouge sur sa joue. Carmen n'en revenait pas.

— Tu m'as manqué, susurra-t-elle sans ambiguïté.

Carmen observa Rudi, se demandant s'il allait être gêné, mais pas du tout. Elle se demanda aussi si elle devrait boucher les oreilles d'Eric. Mais, surtout, elle était un peu jalouse. On pouvait flirter autant qu'on voulait quand on avait de beaux cheveux brillants.

— Je finis tard, l'avertit-il. Après 20 heures.

— Encore mieux.

— Je crois que je ferais mieux de ne pas parler de ma vie privée chez ta sœur, dit-il à Carmen, qui haussait les sourcils.

— Je suis sûre qu'elle appréciera, oui.

Elle reconsidérait son jugement sur ce jeune homme aux taches de rousseur en voyant cette femme d'une élégance folle lui courir après.

— Oh, regarde ça ! s'exclama cette dernière en se tournant.

Elle tenait un exemplaire de *White Boots*, une belle édition reliée, en parfait état malgré son âge, que Ramsay, leur fournisseur de livres anciens, avait dégotée. Carmen eut un petit pincement au cœur. Elle n'avait rien à redire aux goûts de cette femme, mais ce livre était si beau qu'elle serait triste de le vendre.

— Je le prends. Comme ça, j'aurais quelque chose à faire en t'attendant.

Elle adressa un sourire aguicheur à Rudi, qui le lui rendit.

— Tu peux nous accompagner au marché si tu veux, lui proposa-t-il.

— Je pourrais peut-être tâter quelques légumes.

— Pas devant le bébé, s'il te plaît.

Ils éclatèrent de rire, l'air heureux, séduisants, et partirent ensemble. Carmen se rappela que Rudi l'avait invitée à aller boire un verre, qu'elle l'avait cru sincère et s'était sentie flattée. C'était ridicule. Bien sûr que non. Une énorme pile d'*Ours péteur* tomba du comptoir, et elle poussa un grognement.

CHAPITRE 16

L E LENDEMAIN, Carmen, gelée, décida de faire comme si l'argent pour aménager l'arrière-boutique allait arriver, au cas où il tomberait du ciel ou quelque chose comme ça. Elle avait besoin de s'occuper pour oublier son vague à l'âme.

Un simple rideau fermait la réserve : elle n'aurait besoin d'abattre aucun mur. D'un autre côté, c'était poussiéreux là-dedans, tout sale, et le revêtement du sol n'était pas le même. Et puis c'était un vrai labyrinthe, réorganiser les étagères serait le travail de toute une vie. M. McCredie y avait entassé des livres du monde entier, depuis des décennies, et les avait rangés du mieux possible, selon ses propres critères. Sans compter que l'éclairage était au néon, ce qui n'était pas terrible dans un magasin.

Enfin. Elle n'avait pas le choix, songea-t-elle. Il ne restait plus qu'à se retrousser les manches et à se mettre au boulot. Après tout, elle n'avait plus de trajet à faire le matin.

Elle commença par ouvrir le rideau, mais le temps était gris et froid et le soleil n'entrait pas. La moitié des néons tremblotaient et bourdonnaient de façon désagréable. Et ça n'était pas seulement désagréable : Carmen n'était pas sûre à cent pour cent qu'ils n'allaient pas lui tomber dessus. Même avec la lumière allumée, on distinguait mal la fin des rayonnages, qui s'enfonçaient dans la roche de Castle Hill, jusque de l'autre côté de Lawnmarket, au-dessus, à peu près là où commençait la maison. Ça ressemblait plus à une série de grottes emplies de livres qu'à un magasin.

Elle s'agenouilla, s'efforçant de voir ce qui se trouvait sur la première étagère. Encore des cartes : M. McCredie aimait les cartes. Elle grimaça et sortit un gros livre relié.

Ce magnifique atlas rassemblait des cartes du monde datant du début du XIXe siècle. Les planches en couleurs étaient recouvertes de fines feuilles de papier de soie, et le livre était orné d'un beau signet en soie, qui permettait de garder sa page. Sans surprise, quand elle souffla sur la couverture pour enlever la poussière, elle vit qu'il était placé à la page Antarctique, où ne figurait encore aucun nom de lieu : c'était une *terra incognita.* Elle sourit. Ce livre existait avant que ce continent ne soit exploré par l'homme, avant qu'on sache qu'il y avait quelque chose là-bas. Aujourd'hui on pouvait s'y rendre en bateau de croisière. Les êtres humains étaient extraordinaires.

Toutefois, en tournant les pages, elle commença à se montrer un peu plus circonspecte. Tous les pays du monde ou presque étaient notés comme britanniques. Cet atlas était beau, mais il était aussi terriblement et dangereusement obsolète. Quand elle en fut arrivée à examiner des gravures sur bois réalisées par les habitants du « Siam », elle n'était plus certaine que cet ouvrage ait sa place dans une librairie.

La cloche tinta, et une femme entra.

— Bonjour ! lança-t-elle avec un sourire aimable quand Carmen sortit de la réserve.

Cette dame, une cliente fidèle, professeure à l'université, changeait de couleur de cheveux tous les mois, sans faute. Aujourd'hui, ils étaient roses et mauves, coiffés en tresses, et elle portait des lunettes assorties.

— Eric m'a mis de côté un codex de la Bible ?

— Bien sûr, répondit Carmen en plongeant sous le comptoir.

— C'est quoi, ça ?

— Ben, c'est de la géographie, mais de la géographie légèrement raciste. J'ouvre un peu la réserve, histoire qu'on ait une plus grande surface de vente pour Noël. On a besoin d'argent, à vrai dire. Mais je ne sais pas vraiment ce que je vais pouvoir vendre là-dedans.

La professeure parcourut les belles pages, captivée.

— N'importe quoi ! s'écria-t-elle au bout d'un moment. Ce n'est pas de la géographie, Carmen.

— Euh, et c'est quoi, alors ?

Carmen n'était pas allée à l'université, et les nombreux membres de la faculté voisine qui passaient régulièrement à la librairie l'intimidaient. C'était un sujet sensible.

— C'est de l'histoire, bien sûr. Et de l'art. Ça permet de voir que notre façon d'appréhender le monde a évolué, que quelque chose peut être beau et dangereux à la fois.

Carmen la regarda tracer du doigt la route de la soie et la route des alizés, frissonnant de les voir notées avec tant de soin.

— Regardez ça, poursuivit-elle. Coton, sucre, esclaves. Clairement spécifiés. Sans états d'âme. Ce livre a été publié par des gens instruits, en plus. Qui se croyaient sans doute *très* progressistes.

Elle secoua la tête.

— Je le prends. C'est un excellent support pédagogique.

— Je ne sais pas trop combien vous le facturer, répondit Carmen, l'air gêné.

— Eh bien il va falloir vous décider. On apprend aussi des erreurs du passé. Peut-être pas trop cher ? Mais je suis sûre que cette réserve cache d'autres trésors. Je l'espère. Des ouvrages qui vous rapporteront davantage.

Carmen acquiesça.

— C'est un gros travail.

— Vous comptez l'ouvrir jusqu'au fond ? demanda la professeure en scrutant l'obscurité. Qu'est-ce que c'est excitant ! Allez savoir ce qu'on va y trouver ! Ce sera comme une chasse au trésor ! Les gens s'y perdront pendant des jours entiers.

Elle fixa les affreux néons et les étagères poussiéreuses comme s'ils conduisaient vers un lieu magique, et Carmen ressentit une pointe d'excitation.

— Je sais. Mais ça va nous coûter un peu d'argent.

La professeure hocha la tête.

— Oui, mais ça vaudra le coup, je pense. L'antre du dragon !

Quand elle partit, Carmen se sentait un peu plus optimiste. Elle ne vendit pourtant pas un seul autre livre de la matinée et elle n'avait même pas de quoi s'acheter un sandwich. Elle en fut donc réduite à manger l'une des horribles « boules nutritives » que Blair Pfenning avait incluses dans son livre pour enfants comme objets promotionnels et qui étaient absolument infectes. Elle touchait vraiment le fond.

**

Après le déjeuner, Bronagh vint voir ce qui se passait.
— On se croirait dans un bazar, commenta-t-elle. Et ce n'est pas un compliment.
— Je sais. C'est un gros chantier. Et on n'a pas l'argent pour.
— Hum. C'est bien ce que je pensais, répondit-elle en sortant une petite fiole remplie d'un liquide jaune et visqueux.
— C'est quoi ?
— Un cadeau de Noël en avance, disons. Pour que l'univers te file un coup de main. Tu en as bien besoin, on dirait.
— Comment ça ? demanda Carmen en affichant un air sceptique, oubliant qu'elle avait elle-même essayé de se persuader que l'argent tomberait du ciel deux heures plus tôt.
— Bois ça et quelqu'un fera une bonne action pour toi. Puis tu devras à ton tour faire une bonne action, sinon, le charme ne durera pas.
— Tu es *sûre* que ce n'est pas n'importe quoi ?
Bronagh parut offensée.
— C'est ça, Carmen. Toi, et toi seule, as percé les mystères divins de l'univers. Tu as tout compris à la vie, je te félicite.
Carmen gardait les yeux fixés sur la fiole, mais Bronagh croisa les bras, refusant de partir.
— Oh, bon sang.
— Tu peux aussi dire merci.

Acculée, Carmen ouvrit la bouteille et renifla timidement son contenu.

— Qu'est-ce que c'est ? Du phlegme de dragon ou quoi ?

— Bois.

Elle descendit la fiole d'un trait, manquant s'étrangler.

— Pouah ! Mais c'est dégueulasse. Infect. Beurk !

— C'est de l'*advocaat*[1].

— Je sais ! C'est à vomir !

— De l'*advocaat* magique.

— Tu n'aurais pas pu te servir de ta magie pour que ça n'ait pas un goût de crème anglaise caillée ?

— Je suis une sorcière, pas un dieu.

— Argh !

— Et maintenant, l'univers va te donner un coup de main. Mais n'oublie pas : tu lui es redevable. Bonne journée !

**

Carmen oublia presque Bronagh. Elle s'efforçait toujours de trouver une solution pour la réserve : il fallait réparer le sol, refaire l'électricité, repeindre les bibliothèques. L'ampleur du chantier était considérable. Et ils n'avaient pas un sou pour le mener à bien. Elle poussa un soupir, se rappelant que Jackson lui avait proposé d'accepter au moins quelques brochures informatives sur les clans écossais qui pourraient lui rapporter beaucoup d'argent... Non, se reprit-elle sévèrement. C'était une librairie ici, ils vendaient de bons livres, que leurs clients aimaient. Voilà

---

1. Liqueur crémeuse d'origine néerlandaise faite à partir de jaune d'œuf, de sucre et d'alcool.

ce qu'ils faisaient. Ça les entraînerait sur une pente glissante.

Comme si elle l'avait convoqué, la cloche tinta et Jackson apparut, son visage rougeaud et satisfait toujours aussi souriant.

Elle le dévisagea. Ce n'était pas l'univers qui l'envoyait, ça, c'était sûr et certain.

— Quoi ?

— C'est comme ça que vous parlez à vos clients, mon chou ? Regardez ! Allez, dites oui.

Il ouvrit une mallette pour lui montrer tout un assortiment de Nessie en caoutchouc affublés d'un bonnet de père Noël.

— Un grand présentoir de ces trucs, et vous aurez l'argent pour vos vacances en une minute.

— Non merci.

— Allez ! Des petits bonnets de père Noël ! Irrésistibles, non ?

— Ça va aller, merci.

Il jeta un coup d'œil en direction de la réserve.

— Vous ne pouvez pas vous agrandir sans argent, n'est-ce pas ?

— On va s'en sortir.

— Ah oui ? Vous roulez sur l'or, alors ? On ne dirait pas, ajouta-t-il en regardant ses chaussures bon marché avec insistance.

— Vous êtes vraiment grossier.

— Et vous, vous êtes stupide. Écoutez. J'en ai marre d'être gentil.

— Je n'avais pas remarqué que vous l'étiez.

— Vous allez perdre cette boutique. Vous allez la perdre, ainsi que tout ce qu'elle contient, peu importe le nombre de vieux bouquins poussiéreux que vous sortirez. Qui lit encore des livres, de toute façon ? Vous avez entendu parler des...

Et il sortit un smartphone pliable ridicule, surdimensionné. Même son téléphone était détestable, songea-t-elle.

— Un machin qui bipe, qui nous obsède et nous déprime ? Tout le contraire d'un livre, quoi.

— Je peux lire des livres dessus ! N'importe quel livre. Même si je ne le fais pas. C'est une perte de temps. Je n'ai jamais lu un livre de ma vie, et regardez-moi.

Ils se fixèrent, l'air gêné.

Puis il fit la moue.

— Bref, ce n'est qu'une question de temps, ma jolie. Bon, je vais voir Bobby... qui commence enfin à gagner de l'argent, lui.

Et qui a l'air malheureux comme les pierres, songea-t-elle sans le dire. Le disque d'airs populaires à la cornemuse en était à « *I Wish It Could Be Christmas Every Day* », elle l'entendait d'ici. Qu'est-ce que ça devait être quand on passait toute la journée à côté du haut-parleur. Un genre de torture, comme celles qu'on infligeait aux soldats.

— Mais je suis gentil. Je serai là quand vous changerez d'avis.

Il parcourut une dernière fois la petite boutique des yeux, rit sans sourire, puis tourna les talons. Carmen le regarda descendre la rue en lui faisant des doigts d'honneur, sans se rendre compte que M. McCredie venait d'entrer et se tenait derrière elle, son thé à la main.

— En quoi ça nous aide à gagner plus d'argent, ça ? lança-t-il, dubitatif.

Elle fit volte-face.

— C'est rien, tout va bien.

— Est-ce que tu as pris quelque chose à Monsieur McClockerty ?

— Monsieur McCredie ! Ça fait un an que vous vous opposez à tout ce que j'essaie de faire pour moderniser la librairie, et un escroc se pointe avec un tas de camelote sortie d'un atelier clandestin et vous n'avez plus que lui à la bouche !

Le vieil homme parut un peu penaud.

— Mais je prends la mer fin décembre, Carmen, répondit-il du bout des lèvres.

— D'accord ! D'accord ! Bon, laissez-moi organiser la première bibliothèque qu'on va sortir de la réserve.

Elle désigna celle posée à l'entrée, consacrée aux livres sur les pôles, et le vieil homme blêmit.

— Vraiment ? Enfin…, bredouilla-t-il. C'est… enfin, il y a beaucoup de livres qui me sont très chers là-dedans.

— Il y a beaucoup de livres qui vous sont très chers dans toute la librairie. Mais nous sommes un commerce. Ce n'est pas très compatible.

— Je sais, mais…

Il s'avança et attrapa une belle édition gris tourterelle du *Pire Voyage au monde*.

— C'est le meilleur livre jamais écrit, expliqua-t-il à Carmen, qui l'ouvrit.

— « Peut-on imaginer mieux qu'une exploration polaire pour passer un mauvais moment ? On y est plus solitaire qu'à Londres, plus isolé qu'au monastère et le courrier n'arrive qu'une fois par an[1] », lut-elle avant de relever les yeux. Vous êtes vraiment sûr de vouloir y aller ?

— « Par l'endurance, nous vaincrons », répondit M. McCredie, citant la devise familiale de l'explorateur

---

1. Apsley Cherry-Garrard, *Le pire voyage au monde. Antarctique 1910-1913*, traduit de l'anglais par Thibaut Mosneron Dupin, Paris, Paulsen, 2008, p. 7. Ce livre de mémoires raconte l'expédition Terra Nova au pôle Sud.

William Shackleton, et Carmen sut qu'elle ne pourrait pas le faire changer d'avis.

Elle sortit tous les livres des étagères et les rangea dans des cartons, sous le regard horrifié de son patron, qui s'occupait des clients de passage, eux aussi très intéressés par ce qu'elle faisait. En sueur, énervée, sans aucune aide, elle tira maladroitement la bibliothèque, qui laissa une énorme traînée sale sur le parquet. Elle remplit donc une bassine d'eau chaude savonneuse et se mit à frotter avec acharnement.

Ça commença à prendre forme au cours de l'après-midi. Elle avait épousseté tous les livres et sorti ceux qui avaient des cimes enneigées sur leur couverture. Puis elle les avait ingénieusement exposés les uns à côté des autres, côté couverture, pour qu'ils forment une longue chaîne de montagnes blanches : une longue fresque de livres. Elle classa tous les autres avec soin, par expéditions – sur ce point, au moins, elle était d'accord avec son patron, même si elle mit les ouvrages consacrés à Robert Falcon Scott plus en avant que lui, puisque le vieux monsieur détestait cet explorateur pour des raisons mystérieuses (une sombre histoire de montgolfières, apparemment).

Un peu plus tard, elle admira son œuvre avec un certain sentiment de satisfaction, qui redoubla et retomba en même temps quand un client repéra un beau livre intitulé *Rêves du Grand Nord*, illustré de magnifiques planches en couleurs des étendues glaciaires de l'Arctique : il l'attrapa aussitôt et le paya au prix fort (ce qui était bien), mais (moins bien) cela laissa un gros trou au milieu de sa fresque. Mais elle était libraire, pas décoratrice, se rappela-t-elle, et elle entreprit donc de lui chercher un remplaçant.

Cette fresque pouvait devenir la pièce maîtresse de leurs décorations de Noël. Il lui fallait plus de manchots (pour l'étagère du dessous, bien sûr) et d'ours polaires (pour celle du dessus), puis elle suspendrait de belles étoiles au plafond, et le tour serait joué. Elle pourrait peut-être mettre le train électrique sur l'étagère du haut, à côté du *Boréal-express*. Mais elle voulait conserver sa belle vitrine...

L'éclairage. L'éclairage était toujours aussi horrible. Et plus ils s'enfonceraient dans la réserve, pire ce serait. L'installation électrique était antédiluvienne... elle n'osait même pas imaginer ce que ça leur coûterait de la remplacer.

Elle réfléchissait à tout cela quand elle se retourna. À 16 heures, il faisait déjà nuit noire ; l'hiver était bel et bien là.

En général, ça ne la dérangeait pas trop, pas autant que d'autres, en tout cas. Elle avait toujours trouvé que l'hiver était un moment idéal pour s'installer confortablement avec un livre, à l'abri du froid et de la pluie, si on avait cette chance... Elle pensa, un peu abattue, à sa chambre glaciale et au petit salon poussiéreux, délaissé. Enfin. Bref. Elle irait peut-être se réfugier dans le joli petit café, au bas de la rue. Puis Noël arriverait... Elle se sentit soudain très seule. Bien sûr, elle serait invitée chez Sofia. Ses parents seraient là, ainsi que tous les enfants, Rudi serait sans doute génial, et une nouvelle année commencerait. Encore une année où elle serait la célibataire de service, la cinquième roue du carrosse. Alors que l'année dernière, elle était si heureuse.

Il fallait qu'elle se reprenne, se dit-elle sévèrement. Elle avait passé une bonne journée. Elle avait emménagé et commencé à réorganiser la réserve. C'était le seul moyen de s'en sortir.

Elle remarqua alors une silhouette dehors, sur le trottoir, l'air inconsolable.

Elle s'approcha de la porte : c'était Bobby.

— Tu as laissé le magasin sans surveillance ? s'inquiéta-t-elle.

Il regarda dans cette direction.

— Je le vois d'ici. J'ai cinq secondes devant moi.

Carmen suivit son regard. Un grand groupe de touristes venait juste de partir. Un autre, sur Grassmarket, regardait les employés municipaux en train d'installer les décorations de Noël dans Victoria Street. Elle se tut une seconde, émerveillée. Cette année, ils accrochaient des guirlandes de flocons de neige lumineux, de sorte que, vus du haut comme du bas de la rue, les fils s'entremêlaient, se détachant contre l'obscurité, donnant l'impression qu'une multitude de flocons descendaient du ciel, aussi délicats qu'un ouvrage de dentelle. Carmen contempla ce spectacle, sourire aux lèvres, apaisée. La situation avait beau être compliquée, elle y voyait une promesse tenue : tous les ans, il y avait une fête populaire. De petites lumières scintilleraient partout. Il y aurait de la joie, de l'espoir. Au plus fort de la saison sombre, l'hiver s'annonçant encore long, il y aurait des feux de cheminée, des bougies, des réjouissances.

— Tu lui as encore dit non, ou quoi ? Il est d'une humeur de chien, lança Bobby en frissonnant.

Elle poussa un soupir.

— Oui... Mais je ne sais pas combien de temps on va pouvoir tenir.

— Tu fais quoi, au juste ? l'interrogea-t-il en levant les yeux.

— J'essaie d'agrandir la surface de vente, pour que les clients puissent voir plus de livres. Mais l'éclairage...

Au même moment, l'un des néons se mit à bourdonner et à clignoter d'une manière qui aurait déclenché une alerte de sécurité si ça s'était produit dans un film.

— Ah, oui, il est en piteux état.

— J'en suis consciente, merci, lança-t-elle, plus sèchement qu'elle ne l'aurait voulu.

— Enfin, c'est facile à réparer. Il faut juste recâbler le plafond, acheter du matériel et de nouveaux luminaires...

— Et comment je vais payer tout ça ? se désespéra-t-elle, quand les premières notes d'une chanson de Kirsty MacColl à la cornemuse leur parvinrent.

C'était lugubre. Ils se regardèrent.

— Non, dit-elle. Non, non et non. Jamais.

Derrière elle, un néon se mit à crépiter, puis s'éteignit.

Une silhouette corpulente était en train de remonter la rue, vêtue d'un pantalon de golf moutarde, de chaussettes à losanges, de bottines, d'un gilet à carreaux duquel pendait une montre à gousset et d'une épaisse veste en tweed.

— Hé ho !

— Crawford ! s'exclama Carmen en le reconnaissant. Tu ressembles au Crapaud Baron Têtard[1]. On en a une version illustrée, je vais te montrer.

— Pas besoin, répondit-il avec un grand sourire. Je sais !

— Ce n'est pas le héros du livre !

— Bien sûr que si ! Pouet Pouet !

Elle grimaça.

— Tu racontes n'importe quoi.

— Question de point de vue.

Dans le fond de la boutique, les néons continuaient de vaciller.

---

1. Personnage de *La Mare aux grenouilles*, moyen métrage d'animation inspiré du roman *Le Vent dans les saules*, de Kenneth Grahame.

— Enfin, peu importe, finit-il par reprendre. Je suis venu vous inviter à mon dîner de charité annuel ! Chez moi. Pour célébrer les fêtes !

— Il n'y a rien à célébrer, répondit Bobby.

— Je... je ne suis pas certaine qu'on soit en mesure de donner à une œuvre caritative en ce moment, expliqua Carmen, mal à l'aise.

— Venez quand même ! Et n'apportez rien ! répondit fermement Crawford. Et dites à Bronagh de ne rien apporter non plus : je me moque de ce que dit cette sorcière, son vin chaud pourrait tuer un cheval.

Après avoir fermé la librairie à clé, Carmen accompagna Bobby en bas de la rue, au cas où il aurait des luminaires en trop dans son arrière-boutique qu'il pourrait lui donner.

Elle examina le magasin. Il vendait des tee-shirts bas de gamme pour enfants ornés de photos de chiots, sur lesquels était écrit : « Je suis un petit terrier. »

— Je ne comprends pas, dit-elle.

— Je crois que c'est un jeu de mots avec : « Je suis une petite terreur. »

Elle parut perplexe.

— Tu vends des tee-shirts qui disent que les enfants sont méchants ?

— À 11,99 livres.

Elle attrapa de minuscules cornemuses en plastique collées sur un cœur en tartan.

— Ne...

Mais trop tard. Les cornemuses se détachèrent aussitôt du cœur.

— Oh bon Dieu ! s'indigna-t-elle. C'est vraiment de la camelote.

Elle passa devant des cartons de confiseries industrielles, dont des Edinburgh rocks périmés, pour aller se planter devant un présentoir qui contenait de minuscules objets en fer-blanc : des taxis noirs, des boîtes aux lettres et des bus londoniens.

— C'est même pas *écossais*, ça. C'est quoi, d'ailleurs ? Des attrape-touristes *d'un autre pays*. Tu pourrais aussi bien vendre des petites tours Eiffel.

— C'est pour les personnes pressées, marmonna-t-il. Qui ne passent qu'une journée au Royaume-Uni.

— Et ils la passent ici ? s'agaça-t-elle. Sérieusement. Je n'en reviens pas que le conseil municipal autorise ce genre de magasins merdiques à pulluler.

— D'après Bronagh, les membres du conseil ont pactisé avec le Diable.

Carmen fronça les sourcils, se rappelant le groupe d'hommes et de femmes en costume qui venaient tous les mardis à la librairie, après la réunion du conseil à l'hôtel de ville, et qui demandaient à accéder au « rayon spécial » dont M. McCredie conservait l'unique clé.

— Impossible, répondit-elle, avant de réfléchir. Enfin, peut-être les membres de la commission d'urbanisme.

— Bronagh semble plutôt sûre d'elle, grommela-t-il.

Elle regarda autour d'elle.

— Bobby, imaginer que le conseil municipal d'Édimbourg est dirigé par des suppôts de Satan suceurs de sang est ridicule et n'est pas une chose à dire, même pour plaisanter, lança-t-elle d'une voix forte, juste au cas où ce serait vrai et que quelqu'un les écouterait.

La porte s'ouvrit alors en bipant – Carmen regrettait le joli tintement de l'ancienne cloche, mais Jackson avait installé un système qui comptait le nombre de visiteurs de façon à pouvoir optimiser les prix à certains horaires. C'était lui, justement : il se tenait là, énorme, jambes écartées, les bras pliés, comme un cow-boy, posture qu'il avait dû apprendre dans un magazine débile. Il s'était changé et avait enfilé un costume fait d'un tartan jaune et violet que Carmen n'avait encore jamais vu ; ses cheveux étaient étonnamment jaunes, eux aussi.

— Ce sont des citoyens modèles ! Qui n'égorgent presque jamais personne et qui boivent encore moins de sang, dit-il (lui aussi d'une voix forte, remarqua-t-elle). Oh, je vois que vous êtes encore là, vous. Le vieux a changé d'avis ?

— Non, répondit-elle d'un ton de défi. Il y a des librairies sur Victoria Street depuis les années 1840. On pouvait venir acheter un exemplaire d'un roman de Dickens la semaine de sa sortie. Il y avait déjà des librairies quand les locaux de *The Scotsman* étaient juste au sommet de la colline, quand Édimbourg était le centre du monde en matière d'imprimerie et d'édition. Nous ne partirons pas.

— Enfin, l'un de vous deux va partir, commenta Jackson avec un sourire narquois. Pour un très long voyage.

Il se frottait les doigts quand un homme originaire d'Extrême-Orient affublé d'une casquette de base-ball colorée floquée du nom d'un tour-opérateur entra en courant, les yeux rivés sur sa montre. Il attrapa, au hasard aurait-on dit, trois pulls à capuche « Scotland », trois Nessie en plastique (qui, comme les cornemuses, avaient de mauvaises finitions et étaient recouverts de grosses gouttes de colle), une énorme boîte de sablés à un prix ambitieux et un tote bag portant l'inscription « *Hey McLeod, Get off of my Ewe*[1] », même si Carmen dou-

---

1. Détournement des paroles de la chanson « *Get Off of My Cloud* », des Rolling Stones. « *Hey you, get off of my cloud* » (« Et toi, descends de mon nuage ») devient « *Hey McLeod, Get off of my Ewe* » (« Et McLeod, descends de ma brebis »), « *McLeod* » se prononçant « ma-cloud » et « *ewe* » et « *you* » étant homophones.

tait qu'il ait compris la référence. Il lança sa carte bancaire à Bobby, qui la passa dans le lecteur, puis, sans même regarder le montant de la note, il ressortit en courant et sauta dans un énorme car qui attendait en bas de la rue, moteur allumé, crachant des gaz d'échappement. Ce car était immatriculé à l'étranger. Pour une fois, il n'y avait aucune pervenche en vue et, de toute façon, même si ç'avait été le cas, elle n'aurait sans doute pas pu faire grand-chose.

— Il a dépensé plus que vous ne gagnez en une journée, balança Jackson d'un air suffisant.

Carmen l'avait remarqué, elle aussi, et était écœurée. Bobby, lui, paraissait accablé face à son patron.

— Il faut que j'y aille, annonça-t-elle.

— On se reverra, dit Jackson en lui envoyant un baiser.

CHAPITRE 17

Oke ne se rétablit pas tout de suite. Il avait des hauts et des bas. Parfois, il était au plus mal ; le reste du temps, il se sentait somnolent, nauséeux, irritable. Sa mère était toujours à son chevet, et ses deux sœurs se relayaient. Il était profondément reconnaissant d'être entouré d'amour, comme dans un cocon, au moment où il en avait le plus besoin.

Mary vint lui rendre visite dès qu'elle en eut le droit : elle débarqua dans sa chambre les bras chargés de livres et de revues scientifiques, un large sourire fendant son joli visage. Elle l'étreignit.

— Mon chéri ! s'exclama-t-elle. Oh bon sang, mon chéri, quelle frayeur tu nous as causée !

Elle ne le lâchait plus, et Oke se demanda un instant si leur relation n'avait pas pris une tournure que sa mémoire chancelante aurait oubliée. Il se rappelait qu'un soir, ils étaient allongés tous les deux sur le capot d'une voiture, il s'en souvenait très bien.

Ils avaient contemplé les étoiles. Mais il ne pensait pas à elle comme ça, si ? Si ?

Il essaya de s'asseoir, sans grand succès.

— Raconte-moi ce qui s'est passé.

Elle leva les yeux au ciel.

— Tu ne t'en souviens pas ?

Son parfum était entêtant dans la petite chambre.

— Non.

— Eh bien, on passait un très bon moment…

Elle lui prit la main et laissa courir ses doigts dessus.

Revivre ce moment la rendait nerveuse, il trouva ça troublant.

— … on regardait les étoiles sur le capot de la voiture, puis tu as tourné de l'œil. J'ai cru que tu étais saoul, que tu avais bu trop de cachaça, même s'il n'y en avait pas beaucoup. Puis tu es tombé… tu t'es effondré.

Elle lui serra fort la main.

— C'était terrifiant.

— Je suis désolé.

— J'ai appelé Juan Castillo, et il a eu l'air super inquiet. On était à quatre jours de bateau de l'hôpital le plus proche. Ton état ne lui disait rien qui vaille. À moi non plus. Tes yeux étaient tout bizarres.

— Bizarres comment ?

— Tout blancs. Pas beaux à voir. Et JC craignait que tu aies quelque chose d'encore plus grave… On était si profondément enfoncés dans la jungle, ça aurait pu être n'importe quoi. Il s'est dit qu'il valait mieux prévenir que guérir.

Elle baissa la voix.

— L'assurance était furax. Mais tu dois te souvenir de l'hélicoptère, non ?

Il secoua la tête.

— Ouah ! C'était incroyable. Ils n'ont pas voulu qu'on t'accompagne tous les deux, alors je suis venue seule. Puis une ambulance t'a amené ici.

Il était à l'hôpital de Brasilia, même si avec les murs blancs, la nourriture insipide, la chaleur et les bips incessants, il aurait pu être dans n'importe quel hôpital. Il avait à peine fait attention à son environnement.

— Quand est-ce que tu sors ?

— Je ne sais pas. Apparemment, je suis suffisamment rétabli pour quitter ma super chambre individuelle.

— Oh, c'est dommage, répondit Mary, toujours assise sur son lit.

Elle le regarda, tête penchée.

— Bon sang. Tu étais déjà maigre avant...

Oke avait déjà eu droit à cette conversation, à quelques variantes près. Son neveu lui avait balancé qu'il ressemblait à un boa constrictor dressé sur sa queue. Une de ses sœurs avait déclaré qu'on aurait dit un petit garçon dans un manteau d'adulte, perché sur les épaules d'un copain, mais son autre sœur l'avait contredite : il ressemblait à un pyjama sur un cintre. Il était donc habitué aux taquineries et il savait qu'il avait perdu du poids. Sa mère s'efforçait de le remplumer.

— Je sais.

— Je vais devoir t'engraisser un peu, ajouta Mary d'un ton taquin.

Elle lui tenait toujours la main et la caressait d'un air songeur.

— Je fais de très bons *brigadeiros*. Tu as mangé ? demanda-t-elle en désignant le panier à pique-nique qu'elle avait apporté.

Tout avait un goût de sable pour lui, mais il s'efforçait d'avaler les boissons hypercaloriques qu'on lui donnait et qui avaient des relents de gravier.

— Bof, plus ou moins.

Puis il fronça les sourcils. Il avait mal à la tête. Il se sentait faible, pris de vertige.

— Mary, je... J'ai besoin de toi..., dit-il, la bouche sèche. Pour...

— Oui ?

Son joli visage était souriant, impatient. Elle posa sa main sur ses cheveux et les caressa doucement. « J'ai besoin de toi » : elle avait toujours rêvé d'entendre ces mots.

— Qu'est-ce que je peux faire pour toi, mon amour ?

— Je... tu as trouvé mon téléphone ?

— Non... Tu n'en as pas un autre ?

— Ma mère pense que ça nuirait à mon rétablissement.

La jeune femme réfléchit.

— Elle a sûrement raison. Tu dois te reposer, pas regarder des âneries sur Internet.

— D'accord, d'accord, répondit Oke, qui ne voulait se disputer avec personne. Mais j'ai un service à te demander : est-ce que tu peux faire quelque chose pour moi ?

Puis il lui posa sa question. Ces dernières semaines avaient été déroutantes, éprouvantes, douloureuses, et il n'avait pas été sûr de grand-chose. Mais de ça, il était sûr. Il en avait besoin.

— Tu peux prévenir Carmen ?

CHAPITRE 18

Décembre

D ÉCEMBRE ÉTAIT BIEN LÀ, et Édimbourg semblait enveloppé d'un voile féérique, d'un rideau de velours noir parsemé d'étoiles scintillantes. Chaque fenêtre brillait de mille feux. Princes Street Gardens était une explosion de lumières, de bruits et de couleurs, et l'immense marché de Noël battait son plein. Des petits chalets allemands vendaient des jouets en bois et des décorations de Noël, des saucisses grésillaient, des manèges secouaient des adolescents en tous sens, les précipitant dans les bras les uns des autres pour leur plus grand bonheur. Il y avait des stands de vin et de chocolat chauds, des marchands de bonbons et de crêpes, des souffleurs de verre, un labyrinthe de sapins et un étonnant petit train qui faisait tout le tour du parc, rempli d'enfants emmitouflés qui agitaient leurs mains recouvertes de moufles en passant devant leurs parents armés de leur téléphone.

Mais ce n'était pas seulement divertissant, songea Carmen en déambulant dans ses allées pour rejoindre Idra dans New Town. C'était plus profond, plus important que ça. Surtout avec les événements qui agitaient la planète, ces temps-ci. Ç'avait sans doute toujours été le cas, supposa-t-elle, mais, aujourd'hui, on était au courant de ce qui se passait dans le monde entier, plus seulement dans son quartier.

Néanmoins, il y avait quelque chose de merveilleux, de l'ordre du défi, dans ces tourbillons de lumière, ces ados en train de danser, ces enfants agités, gavés de sucre, qui couraient en poussant des cris d'excitation. Les illuminations, les feux de joie, les divertissements étaient comme un poing levé vers le ciel, comme pour dire : l'obscurité ne nous vaincra pas. Ni maintenant ni jamais. Nous sommes à mi-chemin de la saison sombre et nous comptons bien le célébrer. En survolant l'Écosse, songea-t-elle, on verrait les Highlands plongés dans le noir, leurs habitants étant éparpillés dans les magnifiques îles, vallons et villages du grand nord. Au sud, on apercevrait les paisibles Scottish Borders.

Mais la Central Belt, qui s'étendait des anciens burghs royaux de Dunfermline et d'Édimbourg jusqu'à Falkirk, Stirling, Glasgow, Kilmarnock et Ayr, devait luire d'un bout à l'autre, attendant Noël de pied ferme.

Carmen allait faire du shopping avec Idra. Il fallait qu'elle trouve quelque chose à se mettre pour le dîner de Crawford. Elle avait la robe sexy de Sofia, mais elle était trop moulante pour être confortable – à vrai dire, elle était trop petite pour la quantité de nourriture qu'elle comptait engloutir pour survivre à cette soirée et à la cause de riches pour laquelle Crawford collectait des fonds. Sûrement des médailles pour les anciens combattants ou une autre idiotie du même genre.

Elle serait bien allée dans son magasin, mais elle était fauchée et tout y coûtait plusieurs centaines de livres. Sans compter qu'il proposait des accoutrements complètement déjantés, comme un béret orné d'une plume de perdrix, porté avec un gilet en tweed couvert de boucles improbables et un long kilt ajusté.

À la place, elles se rendaient chez Primark, où elle comptait s'acheter une tenue festive. Parce que, dans l'ensemble, ç'avait été une année difficile. Elle devait oublier Oke, insistait Idra, et commencer à s'amuser et à accepter des invitations. Et la première qu'elle avait acceptée, c'était celle-ci.

— Mais c'est juste pour les commerçants de la rue et pour les amis de Crawford ! Je les connais tous, ils ont tous cent ans et un balai de sorcière !

— On ne sait jamais. L'un d'eux pourrait venir accompagné.

— Oui, et cette personne aura cent ans, elle aussi, grommela Carmen.

— Ce n'est pas vrai. Les gens du café y vont.

— Ouais. Ils me détestent.

— Arrête d'y aller, alors.

— Ne me prive pas de ma dernière addiction, s'il te plaît. C'est littéralement tout ce qu'il me reste. Oh ! Ça brille !

Et elle succomba : Idra leur acheta des vins chauds à un prix prohibitif, ce qu'elles découvrirent un peu trop tard, puis elles traversèrent la fête foraine avec insouciance jusqu'aux boutiques aux vitrines illuminées, où elle essaya une robe en tulle constellée d'étoiles pailletées. En temps normal, elle n'aurait jamais acheté une robe pareille, étant plutôt du genre jean/marinière, mais elle lui allait bien, avec ses joues rosies par le froid et le vin. Elle serait encore plus jolie avec des collants et des bottes : elle piocha donc dans ses maigres économies pour l'acheter. Parce qu'on a tous besoin d'un peu de paillettes dans la vie, non ?

— Bien, dit Idra. Est-ce que tu es vraiment sûre de ne pas pouvoir épouser Crawford pour son argent ?

— Je suppose que s'il avait de l'argent, il ne tiendrait pas une boutique sur Victoria Street, répondit Carmen en faisant bouffer ses cheveux devant le miroir. Parce que nous, on n'en a pas.

Mais sur ce point, comme sur tant d'autres, Carmen s'apprêtait à découvrir qu'elle était totalement à côté de la plaque.

**

Un jour, Crawford avait dit à Carmen : « Je vis juste au-dessus » – comme M. McCredie, bien sûr, et la jeune femme s'attendait donc plus ou moins à la même chose, sans le jardin d'hiver sur le toit.

Mais, en réalité, Crawford habitait en haut des marches qui partaient de Grassmarket et qui menaient à Ramsay Mews, les célèbres bâtiments à tourelles rouge et blanc accolés au château – certains des biens immobiliers les plus chers au monde. Nichés dans leur petit jardin privé, ces appartements grandioses offraient une vue imprenable sur la ville en contrebas.

— Ça alors ! s'exclama-t-elle en passant la porte en bois cintrée, ornée de lames cloutées.

Puis elle se dépêcha d'enlever son manteau. Dehors, on sentait le givre dans l'air, il crépitait sur les réverbères qui bordaient la rue. Mais à l'intérieur de la maison, il régnait une chaleur exquise.

— C'est magnifique.

— Oui, enfin, on n'est pas le château, bien sûr, gloussa Crawford, voulant jouer les modestes, sans y parvenir. Mais bon, on a des jardins, et pas eux.

— Donc c'est mieux.

— C'est toi qui le dis, pas moi.

Carmen tendit la bouteille de vin rouge qu'elle avait achetée au supermarché (elle n'avait pas pris la moins chère, mais presque), et Crawford la considéra, l'air de penser qu'il ne la donnerait même pas à boire à un ivrogne.

— Oh, *merci*, dit-il avec hypocrisie. Pose ton manteau et suis-moi dans la salle de réception.

Sofia insistait toujours pour qu'ils appellent « salle de réception » le salon qui se trouvait à l'étage de leur maison, mais Carmen voyait bien que c'était du chiqué. Chez Crawford, ça semblait parfaitement naturel. Duka, un jeune homme tatoué très séduisant vêtu d'une chemise blanche et d'un pantalon noir, attendait à l'entrée de la pièce, un plateau de coupes de champagne à la main.

— Je sais, je sais, lança Crawford. Tu vas me dire qu'on ne devrait jamais servir un champagne millésimé dans des coupes, les bulles s'évaporent, mais je les aime trop, j'en ai bien peur.

Carmen n'avait aucune opinion sur la question, elle souhaitait juste goûter ce délicieux champagne. Elle sourit donc au beau Duka et accepta volontiers une coupe.

Oh non, songea-t-elle en entrant dans la salle. La vie n'était vraiment pas juste, parfois.

La pièce était ornée de boiseries. Des trophées de cerfs, des blasons et des aquarelles médiocres représentant les vallons écossais, peintes par d'obscurs membres de la famille royale, décoraient les murs sans aucune ironie. Les fenêtres aux vitraux losangés surplombaient tout le nord de la ville : Princes Street, New Town, jusqu'à l'estuaire du Firth et aux côtes du comté de Fife. Ce panorama scintillait sous ses yeux : elle voyait les lumières des avions qui survolaient l'aéroport, les plateformes pétrolières brillaient comme des guirlandes de Noël, de grands bateaux sillonnaient la mer.

— La vache ! s'exclama-t-elle.

Des effluves de parfums onéreux et une délicieuse odeur de nourriture embaumaient l'air.

La salle était pleine de personnes sur leur trente et un – pas seulement les commerçants de la rue que Carmen s'attendait à voir, loin de là. Elles semblaient toutes à l'aise et avaient l'air de se connaître. Elle chercha en vain un visage amical. M. McCredie était là, mais elle l'avait aperçu près de la bibliothèque, où il s'attardait, examinant son contenu, et elle savait qu'il valait mieux éviter de le déranger. Ramsay, leur fournisseur de livres anciens, était présent, lui aussi, sans enfant, pour une fois. Zoe, son épouse, une jolie Anglaise très enjouée, l'accompagnait : elle souriait de toutes ses dents, l'air de passer une excellente soirée. Elle ne pouvait pas être encore enceinte, songea Carmen, mais c'était pourtant manifestement le cas. Bon sang. Enfin. Les hivers étaient longs et froids à Kirrinfief, où ils vivaient. Il fallait bien se réchauffer.

Carmen passa devant la cheminée – où s'étaient réunis des gens si beaux, si bruyants, si sûrs d'eux, qu'ils ne pouvaient être que des comédiens du Traverse Theatre – pour se diriger vers l'immense sapin. Ses branches étaient ornées de vraies bougies, constata-t-elle avec étonnement et plaisir : ça représentait un risque d'incendie évident, mais c'était magnifique. En lieu et place des décorations, excepté quelques guirlandes, on trouvait de vrais jouets – une poupée, un camion, un zèbre et un ours en peluche. C'était le sapin le plus étrange qu'elle avait jamais vu, mais aussi le plus beau. Un rouge-gorge plus vrai que nature couronnait son sommet.

La femme de Crawford la vit sourire.

— Nos petits-enfants choisissent leur cadeau dans le sapin. C'est un peu la panique, vous imaginez.

Carmen imaginait très bien.

— C'est une excellente idée, dit-elle. C'est magnifique.

— Merci, ma chère.

La ressemblance entre cette femme au visage rond et souriant et son mari lui sauta aux yeux (avaient-ils fini par se ressembler au fil des ans ou se ressemblaient-ils déjà comme frère et sœur lors de leur rencontre ? Mystère). L'épouse de Crawford lissa sa longue jupe en tartan sur ses hanches généreuses, et Carmen se félicita de ne pas avoir fait chauffer sa carte bleue pour s'en acheter une. Elle s'approcha de la fenêtre et de la superbe vue. La beauté de cette ville, son aspect sauvage, lui donnait du courage. Elle ferait prospérer la librairie. Elle tenait tant à trouver sa place ici. Elle savait qu'on pouvait tomber amoureux de quelqu'un, mais elle n'avait jamais réalisé qu'on pouvait aussi tomber amoureux d'un lieu.

— Le Père Gel nous rend visite, observa Bronagh en la rejoignant, vêtue d'une robe en velours vert qui lui allait à ravir. Les choses changent.

— Les choses changent en permanence, Bronagh !

— Pas comme ça, répondit-elle en secouant la tête. Il va y avoir une cassure, de vieux liens rompus ; une greffe, l'apparition de nouvelle glace, de nouvelles façons de se mouvoir. Il va faire froid. Si froid. Mais ça tracera une nouvelle voie.

— Ça peut vouloir dire tout et n'importe quoi. Tu fais exprès d'être sibylline.

— Eh bien, imagine que quelqu'un a chaud, par exemple, mais que tu as froid, et que cette différence finisse par vous séparer. C'est le genre de choses que tu comprendrais si tu savais interpréter les signes. Mais, bien sûr, je raconte n'importe quoi, ajouta-t-elle, vexée.

— Effectivement, répondit Carmen en pensant à Oke avec agacement.

— Mais tout change. Le solstice approche, le monde continue de tourner, même dans son sommeil.

— Ça me fait plaisir de te voir. Comment vont les affaires ?

Bronagh haussa les épaules.

— Les sorcières d'Édimbourg sont plus riches que jamais. Le monde s'appauvrit, et elles s'enrichissent. Leur magie est puissante.

— Bien. Et on dirait que Crawford a de l'argent, lui aussi.

— Oh, cette maison est dans sa famille depuis toujours.

Une fois de plus, Carmen regretta que M. McCredie ait laissé sa fortune lui filer entre les doigts. Ça ne la dérangerait pas du tout de louer une chambre ici, dans cette maison magnifique et bien chauffée. Dans la pièce d'à-côté, séparée par une immense porte à double battant en bois, elle voyait une table dressée pour au moins trente convives et des serveurs en train de se mettre en place. Elle poussa un soupir devant cette vision de rêve. Elle avait le sentiment d'être spectatrice de la vie glamour des autres, d'observer ces gens à travers une fenêtre, eux qui rentreraient tous chez eux, dans leur maison cossue, paisible, tandis qu'elle regagnerait son nid d'aigle plein de courants d'air, où il y avait du givre à l'intérieur des fenêtres, pour regarder des plantes mourir.

Crawford se faufila jusqu'à elle, splendide dans une veste d'intérieur prune sur un gilet en velours, qu'il portait avec une cravate turquoise, un pantalon en tartan pourpre très ajusté et des mocassins en velours.

— Au fait, tu es superbe, le complimenta-t-elle.

C'était vrai, surtout dans ce décor. Il sourit de toutes ses dents.

— Oh, j'aime bien montrer ce que je vends au magasin.

— Tu es ton propre modèle ?

— Oui. Viens, laisse-moi te présenter.

Un homme plus âgé qu'elle, grand et élancé, avec de beaux cheveux blonds grisonnants, les rejoignit.

— Tu monopolises tous les invités de moins de cent ans ? lança-t-il avec un accent édimbourgeois raffiné qui sonnait presque anglais.

— Pas du tout, répondit Crawford. Je te présente Carmen, qui travaille à la librairie McCredie.

— Ah oui, dit ce monsieur en faisant un baisemain à Carmen. Enchanté.

Bizarrement, ce ne fut pas aussi gênant qu'elle aurait pu le penser, et il était si séduisant qu'elle se surprit à rougir et à rire bêtement, comme ça ne lui était pas arrivé depuis longtemps.

— Bertie, le reprit Crawford. Franchement !

Il se tourna vers Carmen.

— Je te présente le comte de Rothenhy.

— Ça alors !

— Appelez-moi Bertie, déclara l'intéressé, et Carmen se reprit intérieurement : elle trouvait les titres de noblesse absurdes et y était farouchement opposée. C'est ridicule, poursuivit-il à voix basse. Crawford ne mentionne mon titre que pour vendre ses pantalons grotesques.

— Ce sont des pantalons de très bonne qualité, merci beaucoup, répondit Crawford, s'efforçant de rester digne, avant de retourner voir les serveurs en se dandinant.

Le tartan faisait ressortir son gros derrière, que Bertie et Carmen fixèrent, hypnotisés, en ricanant d'un air coupable. Elle accepta une deuxième coupe du délicieux champagne, décrétant que si on lui donnait une chance de s'encanailler à l'envers et de frayer avec le gratin, elle comptait bien en profiter.

La pièce se remplissait de personnes incroyablement élégantes et raffinées, qui parlaient de fonds de placement et de pétrole.

— Bon Dieu, tout le monde est si *rasoir* ici…, commenta Bertie.

La trouvait-il rasoir, elle aussi ? Parce qu'elle en avait marre d'être rasoir. Vraiment. Elle le regarda, et il planta ses yeux en amande dans les siens, l'air amusé.

— Ah oui ? Racontez-moi tout…, dit-elle d'un air de connivence qu'elle croyait très aguicheur, quand Bertie jeta un coup d'œil à la porte.

— Ah, ah ! Jusqu'à maintenant !

Elle suivit son regard et, à la fois agacée et très impressionnée, vit ce fichu Rudi entrer dans la pièce. Ses cheveux, plus roux que jamais, étaient gominés, ramenés en arrière, et il portait un beau kilt gris qui lui allait très bien au teint. Ses yeux verts s'illuminèrent en voyant Bertie, qui l'attrapa et l'embrassa sur les lèvres.

— Rudes, laisse-moi te présenter…

— Oh, on se connaît déjà, le coupa-t-elle.

Rudi lui jeta un regard en coin.

— Édimbourg est une petite ville, poursuivit-elle.

— Je ne vous le fais pas dire, approuva Bertie. Je vais nous chercher des verres.

Et il disparut en direction du bar. Rudi se tourna aussitôt vers Duka, qui lui proposait des petits beignets de haggis.

— Oh, tu travailles ici à plein temps, mon chou ?

Duka secoua la tête, puis sourit.

— Je finis à 22 heures.

— Voilà qui rend la soirée *bien* plus intéressante.

Ils échangèrent un sourire et Duka s'éloigna – sans proposer de canapé à Carmen, remarqua-t-elle.

Elle dévisagea Rudi.

— Bon sang ! Mais t'es un vrai chaud lapin ! Et c'est toi qui t'occupes de mes petits neveux adorés ?

Il parut déconcerté.

— Je suis un jeune homme qui fait ce qu'il veut de son temps libre, répondit-il posément. Je ne comprends pas pourquoi tu me juges. Je t'ai dit que ma vie privée resterait en dehors de chez ta sœur. Je ne savais pas que tu serais là, si ? Je viens de laver et de coucher un bébé, de préparer un repas sain pour débarrasser trois assiettes presque intactes, de lire quatre chapitres de *La Boîte à délices*, et j'avais envie d'un verre. Ça te pose un problème ?

Elle culpabilisa aussitôt.

— Pardon. Je ne voulais pas te juger.

Il lui fit un grand sourire, lui pardonnant sur-le-champ, et désigna Bertie de la tête.

— Alors, tu tentes ta chance avec Monsieur le Comte ?

— Non ! se récria-t-elle, avant de hausser les épaules. Il n'est pas mal, pour un vieux schnock.

— C'est vrai. Franchement, ne te prive pas, ce serait dommage de ne pas le partager.

— Non mais sérieux ! s'exclama-t-elle en postillonnant dans son verre. Tu es terrifiant !

Il la dévisagea.

— Ça fait combien de temps que tu ne t'es pas envoyée en l'air ?

— Mais bien sûr, je vais parler de ça avec la *nounou de mes neveux* !

— Oh, ouah ! Aussi longtemps que ça ?

Il y eut un blanc.

— Oui, reconnut-elle, embarrassée.

Il secoua la tête.

— C'est dommage. Tu es encore jeune. Enfin. À peu près.

— Euh, merci, dit-elle en acceptant le verre que lui rapportait Bertie.

— Alors, quoi de neuf ? demanda ce dernier en caressant la taille de Rudi.

— Carmen ne s'est pas envoyée en l'air depuis, genre, des *années* !

— Oh non, fit Bertie, l'air sincèrement désolé.

— Ça ne fait pas *des* années au pluriel, protesta-t-elle.

— Elle essaierait bien avec toi.

— Mais *non*.

— Je serais très heureux de lui rendre service, bien sûr, répondit Bertie.

— Vous n'êtes pas obligé de coucher avec moi par *courtoisie*.

Bertie tordit son beau visage distingué.

— Il y a pire, comme raison. Si je peux aider.

— Vous pouvez commencer par ne pas écouter Rudi, lança-t-elle, les joues très roses, avant d'aller rejoindre M. McCredie et Ramsay près de la bibliothèque. Alors, vous avez trouvé quelque chose d'intéressant ?

— Salut ! Comment tu vas ? l'interrogea Ramsay avec un grand sourire.

— Je viens juste d'échapper à un groupe d'obsédés sexuels bien flippants. Mais à part ça, ça va.

— Ah oui, le comte est un sacré numéro. Je ne m'en approcherais pas, si j'étais toi.

— Dit celui qui a toute une ribambelle d'enfants, ironisa-t-elle.

Ramsay regarda Zoe, en pleine conversation avec l'épouse de Crawford, et eut un sourire radieux. Cet homme savourait sa chance chaque jour, et son bonheur était communicatif. Ils se replongèrent avec entrain dans la bibliothèque de Crawford, juste pour voir si elle contenait quelque chose qu'ils auraient pu voler et revendre avec un gros bénéfice, mais ils trouvèrent surtout de vieux registres de chasse tout poussiéreux et des livres sur le gibier.

— Vous ne cherchez pas à me piller, hein ? lança le maître des lieux en arrivant dans leur dos, et ils eurent un petit rire innocent, le visage de marbre.

**

Ils allaient bientôt se sentir encore plus coupables. Tous les convives prirent place autour de la longue table : l'argenterie brillait sur la nappe – les couverts, les bougeoirs. L'air, parfumé de l'odeur du pain frais, bourdonnait du brouhaha de conversations animées. On leur servit un magnifique *Cullen skink*[1] en entrée, ainsi que du vin (et un petit verre de whisky, naturellement). Carmen était assise entre Ramsay, qu'elle aimait beaucoup, et un monsieur plus âgé, rougeaud, qui n'arrêtait pas de piquer du nez. Une belle dame, son épouse visiblement, était installée de l'autre côté. La femme qu'elle avait vue avec Rudi à la librairie – celle avec le

---

1. Soupe écossaise à base de haddock fumé, de pommes de terre et d'oignons.

carré strict et les lèvres rouges – se trouvait à l'autre bout de la table, entre Rudi et Bertie. Ils semblaient s'amuser comme des fous, tous les trois, et riaient aux éclats. *La chance,* songea-t-elle avec tristesse. Elle n'imaginait pas ce que cela faisait.

Mais elle avait essayé, non ? Elle avait dit à un homme qu'elle avait envie de faire l'amour avec lui, à un homme auquel elle tenait beaucoup. Et regardez ce qui s'était passé. Rien. Il l'avait rejetée. Du coup, bien sûr qu'elle n'allait pas réessayer. Cela dit, elle voyait ces gens heureux, séduisants, autour d'elle, qui passaient tous un bon moment. Peut-être qu'elle devrait se remettre en selle, cesser de se lamenter et de s'apitoyer sur son sort. Au moins, elle ne vivait plus chez sa sœur, elle ne courait plus le risque de ramener quelqu'un et de voir Phoebe se glisser dans son lit à quatre heures du matin. Elle était libre. Jeune (plus ou moins). Il fallait qu'elle en profite.

Elle oscillait entre l'envie, la jalousie et la colère pure en voyant le luxe dans lequel vivait Crawford : sa boutique n'était qu'un hobby, c'était évident. Il la tenait en dilettante, pour s'amuser, parce qu'il aimait les vêtements – ça, on ne pouvait pas en douter. Il n'était pas comme eux, qui devaient se battre au quotidien pour garder la tête hors de l'eau. Elle jeta un coup d'œil à Bobby, assis en face d'elle, se demandant s'il partageait son sentiment en étant invité à une soirée aussi fastueuse.

En plat principal, on leur servit du faisan rôti à la peau bien croustillante, accompagné de chou rouge, de pommes de terre (certaines rissolées, d'autres servies froides, coupées en fines lamelles) et d'une délicieuse sauce à la mie de pain, le tout arrosé d'un excellent barolo en carafe, qui se mariait à merveille avec la nourriture. On aurait dit que Crawford se plaisait à remuer le couteau dans la plaie. Cet univers, cette maison, cette pièce, ce dîner, cette vie : c'était beau, et tout le contraire de ce qu'avait Carmen – c'est-à-dire pas grand-chose, à trente et un ans. Et tout le contraire de ce que voulait Jackson McClockerty : niveler par le bas, refourguer de la camelote bon marché. Ici, tout était ancien. C'était peut-être trop chic, un rien prétentieux, mais c'était beau, chéri, choisi avec soin.

— On ne pourrait pas juste cambrioler toute la maison ? dit Carmen. Il ne nous soupçonnerait jamais.

— Il ne soupçonnerait jamais ses *voisins complètement fauchés* ? répondit Ramsay, amusé. Tu rigoles ? S'il a un minimum de jugeote, il aura sécurisé la moindre petite cuillère. Et il surveillera tes mains.

— Juste un tout petit cambriolage ? Je suis sûre que tu connais des gens qui peuvent refourguer des trucs.

— C'est vrai. Les vendeurs de livres anciens, c'est une vraie mafia. Tout le monde le sait. C'est pour ça qu'on est si riches.

Elle poussa un soupir et regarda à nouveau sa fourchette.

— Je pourrais peut-être la faire fondre par accident, comme ça, je devrais la ramener chez moi.

Une fois le faisan débarrassé, Crawford se leva et fit tinter sa coûteuse fourchette contre son verre en cristal tout aussi luxueux.

— Votre attention, s'il vous plaît. Vous savez tous que je ne vous invite pas pour rien…

— Non, tu nous forces à avaler ton faisan pas assez maturé ! cria un convive, provoquant des éclats de rire un rien avinés, auxquels Crawford ne prêta pas attention.

— Comme toujours, nous soutenons une cause. Et celle de ce soir me tient particulièrement à cœur.

Oh non, songea Carmen. Elle allait devoir signer pour aider des poneys déprimés. Ç'allait être gênant.

— Autrefois, du temps de mon père...

— Et de ce bon vieux John Knox[1] ! cria un autre petit plaisantin, déclenchant l'hilarité générale.

— ... tous les magasins de West Bow étaient des librairies. On y vendait déjà du papier quand on brûlait encore les sorcières sur Grassmarket. Édimbourg était la ville qui comptait le plus grand nombre de librairies par habitant au monde. Elles diffusaient la philosophie des Lumières, cette révolution pacifique des droits de l'homme.

Son épouse lui donna une petite tape sur le bras.

— Et de la femme.

Une personne non binaire, plus jeune, assise de l'autre côté, tira sur sa manche.

— Pardon. Des droits de tous. Toutes mes excuses.

Carmen le regardait, déconcertée.

— Et aujourd'hui, nous n'en avons plus qu'une. Dernier vestige d'une époque où la lecture était considérée comme le plus grand des accomplissements : savoir lire, écrire, pour ouvrir la voie à un monde meilleur, un monde plus pacifique... C'est étrange, mais je crois que, de toute notre histoire, jamais autant d'êtres humains n'ont vécu en paix et en bonne intelligence, même si nous n'avons pas toujours cette impression. C'est en grande partie dû au fait que nous nous comprenons mieux les uns les autres. Et ce sont les livres qui nous permettent d'accéder aux autres, la plupart du temps. Ce n'est pas une coïncidence, d'après moi, si nos pires dirigeants déclarent souvent ne pas être

---

1. John Knox (env. 1513-1572), pasteur écossais qui introduisit la réforme calviniste.

de grands lecteurs. De ce fait, aujourd'hui, notre collecte de fonds est destinée... à refaire l'éclairage de la librairie McCredie et à réaménager la boutique, afin que ce vieil enquiquineur vende enfin des fichus livres. Ça nous changera !

Quelques rires retentirent, suivis d'un tonnerre d'applaudissements. La mâchoire de Carmen se décrocha.

— Et notre merveilleux Bobby sera payé pour réaliser les travaux.

À ces mots, les applaudissements redoublèrent. Tout le monde aimait Bobby et avait déjà profité de ses talents de bricoleur : il passait réparer un robinet cassé, ouvrir une fenêtre bloquée ou rendre un des innombrables petits services qu'on demandait quotidiennement aux hommes habiles de leurs mains, toujours moins nombreux.

— Et, espérons-le, un jour, il gagnera assez d'argent pour faire *taire ces foutues cornemuses.*

Cette fois, tous les convives se levèrent, et Bobby sourit, virant au rose vif, heureux de voir tous ces gens commencer à chercher leur portefeuille dans leur *sporran*[1].

— Ben ça alors, lâcha Carmen, submergée par l'émotion. Ouah ! C'est génial. Incroyable. Je m'en veux presque d'avoir voulu lui voler ses cuillères. Non, je m'en veux. Je suis désolée.

Bronagh, assise à l'autre bout de la table, croisa son regard, et elle se souvint subitement : la bonne action. Mais Bronagh devait être au courant, se dit-elle. L'*advocaat* n'était qu'un subterfuge.

---

1. Élément du costume traditionnel masculin des Highlands, le *sporran* est une sacoche portée à la ceinture, par-dessus le kilt.

— C'est génial ! s'enthousiasma Ramsay. Vraiment génial. Hé, Eric, tu vas devoir travailler pour de vrai, tu sais.

— Je pense que mes collections se vendront bien, répondit fièrement le vieux monsieur, sourire aux lèvres. Pendant que je serai sur la mer de Ross.

— Hum, hum, fit Carmen.

— Avec l'aide de mon adorable Carmen, bien sûr.

CHAPITRE 19

Après le dîner de Crawford, Carmen redescendit la colline d'un pas léger. La soirée leur avait réservé une merveilleuse surprise, et elle était aux anges, même si elle se sentait un peu mélancolique, puisque certains invités (dont Rudi, Bertie et la dame au carré géométrique) étaient partis pour Panda & Co. Ils l'avaient conviée, mais elle avait paniqué et, quand elle leur avait dit qu'elle les rejoindrait peut-être plus tard, ils avaient pouffé, expliquant que c'était un bar secret et qu'elle ne le trouverait jamais. Elle les avait donc laissés partir, mais avec un profond regret, le cœur lourd en les voyant s'éloigner dans la nuit glaciale en direction de Lawnmarket, riant à gorge déployée dans le silence givré, les illuminations scintillant au-dessus d'eux.

Qu'est-ce qui clochait chez elle ? Pourquoi elle ne pouvait pas s'amuser, comme eux, tout simplement ? Elle attendait quoi ? Son ex, qui ne reviendrait jamais ? L'idée stupide et archaïque de n'avoir qu'un seul partenaire sexuel, ce qui semblait impliquer de ne pas en avoir du tout. Elle était trop sage, trop jeune ; c'était trop tôt. Et elle le savait. Elle se retrouva donc au lit, un peu pompette, à regarder de vieilles photos d'Oke sur son téléphone – même son portrait sur le site de l'université, ce qui était *vraiment* pathétique – et à rédiger des messages sans les envoyer. Oh, c'était vraiment ridicule. Allongée sur le dos, elle contempla la lune au-dessus du toit de Mylnes Court, la résidence universitaire où il vivait avant. Elle aurait presque pu le toucher.

Elle se mit sur le côté, la tête posée sur une main. Le clair de lune qui filtrait par la fenêtre dessinait des carrés sur l'édredon et sur les vieilles couvertures épaisses. Quand ils étaient rentrés, M. McCredie l'avait stupéfaite en lui tendant une brique enveloppée dans un torchon.

— Je les laisse près de la cuisinière, avait-il expliqué. Mets-la dans ton lit, pour te réchauffer les pieds.

Elle l'avait dévisagé, mais il avait raison. Ça marchait bien.

— « Oke », écrivit-elle, le disant en même temps à voix haute, comme si elle s'adressait à l'univers lui-même. « Oke. Tu me manques. Tu me manques tant. Ce Noël… Oh, je sais, tu t'en fous de Noël. Et je m'en fous. Et je me fous de… enfin. Je suis désolée. Je suis désolée de tout ce que j'ai dit au sujet des quakers et de toi, mais tu m'as vraiment blessée et, enfin, j'ai pété les plombs. Et je le regrette. Je suis désolée. Tu me manques, Oke. Je t'aime. »

Elle réfléchit une seconde.

— « Et maintenant, je te dis adieu. »

Et avant de changer d'avis, elle appuya sur « envoyer », et le message partit, puis elle se tourna et essaya de dormir. Mais essayer de dormir est le pire moyen d'y parvenir – demandez à n'importe quel enfant le soir de Noël : elle se tourna et se retourna donc sous les lourdes couvertures, fixant les étoiles par la fenêtre (elle n'avait pas fermé les rideaux), se rongeant les sangs.

Ça ne peut plus durer, se dit-elle. Je ne peux pas continuer comme ça. Je vais me le sortir de la tête. Réaliser que je me suis trompée. Que je l'ai perdu. Je vais tourner la page. Demain est un autre jour. Demain, je vais changer. Ce sera mieux. Différent. C'est sûr.

**

À près de neuf mille kilomètres de là, un homme gigotait dans ses draps chauds. Il se tournait et se retournait, murmurant un prénom, cherchant un sommeil sans rêves qu'il ne trouverait jamais.

TROISIÈME PARTIE

CHAPITRE 20

CARMEN AVAIT DÛ FINIR par s'endormir, car elle se réveilla en sursaut. Une lumière froide luisait autour de la fenêtre. Elle chercha son téléphone à tâtons, sans succès. Sa chambre lui semblait un peu différente, curieusement. Elle voulut allumer sa lampe de chevet, mais elle ne la trouva pas non plus. Elle battit des paupières.

Sa chambre était très silencieuse, mais elle croyait entendre l'écho d'une musique lointaine, qu'elle n'avait pas rêvée, même si ses souvenirs étaient flous.

Il y avait du bruit en bas.

— Monsieur McCredie ?

Elle se leva, enfila ses vêtements chiffonnés de la veille et sortit discrètement de sa chambre. Elle traversa le palier pour s'approcher de la fenêtre du jardin d'hiver et regarda en bas.

Éblouie, elle découvrit alors un monde étrange et familier, tout scintillant de blanc. Les toits des bâtiments voisins étaient recouverts d'une épaisse couche de neige et, derrière, les collines d'Édimbourg ne formaient plus qu'une vaste étendue blanche jusqu'à l'horizon.

Malgré sa mauvaise nuit, elle poussa un profond soupir de contentement, se réjouissant en silence.

— Monsieur McCredie ? Vous êtes là ?

Pas de réponse. Elle traversa la maison sur la pointe des pieds, jusqu'à la chambre du vieux monsieur.

Mais une fois devant, elle entendit sa respiration lente et régulière. Il dormait encore. Quand elle regarda à nouveau par la fenêtre, le paysage avait encore changé. Le College of Art semblait s'être volatilisé, même si elle distinguait toujours les remparts de la vieille ville. Au sud, le grand immeuble de bureaux avait disparu. Ça devait être une illusion d'optique due à la neige. Et il y avait partout des arbres, couverts d'une épaisse couche blanche immaculée, sur chaque branche, chaque brindille. La forêt commençait tout près de la ville : autour d'elle, les bois s'étalaient à perte de vue, jusqu'aux collines.

— Monsieur McCredie ? appela-t-elle à nouveau.

Elle n'attendait plus de réponse, et aucune ne vint. Le silence régnait, aussi profond et intemporel que le manteau de neige : la maison était plongée dans un sommeil que rien ne pouvait troubler.

Elle descendit et enfila ses bottes et la vieille canadienne qui avait naguère appartenu à Sofia. Puis elle sortit en fermant doucement la porte derrière elle et resta plantée là, regardant autour d'elle, son haleine fumant dans l'air givré.

Cet étrange monde de blancheur était frappé de silence. Aucun oiseau ne chantait. Il n'y avait plus qu'une rue étroite jonchée de congères autour de la maison, un sentier étranglé qui descendait vers la place du marché.

Carmen emprunta ce tunnel blanc, lentement, levant bien les pieds pour empêcher la neige d'entrer dans ses bottes. Elle éprouvait un profond sentiment de solitude, mais elle se força à continuer, sans se retourner : elle craignait que la maison ne soit plus là si elle regardait par-dessus son épaule.

En approchant de Victoria Street, elle entendit un petit bruit au loin.

Elle s'immobilisa et l'entendit à nouveau, assourdi par les arbres : un battement cadencé mais discontinu, qui rappelait celui d'un marteau sur du métal. Il retentissait par salves, à intervalles irréguliers, comme si quelqu'un plantait des clous. Le temps qu'elle reste là à écouter, le monde sembla s'éclaircir un peu : la rue paraissait moins étroite, la neige scintillait et, quand elle leva les yeux, le ruban de ciel au-dessus de Victoria Street était d'un bleu limpide.

Elle continua à progresser d'un pas lourd vers le bruit de marteau et se retrouva bientôt devant la librairie. Les toits des bâtiments de pierre étaient couverts d'une neige épaisse, de la fumée bleue sortait des cheminées, et elle sentait une odeur de feu de bois. Elle s'approcha de la porte, ouverte aux éléments, fixant l'homme à l'intérieur avant de réaliser qu'elle le connaissait. C'était Bobby.

— Bonjour, Robert.

L'homme aux larges épaules, vêtu de son tablier bordeaux, leva les yeux. Un instant, il parut surpris, puis il la salua d'un signe de tête.

— Salut, Carmen. Tu es bien matinale, dis donc.

— C'est un nouveau jour.

— Je te le fais pas dire, répondit-il avant de se remettre à donner des coups de marteau.

Carmen s'approcha de la réserve, ébahie. Il était impossible d'en voir le fond.

— On a l'impression que ça continue jusqu'à...

Mais Bobby se raidit, et Carmen aussi. Elle entendit un petit bruit derrière elle.

Elle fit volte-face et aperçut la silhouette de Jackson McClockerty en train de monter la rue. Elle sentait d'ici le contenu du sac McDonald's qu'il avait dans les mains. Rapide comme l'éclair, Bobby ferma le rideau noir, de façon à cacher l'arrière-boutique.

— Vous êtes déjà là, dit Jackson en la regardant, amusé.

Elle le dévisagea.

— Vous en voulez ? lui proposa-t-il en tendant son sac McDonald's.

Ça sentait bon, mais Bobby se remit à marteler, faisant diversion.

— Non merci.

— Comme vous voulez, répondit-il en prenant une grosse bouchée. J'espère que ça ne te retiendra pas longtemps, lança-t-il à Bobby. Tu travailles pour moi, je te rappelle.

— Je sais, répondit posément Bobby en le fixant.

— Enfin. Je ne vois pas comment ça pourrait marcher longtemps, de toute façon. Ne vous inquiétez pas. J'attendrai.

Ils le regardèrent partir.

— Ce type me fait froid dans le dos, lança Carmen en frissonnant.

— Oh, il n'a aucune emprise sur Victoria Street, au bout du compte. Ne l'oublie pas. Viens voir, dit-il en ouvrant à nouveau le rideau de la réserve.

— Tu as commencé hier soir, après le dîner ?

— Il ne faut jamais reporter à demain ce qu'on peut faire aujourd'hui. Et puis je travaille, la journée.

Il vérifia quelque chose, et lui demanda de reculer. Puis il appuya sur un interrupteur.

Entre chaque rangée de bibliothèques qui s'enfonçaient de plus en plus loin, toujours plus nombreuses, pendaient de beaux plafonniers anciens, en métal, d'une élégante couleur vert foncé. Il y en avait jusqu'au fond.

— Ouah ! s'exclama Carmen, qui ne s'aventurait jamais aussi loin dans la réserve et n'avait jamais réussi à compter les bibliothèques dans le noir. C'est immense !

— Il y en a encore, l'informa Bobby en la précédant.

En effet, sur le côté, des renfoncements étaient creusés dans la roche, pareils à des grottes – vestiges d'explorations passées, sans doute. M. McCredie les avait eux aussi remplis de cartes, de gros livres et d'illustrations anciennes.

— Ça alors ! Mais c'est dingue.

— Je te recommande fortement d'interdire de fumer ici. Je t'ai aussi pris des panneaux de sortie de secours à la quincaillerie, également offerts par les amis riches de Crawford.

— La vache. C'est une vraie caverne d'Ali Baba.

— C'est vrai, approuva Bobby avec un sourire. Tu vas avoir du mal à trier tout ça.

— Je crois que je vais devoir sortir tout ce que je peux pour l'exposer dans la boutique… tout ce qui a trait à Noël et à l'hiver. Un maximum de livres pour enfants et de beaux livres. Pour le reste, jusqu'à ce que j'aie le temps de m'y mettre, je pense qu'on pourrait juste laisser les gens explorer. Les laisser découvrir des trésors par eux-mêmes. Je veux qu'ils ressentent la magie de ce lieu, eux aussi. Bobby. Merci. Merci, merci, merci.

— Bronagh a dit que le gel serait synonyme de changement.

— Elle a aussi dit que le fantôme d'une pêcheuse de Leith au cœur brisé avait maudit le chemin que son homme empruntait le matin et que c'était pour ça qu'ils ne pouvaient pas terminer le prolongement du tramway.
Bobby se gratta la tête.
— Ouais, ça se tient, en fait.
Mais Carmen se sentait pourtant différente.

**

Ils se rendirent dans le petit salon au fond de la réserve, où M. McCredie était déjà installé avec une tasse de thé, devant un feu ronflant.
— Bonjour, dit Carmen. Je pensais bien vous avoir entendu tout à l'heure.
— C'est très lumineux ici, s'étonna-t-il.
— Oui oui. On en a parlé, vous vous rappelez ?
Il acquiesça.
— Et je dois dire que c'est beaucoup plus facile de lire, maintenant, ajouta-t-il, comme surpris.

**

Finalement, Carmen décida de fabriquer des pancartes pour flécher le chemin dans la réserve et éviter que les clients ne se rentrent dedans entre les rayonnages étroits. Ils devaient progresser dans le sens inverse des aiguilles d'une montre, dans l'espoir qu'ils ressortent pile devant la caisse, prêts à faire leurs achats – ou à mieux cacher ce qu'ils comptaient voler, du moins. Et ça marchait plutôt bien, excepté quelques récalcitrants qui lui lancèrent d'un ton guindé, merci bien, mais on n'est pas chez Ikea. Le plus souvent, une fois devant le comptoir, les gens se rendaient compte qu'ils voulaient vraiment acheter cet *Hebdomadaire illustré des observations attestées de sirènes* datant du XVIIIe siècle et ils retournaient le chercher, mais ils n'arrivaient pas à remettre la main dessus parmi les milliers et les milliers de volumes : là où ils croyaient l'avoir vu, ils tombaient sur *Le Guide du ballet de cour sous Louis XV*, un album sur les robes à l'époque victorienne ou une immense pile de romans apocalyptiques, qui allaient de la bombe atomique aux zombies. C'était comme si les livres eux-mêmes bougeaient ; des détectives visitaient le royaume des fées et des joueurs de cricket prenaient la mer.

Oh, cette première matinée, quel régal ! Voir la stupéfaction sur le visage des habitués lorsqu'ils réalisaient qu'ils avaient tout un monde à explorer – comme quand on rêve qu'on découvre une porte chez soi et qu'on l'ouvre pour la première fois. Ronald, un passionné des chemins de fer, tomba sur une immense section consacrée aux moyens de transport d'autrefois et écarquilla les yeux. Il sortit son téléphone, avant de se raviser.

— Qu'est-ce que tu fais ? l'interrogea-t-elle.

— J'allais poster une photo sur mon site pour les ferrovipathes. Mais ils débarqueraient tous et ruineraient ce bel endroit.

— Fais-le !

Mais Ronald secoua fermement la tête et se dirigea avec détermination vers le rayon locomotives.

— Donne-moi le nom du site, au moins, cria-t-elle en prenant malgré tout une photo.

— J'en ai déjà trop dit, répondit-il sévèrement avant de caresser d'une manière un rien trop affectueuse un registre d'horaires des trains dans les Pennines en 1967.

Les touristes, eux aussi ébahis, étaient ravis de pouvoir explorer dans la roche. Ils lui demandaient si elle avait trouvé des victimes de la peste noire là-dedans et paraissaient déçus quand elle secouait la tête. Elle se mit donc à répondre d'un haussement d'épaules (elle n'en était pas totalement sûre, après tout) et, d'ailleurs, est-ce qu'ils avaient vu le rayon peste ?

**

Deux jours plus tard, Carmen contempla le nouvel agencement de la librairie, contente d'elle, tout en jetant de temps à autre un coup d'œil dehors. Il neigeait. C'était beau. Les gens flânaient dans Victoria Street : ils montaient la colline ou se dirigeaient vers West Bow en glissant et en prenant des tonnes de photos. Rien de plus normal.

À l'heure du déjeuner, épuisée mais de bonne humeur, elle se recula et examina la boutique. La différence était spectaculaire. Il y avait tellement plus d'espace. Puis la clochette tinta, et sa joie redoubla en voyant les enfants.

— Tata Carmen ! cria Phoebe en se jetant sur elle, renversant une pile entière d'*Ours péteur* au passage.

Mais Carmen s'en moquait.

— Ma chérie, dit-elle.

Pippa et Jack entrèrent derrière elle, un timide sourire aux lèvres. Rudi fermait la marche.

— Tu travailles le week-end ? l'interrogea-t-elle.

— Je donne un coup de main quand je peux, répondit le jeune homme, qui semblait frais, quoi qu'il ait pu fabriquer pendant son temps libre.

Il sentait même bon, une odeur d'après-rasage avec des notes de tabac et d'agrumes, constata-t-elle quand elle fut assez proche pour le renifler.

— Tu es en train de me renifler ?

— Non. Mais si c'était le cas...

— Penhaligon's.
— Sofia te paie combien ?
— Oh, ce n'est pas le mien.

Elle le dévisagea, et il lui adressa un sourire irrésistible qu'elle ne put s'empêcher de lui rendre.

— *Ça alors* ! lança une voix.

C'était Jack, qui ne débordait pas d'enthousiasme dans les librairies, d'habitude.

— C'est un labyrinthe ? Vous avez un labyrinthe maintenant ? demanda-t-il avant de s'élancer dans la réserve sans attendre la réponse.

— Euh…, commença-t-elle en se retournant, mais il avait déjà disparu.

— Ça a l'air vraiment cool, commenta Rudi. Enfin, pour les intellos. C'est le Disneyland des intellos.

— Merci ! répondit Carmen, qui ne pouvait imaginer plus beau compliment. Je suis trop contente de vous voir ! dit-elle aux enfants. Pippa, comment se passent tes évaluations ?

— Eh bien, commença la fillette avec suffisance, Oliver J et Oliver P m'ont dit : « Pippa, ne crois pas que tu vas finir première de la classe, parce que parfois les garçons doivent être les premiers. » Alors j'ai répondu que les garçons n'étaient jamais les premiers et ils m'ont dit que je verrais bien cette année.

— Ils sont jumeaux ? demanda sa cadette.

— Arrête un peu d'être *débile*, Phoebe. Ils ont juste le même prénom.

— Ah oui, fit la petite, et Carmen passa machinalement un bras autour de ses épaules.

— Du coup, je leur ai dit que je finirais première quand même, et que si ce n'était pas le cas, je raconterais que je les ai vus regarder dans les toilettes des filles, conclut Pippa à toute vitesse, radieuse.

— Ça paraît sensé, remarqua Carmen. Malin *et* stratégique.

La fillette l'observa, l'air de ne pas savoir si elle était sarcastique ou non.

— Comment va ton amoureux ?

— Oh, je lui ai dit qu'il ne faisait pas assez d'efforts, alors il va m'acheter un cadeau très cher pour Noël.

— *Quoi ?*

— Il faut exiger l'attention qu'on mérite.

— Tu es en 6e !

— Y'a pas d'âge pour avoir raison, dit Rudi en tapant dans la main de Pippa.

— L'important, ce n'est pas le cadeau, poursuivit la fillette. C'est le soin et l'attention portés aux besoins de l'autre.

— J'essaierai de m'en souvenir, répondit Carmen en se grattant la tête.

— Ouah ! Ce magasin est bien mieux maintenant !

Jack venait de ressortir de la réserve en courant. Il apparut derrière la caisse, un livre sur les avions de la Seconde Guerre mondiale intitulé *Les Aéronefs modernes* dans les mains.

— Tiens donc ! lança M. McCredie en entrant d'un air affairé. Je vais t'expliquer pourquoi ce livre est intéressant. Tu vois, ce Spitfire...

Et il se lança dans une tirade érudite sur Birmingham, qu'il conclut par :

— Maintenant, emporte ce livre, et tu me diras ce que tu en penses.

— Certainement pas ! se récria Carmen. Tu dois l'acheter avec l'argent de tes parents, et ils n'en manquent pas !

Comme le vieux monsieur paraissait triste, elle mima quelqu'un en train de glisser sur la neige à toute allure pour lui rappeler ses engagements en Antarctique, mais elle n'avait jamais skié et son imitation n'était pas très bonne. Il finit malgré tout par comprendre.

— Ah, oui, fit-il.

— J'ai aussi des livres sur un ours qui pète, ajouta Carmen avec espoir. À Noël.

Intriguée, Phoebe attrapa un exemplaire et l'ouvrit au hasard.

— « "Ne t'inquiète pas, Monsieur Ours. Bien sûr que tu es toujours invité à notre repas de Noël végétarien, même si tu aimes péter. C'est normal, de péter, même à Noël !" dit Monsieur Serpent. »

Elle dévisagea Carmen.

— Ils invitent un ours juste *pour qu'il pète* ?

— À Noël ! précisa sa tante.

— Mais les serpents rampent par terre ! Quand l'ours va péter, l'odeur va aller vers le sol : le pauvre serpent.

— Je ne crois pas que les serpents puissent sentir, observa Jack, qui s'intéressait beaucoup aux créatures rampantes de toutes sortes.

— Ça explique pourquoi les pets ne le dérangent pas, ajouta Carmen.

— Ce n'est pas très juste pour le pingouin, insista Phoebe en étudiant l'illustration. Il est encore plus au niveau des fesses de l'ours que le serpent.

— Est-ce qu'ils empêchent l'ours de péter avec le bec du pingouin ? demanda Jack avec curiosité.

Carmen feuilleta le livre.

— Non, on apprend qu'il faut faire plus de yoga. O.K. Oh, et qu'il faut être gentil avec les personnes qui souffrent du syndrome de l'intestin irritable. Mmh. On s'écarte du sujet.

— Est-ce que je peux voir ta nouvelle chambre ? l'interrogea Phoebe. J'ai une nouvelle guirlande lumineuse dans la mienne.

— Sauf que tu oublies toujours de l'éteindre la journée et que tu laisses la batterie se décharger, intervint Pippa.

— C'est *pas* vrai ! Bon, si, ça arrive, concéda Phoebe qui trouvait très difficile d'avoir huit ans. Ça me manque que tu ne sois plus là, ajouta la fillette, ce qui fit très plaisir à Carmen. Même si on a Rudi maintenant ! Et il est *génial* !

— *Et* il sait jouer au foot ! lança Jack.

— Et il joue du basson.

— Il joue aussi très bien du pipeau, lança Carmen avec un sourire complice à Rudi, qui lui tira la langue.

**

Elle laissa la boutique à M. McCredie, en lui disant de ne pas se perdre dans la réserve, puis conduisit les enfants jusqu'à l'escalier du fond.

— Il va falloir que je ferme cette porte à clé, maintenant, dit-elle. Pour empêcher les clients de monter.

— Tu pourrais aussi remplir l'escalier de livres, répondit Rudi. Laisser les gens flâner.

Elle sourit.

— C'est vrai, on pourrait sans doute faire ça. La librairie continuerait. Des kilomètres de livres, à l'infini. En pleine ville.

Ils continuèrent à monter, passant devant les pièces remplies de livres du monde entier, jusqu'au toit de la maison, qui surplombait Lawnmarket.

— Tu vas garder la ligne, observa Rudi, qui ne pouvait pas tenir la balustrade, située du côté gauche de l'escalier.

Il fixa les nombreuses portes.

— Et il vit tout seul ici ? s'étonna-t-il.

— Avec moi, maintenant.

— Pendant toutes ces années ? fit-il, incrédule. Tu sais combien il y a de sans-abri à Édimbourg ?

Carmen le savait parfaitement, ayant fréquenté Oke, qui avait ce genre de choses à cœur, mais elle ne pensait plus à lui. Quand elle avait retrouvé son téléphone, elle avait vérifié, juste une fois, pour voir s'il lui avait répondu, mais ce n'était pas le cas, bien sûr. Puis le monde avait changé, la neige était tombée. Il était temps de tourner la page.

Ils atteignirent enfin le dernier étage, les petites bottes des enfants claquant sur les marches de bois. En découvrant le jardin d'hiver, ses neveux poussèrent un cri de surprise. Dehors, la neige tapissait les toits et le balcon, et s'empilait contre les portes-fenêtres.

— C'est un jardin de conte de fées ! s'émerveilla Phoebe.

— Je crois que ces plantes sont mortes, remarqua Pippa, plus pragmatique.

Rudi siffla. La neige s'était remise à tomber doucement, recouvrant la verrière du toit.

— Ouah ! C'est...

— Incroyable ! Je sais ! le coupa Carmen.

— ... le chantier. Ces pauvres plantes... Regarde-toi, pauvre petit poinsettia.

Il prit une poignée de terreau.

— Elles ont été arrosées, mais ça ne suffit pas. La terre est stérile. Il faut les rempoter. Et mettre une bonne couche de paillage et de l'engrais. Du sang et des os.

— Ça a l'air dégueu.

— Pas plus qu'une saucisse.

— Je te l'accorde.

— C'est quoi le problème, avec les saucisses ? demanda Phoebe.

— Oublie ça, répondit Rudi en inspectant à nouveau les pots et en époussetant une feuille avec son unique main.

— Hé, les enfants ! Qui veut faire pousser de jolies plantes pour le printemps ?

— On peut faire pousser des fleurs ? s'enquit Pippa.

— Oui.

— Une plante carnivore ? demanda Jack.

— Non.

— Un pissenlit ? proposa Phoebe.

— Ce n'est pas une fleur, la reprit Pippa. C'est une mauvaise herbe !

— Mais j'aime les pissenlits, moi !

— C'est une mauvaise herbe !

— On fera pousser plein de choses différentes, intervint Rudi avant de regarder une nouvelle fois autour de lui. Tâche de bien les arroser, et on reviendra avec ce qu'il faut, d'accord ?

Carmen hocha la tête, toute contente.

— Oh oui, avec plaisir !

— J'aime bien ta nouvelle maison frigo, tata Carmen, dit Phoebe.

— Venez quand vous voulez, répondit sa tante en l'embrassant sur le front.

— Euh, ne fais pas ça. Tu vas manger des lentes, lança Jack.

— C'est *pas* vrai ! hurla sa sœur.

— O.K, allez, on y va, petits chenapans, les interrompit Rudi d'une voix douce. Il faut qu'on aille au parc pour l'entraînement de foot de Jack.

— Et pour boire un chocolat chaud, murmura Phoebe.

— Ils ne vont pas annuler à cause de la neige ?

— Eh ben, si c'est le cas, on organisera un concours de bonhommes de neige. Et on écrasera tous nos concurrents.

Ils redescendirent bruyamment, et Carmen sentit son cœur se serrer. Elle aurait bien aimé aller au parc, elle aussi, pour construire un énorme bonhomme de neige et boire un chocolat chaud. Mais elle devait se remettre au travail, puis remonter ici toute seule...

Son optimisme diminuait. Au bas des escaliers, Phoebe se pendit à son cou.

— Tu peux venir boire un chocolat chaud avec nous ?

Rudi l'interrogea des yeux.

— Pas aujourd'hui, ma puce. J'ai beaucoup de travail. Mais bientôt.

— Et on reviendra vite te faire un beau jardin, ajouta-t-il avec sincérité.

Elle le regarda, certaine que sa gratitude se voyait sur son visage.

CHAPITRE 21

O.K., songea Carmen en se réveillant à nouveau dans le silence et l'atmosphère magique qui prouvaient que la neige enveloppait toujours la ville. O.K., au boulot. Dans sa nouvelle librairie, plus belle et plus grande. Les enfants avaient fabriqué des guirlandes en papier qu'elle comptait accrocher aux étagères. Et toutes les lampes qu'elle pouvait se procurer, emprunter ou voler finissaient dans la réserve, pour baliser le chemin.

Au bout de quelques jours, il était déjà évident que les livres de l'agrandissement se vendaient bien, mais pas autant qu'elle l'avait espéré, loin de là. Elle avait essayé de les classer par thème. Elle avait par exemple trouvé de superbes biographies de personnes dont elle n'avait jamais entendu parler (des généraux, des tisserandes, des habitants de l'archipel de Saint-Kilda, de vieilles vedettes du music-hall), qu'elle avait regroupées.

Il y avait aussi un beau rayon consacré à la religion, qui devait venir de la liquidation du fonds d'une cathédrale, chose que Carmen peinait à imaginer. Mais il comptait de magnifiques bibles et missels illustrés, ou encore des livres ornés de peintures à l'huile, qui s'avérèrent être des exemplaires de *La Vie des saints pour les enfants.* Ces vies semblaient comporter beaucoup de membres arrachés et de morts subites et barbares. Après être tombée sur une représentation en couleurs particulièrement brutale de sainte Agathe, elle jugea préférable de ne pas les ranger dans le rayon enfants.

Et le rayon des classiques... Carmen pestait contre elle-même – et contre M. McCredie, plus raisonnablement. Ils auraient dû le mettre à profit plus tôt. Il était immense et recelait de magnifiques éditions anciennes de tous les romans possibles et imaginables, dans tous les formats : Walter Scott, Lewis Grassic Gibbon, Dickens, Austen, Trollope, Coleridge, Eliot.

Tout n'était peut-être pas bien rangé, mais, au moins, tout était de près ou de loin dans l'esprit de la librairie. Mais ça ne s'arrêtait pas là. Chacune de ces étagères contenait quelque chose – juste un petit quelque chose – qui attirait l'attention, se rendant irrésistible.

Parmi les classiques, on trouvait un exemplaire de *Jane Eyre était-elle une meurtrière ?,* un livre qui essayait de déceler de vrais crimes dans la littérature, et un autre de *L'Affaire Jane Eyre,* où une détective littéraire fictive faisait de même. Le sensationnel rayon cartes renfermait des traités sur la politique des frontières écrits avant l'établissement des frontières actuelles, des ouvrages des années 1940 étonnamment visionnaires sur l'avenir du Moyen-Orient, et des recueils de poésie superbement illustrés sur l'existence possible de l'Australie. Chaque fois qu'elle tentait de nettoyer ou de ranger, elle tombait sur quelque chose qui éveillait sa curiosité. Au rayon religion, ce fut un magnifique livre d'apostilles tirées de manuscrits enluminés dans lesquels des moines désœuvrés avaient griffonné, dessiné des chats en colère ou posé des devinettes à leurs pairs.

Et Carmen n'était pas la seule à se prendre au jeu. Des gens qui venaient acheter un guide touristique de la ville disparaissaient dans la réserve pour ressortir quarante-cinq minutes plus tard en pérorant sur le tunnel ferroviaire d'un kilomètre et demi qui existait toujours sous Leith Walk ou sur le Caledonian Hotel qui cachait autrefois une gare. Des gens qui entraient acheter le dernier album jeunesse à succès repartaient avec des épreuves d'examens de mathématiques datant de 1913.

M. McCredie était un personnage agaçant à de nombreux égards, mais il s'y connaissait en livres, songea Carmen en servant un flot de clients comblés, même s'ils avaient les yeux un peu fatigués.

— J'ai l'impression que c'est infini, commenta la professeure, dont les cheveux étaient verts aujourd'hui. Comment... Comment avez-vous pu nous cacher ça aussi longtemps ? Le monde entier doit être mis au courant.

— Oui ! acquiesça Carmen. Mettez-nous sur Instagram, s'il vous plaît.

— Mais ce ne serait plus notre paradis secret, répondit sa cliente après une seconde de réflexion.

Un couple d'étudiants en pull sans manches entra en gloussant et en poussant des exclamations, voyant en ce dédale d'étagères l'endroit idéal pour se bécoter. Puis un homme plus âgé, hirsute, les vêtements usés jusqu'à la corde, des chaussures trouées aux pieds, se blottit dans un coin, juste pour se réchauffer.

— C'est Christopher Pickle, expliqua gravement M. McCredie quand Carmen lui en parla, se demandant d'un air coupable ce qu'elle devait faire.

Son patron disparut en direction du nouveau rayon poésie pour revenir avec un petit volume ancien intitulé *Le Long Noir*.

— C'est le poète le plus talentueux de notre génération, dit-il en regardant l'homme. Le monde n'était pas prêt. Mais il a sa place ici.

Après ça, Carmen installa un tabouret au bout du rayon poésie. Christopher Pickle venait souvent s'y installer : il griffonnait fiévreusement dans un petit carnet en hochant la tête d'un air reconnaissant.

**

Quelques jours plus tard, un matin, un homme sortit en hâte de la réserve, l'air hagard. Carmen ne l'avait pas vu entrer. Elle le considéra avec méfiance.

— Vous êtes arrivé quand ?

— Je n'ai pas dormi dans l'une des salles du fond, répondit-il. Absolument pas. Mais si c'était le cas, je dirais que vous devriez alimenter le feu avant de fermer.

Carmen en resta coite, mais ne put s'empêcher de se demander s'il ne faisait pas plus chaud dans la réserve que dans son nid d'aigle. Les livres devaient tenir lieu d'isolant, non ? Et puis de quelle salle parlait-il ? Jusqu'où allaient les livres ? Elle avait exploré jusqu'au petit salon et à l'escalier mais, au-delà, il n'y avait pas d'éclairage : elle ne savait même pas ce qui s'y cachait.

Il y avait peut-être des livres sous toute la ville, des millions de mots et de feuilles qui dévalaient un escalier sous The Mound et emplissaient le tunnel de Colinton jusqu'à la mer. Cette idée lui plaisait.

— Mais j'aimerais acheter ce bouquin, reprit-il en posant sur le comptoir un énorme volume que Carmen n'avait jamais vu. Que je viens tout juste de trouver, il y a une seconde, s'empressa-t-il d'ajouter.

Carmen dépoussiéra l'ouvrage à l'aide d'un chiffon jaune. Le dessin d'un arbre tentaculaire ornait sa couverture. Carmen le reconnut aussitôt : le grand if d'Ormiston. Ce livre racontait « l'histoire secrète » de cet arbre, qui était déjà là, près d'Édimbourg, à la naissance de Jésus. Les Romains l'avaient connu. Les jacobites s'étaient cachés dedans.

Cet ouvrage était sublime, et Carmen ne soupçonnait pas son existence. Cet if passionnait Oke, et ses souvenirs de lui, d'eux deux, lui revinrent subitement en mémoire, lui faisant l'effet d'une douche froide.

— Je suis désolée, répondit-elle d'une voix étranglée. Il... il n'est pas à vendre.

— Ça doit faire au moins trente-cinq ans que personne ne l'a touché.

— Parce qu'il n'est *pas à vendre*, répondit-elle plus sèchement qu'elle ne l'aurait voulu.

La réserve était merveilleuse, mais tout ce qu'on y découvrait n'était pas forcément bienvenu.

— Euh, d'accord, fit l'homme en mettant son sac à dos sur ses épaules. Mais vous devriez proposer un room service.

Sur ce, il sortit d'un pas lourd, et Carmen étreignit le livre avec colère, prévoyant de le monter dans sa chambre avant que quelqu'un d'autre essaie de le lui prendre. Pas celui-là... enfin. Elle le mettrait juste de côté quelque temps, rien de plus.

**

Plus tard dans la matinée, le téléphone sonna. Carmen se prépara mentalement à une conversation habituelle, du type : « Je cherche ce livre que j'ai vu dans une émission… la couverture est violette. »

Elle était devenue plutôt bonne à ce petit jeu, à vrai dire, et trouvait souvent rapidement les livres qui avaient pu être évoqués à la télé cette semaine-là, au grand étonnement de ses interlocuteurs. Mais elle aimait savoir que les pages vibrantes d'un roman de David Nicholls allaient faire le bonheur de quelqu'un. Parfois, quand il s'agissait d'un livre qu'elle avait pris en grippe pour une raison inexplicable, principalement des histoires de belle femme dépecée ou abandonnée dans des marais, elle recommandait un titre dont elle pensait qu'il plairait plus à son correspondant, et ça marchait aussi plutôt bien.

— Allô ? Librairie McCredie ?

Il y avait de la friture sur la ligne. Il fallait qu'ils changent de téléphone. Carmen se demanda s'il restait de l'argent dans le fonds de bienfaisance de Crawford. Elle en doutait. Elle était reconnaissante, bien sûr, sincèrement. Mais si elle avait su qu'ils en étaient les bénéficiaires, elle aurait probablement bu moins de son coûteux champagne.

— Bonjour !

L'accent était américain.

— Euh, oui ?

— Hé bonjour, c'est la société de production.

Le film ! Ça lui était complètement sorti de la tête.

— Bon, on va organiser une soirée de lancement à Édimbourg. Et on voudrait utiliser la librairie.

Carmen fit preuve de présence d'esprit.

— Eh bien, Noël approche… Ça va coûter très cher.

La voix s'interrompit.

— On va organiser une soirée de lancement et une conférence de presse devant les médias du monde entier, avec des stars de cinéma, un tapis rouge... et vous voulez nous faire *payer* ?

— Ça vaut le coup d'essayer, répondit Carmen avec entrain.

— Oh, eh bien, dans ce cas, on demandera juste à la mairie de fermer la rue et on fera ça devant la librairie, ajouta la personne au bout du fil. Ils accepteront, vous savez. Ils installeront un chapiteau juste devant votre porte. Pendant plusieurs jours. Et ils fermeront la rue même aux piétons.

— Je sais, concéda-t-elle à regret.

— Ils nous ont déjà proposé leur milice de pervenches pour assurer la sécurité.

— D'accord. Si je vous laisse utiliser la boutique, vous la mentionnerez pendant la promo ?

— Oui.

— Est-ce que vous commanderez trop de bouteilles de vin pour nous en laisser quelques-unes ?

— Non.

— Et des bouteilles de whisky que personne ne boira ?

— Je... Ça peut sûrement s'arranger.

— Alors, c'est d'accord.

CHAPITRE 22

*D*ÉNI PLAUSIBLE, songea Mary. Et il oublierait probablement lui avoir demandé. Mensonge par omission. Elle n'évoquerait pas le sujet, c'est tout. Et s'il lui posait directement la question… eh bien, elle dirait qu'elle ne savait pas de qui il parlait. Il avait déliré.

Bien sûr, elle savait parfaitement de qui il parlait. Oke avait prononcé son prénom plusieurs fois au cours de l'expédition. Sans même s'en rendre compte, peut-être. Il parlait avec enthousiasme d'un arbre en Écosse, puis il disait : « Je suis allé le voir avec Ca… ». Il laissait alors sa phrase en suspens et devenait mutique. Ce n'était pas difficile à comprendre. Elle avait un prénom peu courant pour une Écossaise et elle travaillait dans une librairie, Mary la trouva donc facilement sur Google. Mais, en la cherchant, elle se rendit compte qu'elle l'avait déjà croisée sur Instagram : Carmen la suivait et elle n'avait pas aimé un seul de ses posts. Intéressant, songea Mary. Très intéressant.

Elle n'était pas *si* jolie que ça, se dit-elle. D'accord, elle avait les cheveux bruns et les joues roses, mais elle était visiblement petite et assez ronde. Elle postait surtout des photos d'une librairie et de bouquins, et Mary fut ravie de voir qu'il n'y en avait pas une seule avec Oke. Il y en avait des tonnes avant, en réalité, mais Carmen, blessée dans son amour-propre, les avait toutes supprimées en mars et l'idée de les reposter lui était insupportable.

Du coup, se justifiait Mary, cette fille ne souffrait manifestement pas du tout et, en gros, ne méritait pas un garçon aussi bien qu'Oke. Après tout, elle l'aurait contacté, s'il lui manquait. Personnellement, elle aurait été folle d'inquiétude sans nouvelles de lui. Elle l'aurait cherché partout, aurait mis le pays à feu et à sang. Carmen, elle, postait des photos d'étagères remplies de livres et d'enfants en train de planter des bulbes dans des pots.

La librairie pour laquelle elle travaillait ne semblait pas avoir de site Internet, bizarre. Enfin bon. Elle avait fait son possible. Bien sûr, elle pourrait lui envoyer un DM sur Instagram, mais des tas de gens ne consultaient pas leurs messages. Elle les avait peut-être bloqués. Elle ne le recevrait peut-être même pas, va savoir. Ils avaient rompu. Pour de bon. Cette fille se fichait de savoir ce qui arrivait à Oke. Elle n'en avait rien à faire. Elle ne le méritait pas. Et Mary l'aimait depuis si longtemps.

Elle ne transmit pas le message d'Oke. Il oublierait sûrement, se rassura-t-elle. Sûrement. Elle l'aiderait à se rétablir, il oublierait, et il se rendrait compte de ce qui était le mieux pour lui.

CHAPITRE 23

Peu de temps après, le film apparut dans la rubrique « Bientôt disponible » de la plateforme de streaming, avec une première bande-annonce.

Carmen alla chez Sofia pour la regarder en famille sur le grand écran. Elle emmena M. McCredie. Avec le vieux monsieur, le soir, ils s'étaient installés dans une confortable routine : ils mangeaient un repas simple (ce qui l'aidait à se sevrer des bonbons), puis ils lisaient au coin du feu. Elle trouvait ça reposant mais aussi, parfois, carrément terrifiant, comme si elle était allée se coucher une nuit et s'était réveillée le lendemain matin âgée de soixante-douze ans.

M. McCredie, sidéré qu'on puisse avoir une télé aussi grande chez soi, n'arrêtait pas d'aborder des questions juridiques confidentielles avec Sofia, qui s'évertuait à le faire taire, même si elle était bel et bien son avocate. Les filles, tout excitées, sautaient sur le canapé, tandis qu'Eric rebondissait dans son transat, simplement parce qu'il aimait ça.

— On aurait dû jouer dedans, râla Pippa. J'aurais pu jouer du basson.

— Ben de toute façon, ça aurait pas pu être pire, lança Jack, qui avait déjà vu la bande-annonce sur son téléphone et l'avait trouvée nulle.

Ce genre de film n'était vraiment pas sa tasse de thé. Ils la lancèrent.

Une musique de Noël retentit et la ville apparut, enneigée, sous un soleil éclatant.

« Cette année, pour les fêtes, découvrez un pays comme vous n'en avez jamais rêvé… », disait une voix avec un fort accent américain.

Les deux sœurs échangèrent un regard.

— Il parle du vrai pays, dans lequel on se trouve en ce moment même ? ironisa Sofia.

— Chut ! fit Carmen, qui s'était en quelque sorte approprié le film, puisqu'il avait été tourné dans sa librairie, et le prenait personnellement.

— « Bonjour. Je viens d'arriver à Édimbourg », disait Genevieve.

Ses cheveux soyeux ramenés en chignon sur sa tête, elle descendait du car en provenance de Londres, sur Grassmarket.

— « Ben'venu en Écosse, ma p'tite. Pour sûr. Laird McEarl, pour vous servir », répondait Lind, vêtu d'un kilt traditionnel complet, sauf qu'il portait une jupe en tartan de chasse avec une veste Bonnie Prince Charlie, ce qui fit grincer des dents Carmen.

Mais il était debout devant la librairie, et ils s'extasièrent tous. De la neige artificielle recouvrait le sol, même si le grand soleil prouvait que le tournage avait eu lieu en plein été.

— « Pourquoi vous n'entreriez pas dans ma jolie p'tite librairie, ma p'tite dame ? »

— « Non merci, j'estime que les livres ne sont pas une bonne chose », répondait Genevieve. « J'aime les vêtements et les chaussures, et je trouve que les hommes qui vendent des livres sont trop tendres. »

Changement de plan : des cornemuses entonnaient un air mystique (qui sonna irlandais aux oreilles de Carmen), et on voyait la belle jeune femme marcher dans une rue pavée la nuit, en minirobe, vacillant sur des talons hauts, comme prête à se fouler les chevilles. Elle croisait deux hommes roux en train de se battre.

— « DONNE-MOI TON HÉROÏNE », criait l'un d'eux.

— « JAMAIS ! JE SUIS LIBRE ! PLUTÔT MOURIIIIRRRR ! », répondait l'autre en hurlant.

La détresse se serait lue sur le joli minois de Genevieve si elle n'avait pas abusé de la chirurgie esthétique et n'avait pas eu les traits figés, mais elle mettait ses mains en l'air.

— « Vous inquiétez pas, ma jolie », la rassurait Laird McEarl en sortant d'une ruelle adjacente. « Et voui, les drogues dures sont not' fléau, mais ça reste un beau pays, empreint de mysticisme. »

Il distribuait quelques droites peu convaincantes, et les deux autres s'enfuyaient aussitôt, une main sur la joue, l'autre brandie en l'air, le poing serré. C'était le seul passage de la bande-annonce qu'aimait Jack.

Les cornemuses irlandaises faisaient leur retour, et tous deux se retrouvaient soudain dans une montgolfière au-dessus du loch Ness.

— « Voui, regardez, il est juste là », disait Lind en désignant une tête de monstre mal photoshopée.

C'était le passage préféré de Phoebe.

— Coucou Nessie ! cria-t-elle, toute contente.

Dans le plan suivant, on les voyait traîner un immense sapin dans Victoria Street.

— « Il vient d'un de mes nombreux domaines, expliquait Laird McEarl. Mais je me sens seul ici. La vie d'un propriétaire terrien millionnaire à Édimbourg est terriblement triste et solitaire. »

— « Oh non ! » faisait la jolie brune.

— « Oh que si ! »

Nouveau plan dans la librairie. Cette fois, l'assemblée s'extasia un peu moins.

— « Bien sûr que ce livre a appartenu à Mary Stuart ! disait Genevieve. Nous avons tout un rayon de livres lui ayant appartenu, juste là ! *Certains* sont encore tachés de son sang, suite à sa décapitation ! »

La musique changeait à nouveau et soudain, sur un air enjoué, on découvrait Genevieve entourée d'une foule de charmants Écossais, d'origines différentes mais tous affublés du costume traditionnel des Highlands, bizarrement. Ils riaient de bon cœur.

— « Ce Noël », reprenait la voix grave à l'accent américain, « découvrez un pays merveilleux et mystérieux... »

— Impossible, remarqua Sofia. Parce que les trains sont en grève et qu'il n'y a pas de ferries.

— « ... et plongez au cœur de l'Écosse. »

Et les mots LE CŒUR DE L'ÉCOSSE apparaissaient à l'écran en lettres de tartan.

— Je croyais que le cœur de l'Écosse, c'était la mosaïque sur laquelle on crache, dit Jack, l'air troublé.

— Tu parles du Cœur de Midlothian, lui expliqua distraitement sa mère. Et ne crache pas dessus : c'est sale.

— Seulement si on lèche le sol après, répondit le garçonnet avec espièglerie.

— Mais je ne comprends pas, dit M. McCredie. Cette femme travaille dans notre librairie ?

Sofia et Carmen échangèrent un regard.

— Vous connaissez le principe d'un film, n'est-ce pas ? l'interrogea Carmen, craignant qu'il soit en train de perdre la tête.

Il avait gardé une lettre à la main toute la journée et paraissait désorienté : elle n'aimait pas ça.

— Oh ! Bien sûr. C'est une actrice.

— Voilà. C'est une comédienne.

— Ah oui. Je croyais... je croyais que ce serait un documentaire.

Les deux sœurs échangèrent un nouveau regard.

— Ils viennent juste de faire coucou au monstre du loch Ness depuis une montgolfière, remarqua-t-elle.

— Oui, oui. Je ne regardais pas vraiment. C'est trop fort.

— Vous ne vous souvenez pas du tournage ? Dans la librairie ? Cet été ?

Il parut réfléchir.

— J'ai relu *Moby Dick* cet été. Et c'était aussi bien que dans mon souvenir. Est-ce que tu savais...

— Je vois, le coupa-t-elle. Eh bien, je ne regrette pas de vous avoir amené, alors.

Il y eut du bruit dehors : Rudi, qui arrivait à la porte du sous-sol.

— Rudi ! s'exclamèrent les enfants.

Ils ne s'exclamaient jamais comme ça quand elle arrivait, elle, ne put s'empêcher de penser Carmen.

Le jeune homme passa les voir.

— Bonjour ! fit-il avec un grand sourire. Quoi de neuf ? Pas encore parti au pôle Sud, Monsieur McCredie ?

L'intéressé poussa un soupir.

— Pas encore, non.

Carmen esquissa une grimace. Certes, ils avaient plus de clients à la librairie, mais ils avaient aussi beaucoup plus de luminaires et un nouveau radiateur dans le fond et, même si la température avait à peine augmenté, leur facture d'électricité avait aussitôt fait un bond, passant d'« à peu près raisonnable » à « on n'a plus qu'à vendre un rein ».

— Mais ça va aller, reprit-il. Je vais à la fête de Noël de Jackson McClockerty. Il m'a dit qu'il pouvait m'aider à y arriver.

— *Quoi* ? fit Carmen, n'en croyant pas ses oreilles. Qu'est-ce que vous racontez ? On se met en quatre pour que vous y arriviez ! Je rêve ou quoi ?

— Mais Monsieur McClockerty est revenu me voir et m'a dit qu'il pouvait me garantir mon voyage... m'acheter mon billet.

— Mais je me casse le c... le bol, moi ! Et la collecte de fonds de Crawford ? Ça prendra juste un peu plus de temps, c'est tout. L'Antarctique ne va pas disparaître.

M. McCredie lui tendit la lettre qu'il avait à la main. Elle la prit, la lut, mais ne comprit pas tout de suite.

— C'est quoi... l'assurance ?

Il acquiesça.

— Je ne comprends pas.

— J'ai soixante-dix-neuf ans, ma chère, expliqua-t-il simplement. Ils acceptent de m'assurer cette année. Pas l'an prochain. C'est maintenant ou jamais.

Il y eut un blanc.

— Mais après tout ce qu'on a fait...

— C'est une goutte d'eau dans l'océan, Carmen. Je crois que Jackson va devoir nous aider pour la dernière ligne droite.

— Mais il va causer du tort à la librairie. On en a déjà parlé ! s'écria-t-elle, incrédule. Je travaille nuit et jour pour essayer de trouver une solution ! Et vous, vous ne faites rien : vous restez assis dans un coin à lire et à vous plaindre du système métrique.

— Parce que c'est une façon clinique de décrire notre belle planète...

— Ça a permis d'unifier... Oh bon sang, oubliez ce fichu système métrique. Vous ne pouvez pas capituler devant ce type ! Vous avez vu comment il a traité Bobby ! Vous savez qu'il veut juste tout gâcher et que je me démène pour *vous*, mais vous, vous ne faites qu'aller et venir en parlant des ours polaires.

— Les ours polaires sont au pôle N...

— Des manchots ! Des foutus *manchots* !

Le silence s'abattit dans la pièce, et Carmen réalisa que : a) elle était toute rouge et en train de hurler sur un vieux monsieur, b) M. McCredie paraissait intimidé, mais ne semblait pas prêt à céder d'un pouce, et c) tout le monde avait les yeux rivés sur elle. Phoebe avait l'air terrifiée : Sofia ne criait jamais. Elle se sentit rougir encore plus. D'autant qu'elle n'aimait pas perdre son sang-froid devant Rudi.

— Eh bien, dit M. McCredie en se levant. Je ne m'étais pas rendu compte que ça te tenait tant à cœur.

— Je ne veux pas travailler pour ce type !

— Je croyais que tu travaillais pour moi.

Carmen se mordit la lèvre.

— Pour l'instant, oui.

Ils se dévisagèrent. Les grands yeux bleus de M. McCredie semblaient blessés.

— Ah.

— Ça va marcher, reprit-elle. Avec les nouveaux rayons. Laissez-moi du temps.

— Mais je n'en ai pas.

— Carmen, s'il te plaît, intervint Sofia.

La jeune femme baissa les yeux. Phoebe venait de lui prendre la main.

— Ne te fâche pas, tata Carmen. Je n'aime pas quand les gens se fâchent.

— Je ne suis pas fâchée, mentit-elle. Je défends mon bifteck.

— Tu es sûre de ne pas te comporter comme une brute, tata Carmen ? lança Pippa.

— Oui ! Je... J'essaie juste de bien faire, Pippa. Comme tout le monde.

Elle se sentit lasse, tout à coup. Le sentiment d'euphorie qu'elle avait éprouvé en aménageant la réserve, en imaginant la soirée que la société de production allait organiser à la librairie et en voyant la bande-annonce s'était envolé. Tous ses efforts. Pour rien ?

— Est-ce que la librairie va fermer ? demanda Phoebe, toute triste.

— Non, répondit sa tante.

— Elle va peut-être devoir évoluer, ajouta M. McCredie.

Elle le dévisagea.

— Quoi ? fit-il avec sa gentillesse habituelle. Ce n'est pas toi qui me dis toujours que je dois regarder la réalité en face ?

Elle croisa les bras.

— Et ce n'est pas vous qui me dites toujours qu'il y a beaucoup de choses plus importantes que l'argent dans la vie ?

CHAPITRE 24

SE DISPUTER AVEC QUELQU'UN quand on doit rentrer ensemble après est plutôt embarrassant. Ils marchèrent en silence. Dès qu'ils atteignirent Lawnmarket, M. McCredie se carapata au rez-de-chaussée, et Carmen monta au dernier étage, toujours furieuse.

Elle était démoralisée, en partie parce que Sofia lui en avait manifestement voulu de s'être emportée devant les enfants. Mais aussi parce qu'elle pensait – elle pensait sincèrement – que ça pouvait marcher. O.K., la réserve avait besoin d'une bonne couche de peinture et d'un gros dépoussiérage : les quelques coups de chiffon qu'elle avait eu le temps de donner étaient loin d'être suffisants.

Mais elle avait le sentiment que ça ne dérangeait pas tant que ça les clients. Les vieux tapis qu'elle avait dégotés pour recouvrir le sol en pierre étaient usés, mais originaux, et il était évident que des trésors se cachaient sur ces étagères – allez savoir, peut-être même un exemplaire de *Sur les toits*. Ce livre était très rare, très précieux. Ce serait comme gagner à l'EuroMillions, songea-t-elle tristement. Il valait sans doute mieux ne pas compter dessus.

Mais c'était tellement excitant de se perdre dans ces recoins sombres et sinueux, de tomber sur le rayon magie et mystère dans l'une des grottes creusées dans la roche.

Ce fut Rudi qui l'aida à retrouver le sourire, curieusement. Il passa la voir le lendemain avec les enfants.

— Quoi ? fit-elle, en sortant la tête à la fenêtre.

Il éclata de rire.

— ATTENTION ! cria-t-il. Elle va nous vider son pot de chambre sur la tête !

**

— Tiens, dit Rudi quand les enfants eurent fait le tour de la maison, qu'ils adoraient, et furent installés au dernier étage avec des biscuits Garibaldi.

Personne n'aimait ces petits gâteaux aux fruits secs, mais c'était la dernière lubie de Sofia et un genre de compromis en matière de sucreries, apparemment.

— Quoi ? Vous avez le droit de manger un gâteau, mais pas un bon, c'est ça ? se renseigna Carmen.

— Plus ou moins, répondit-il.

— Logique.

— C'est dégueu, dit Jack en en prenant quatre.

— Bon, fit Rudi en déballant son sac qui contenait un pulvérisateur à gâchette, de l'engrais, du lustrant pour plantes vertes, un bel arrosoir rouge et jaune, ainsi que plusieurs sachets de bulbes. Joyeux Noël !

— Est-ce que je vais devoir courir dans tous les sens avec de l'eau froide ?

Rudi se tourna vers les enfants et leur expliqua patiemment ce qu'ils devaient faire pour entretenir les plantes. Avec une politesse feinte, Carmen l'écouta et l'entendit décrire le cycle végétatif, la quantité d'eau dont le poinsettia avait besoin, comment traiter les moucherons et faire un bon paillage – « comme un dîner pour l'arbre », selon les termes de Phoebe.

— Rudi est une très bonne nounou, lança Pippa en se plantant à côté de Carmen et en refusant le dernier Garibaldi, qu'elle lui tendait.

Carmen le mangea donc, même si elle n'aimait pas ça.

— Je vois, oui.

— Tu devrais lui demander de l'aide.

— Rudi n'est pas *ma* nounou !

— Oui, mais il est plutôt bon en tout.

— Mmh.

— Alors, dit Rudi en se retournant. Tu sais ce que tu devrais faire ?

— Est-ce que tu as manigancé ça avec Pippa ?

— Avec Pippa, on forme en secret une équipe de choc qui résout tous les problèmes, répondit-il, et la fillette rayonna de joie.

— Un duo infernal de fouineurs, tu veux dire ?

— Oui, aussi.

— Mmh.

— Bref, tu sais que je suis invité à la fameuse fête de Noël de Jackson McClockerty ?

— Tu es invité ? *Toi* ? Mais tu connais tout le monde ou quoi ?

Il haussa les épaules.

— Je sors beaucoup.

— Je vois ça.

— Rudi a des tas d'amis, expliqua Pippa. Comme moi. On se ressemble beaucoup, sur plein de points.

Carmen se mordit la lèvre pour ne pas répondre. La voyant faire, Rudi se dépêcha de lui sourire.

— Alors ?

— Alors quoi ?

— Alors tu devrais m'accompagner. Pour garder un œil sur Jackson. Voir ce qu'il dit à Eric.

Carmen n'appelait jamais son patron par son prénom, elle avait même du mal à imaginer qu'il s'appelait ainsi.

— Comme ça, on pourrait soit le dissuader, soit les empêcher de se retrouver en tête-à-tête tous les deux.

— Je croyais sincèrement être tirée d'affaire. Je n'aurais jamais imaginé... je n'aurais jamais imaginé qu'il écouterait ce sale type.

— Il a plus de sang d'explorateur dans les veines qu'il n'y paraît.

— Il a plus de sang *d'ingrat* qu'il n'y paraît, ronchonna-t-elle.

— Combien tu paies de loyer, déjà ?

— Arrête, répondit-elle du tac au tac.

— Allez, ça va être une super fête, reprit Rudi avec un sourire.

— J'ai un peu peur de ce que tu définis comme une super fête.

— O.K., reste à la maison avec tes Frosties, alors.

— On n'a pas le droit de manger des Frosties, nous, déplora Phoebe.

Carmen se sentit honteuse. La première chose qu'elle avait faite en partant de chez Sofia avait été d'acheter une grande boîte de Frosties pour se remonter le moral. Il faudrait qu'elle pense à les cacher.

— Je ne veux pas lui donner la satisfaction d'aller à sa soirée débile.

Mais elle se rappela ce qu'elle avait ressenti en allant chez Crawford ; cette sensation, qui lui manquait depuis si longtemps. Sortir. Se faire belle. S'amuser. Elle avait laissé tous ses amis sur la côte ouest, et Idra travaillait le soir. Rester à la maison pour lire était agréable, d'une certaine façon, mais...

Il faut dire que vivre en plein centre-ville n'aidait pas. Chaque soir, les rues étaient noires de monde : des gens en kilt complet, en robe de soirée scintillante ou en smoking qui allaient dîner au luxueux The Witchery ou danser sur Grassmarket ; des groupes de collègues qui sortaient des restaurants en se bousculant, riant aux éclats ; des silhouettes en train de faire la fête aux fenêtres des nombreux appartements qu'elle voyait de chez elle ; des amoureux qui s'embrassaient dans chaque passage, chaque escalier dérobé de la ville. On aurait dit que tout Édimbourg organisait une grande fête de quartier pour célébrer Noël, mais elle restait là, toute seule dans sa chambre, à contempler les étoiles, nuit après nuit.

— Un garçon de ma classe que je déteste a fait une boum débile, et j'ai dû y aller alors que je le déteste, raconta Jack. C'était une fête « tout le monde est invité ».

Les trois enfants poussèrent un grognement.

— Quoi ? fit Carmen. C'est gentil d'inviter tout le monde !

— *Non*, répondit Phoebe avec force. Parce que les enfants horribles y vont aussi.

— Phoebe, tu as huit ans. Il ne peut pas y avoir autant d'enfants horribles à huit ans.

Rudi et la petite pouffèrent en même temps.

— Ah. Je croyais que c'était parce que je t'aimais trop que je trouvais les autres horribles.

Ça sembla calmer la fillette.

— Bref, poursuivit Jack. Je suis allé à sa boum débile parce que maman m'a obligé. Alors j'ai mangé tous ses friands à la saucisse. Tous. Et je ne lui ai même pas parlé. Et j'ai dit à maman qu'il voulait de la pâte à modeler comme cadeau.

— C'est quoi le problème, avec la pâte à modeler ?
— *Personne* ne veut de pâte à modeler.

Les filles acquiescèrent.

— Bande d'enfants gâtés ! J'adorais la pâte à modeler, moi !

Se rappelant trop tard qu'elle adorait essayer d'en fourrer dans le nez de Sofia, elle s'éloigna pour aller examiner les plantes, qui avaient déjà des feuilles plus brillantes et semblaient un peu moins grises et moribondes qu'avant.

— Enfin bon. Tout ce que je dis, c'est : va manger ses friands à la saucisse, reprit Jack.

Rudi hocha solennellement la tête.

— Et sauver la librairie.
— Je crois que tu devrais vendre des Nessie, lui conseilla Pippa.
— Moi aussi, approuva Phoebe.
— Ne commencez pas. D'accord. Je vais y aller.
— Je passerai te prendre à 19 heures, dit Rudi à mi-voix en faisant sortir les enfants, laissant Carmen dans tous ses états.

Était-ce... un rendez-vous ? Non. Sûrement pas. Pas du tout. Certainement pas.

Mais si c'en était un ?

CHAPITRE 25

— L E GENTIL ROUX ? s'étonna Idra.
— Ne parle pas de ses cheveux : c'est du roucisme.
— Quoi ? Pourquoi ?
— Je ne sais pas. C'est comme ça.
— Mais non ! Il est roux ! C'est la couleur de ses cheveux ! Je suis censée dire quoi, le gentil Pantone Orange O21C ?
— Ce n'est pas un rencard. Enfin, peut-être pour lui : c'est un chaud lapin. Mais pas pour moi.
— Pourquoi pas ? Je l'aime bien. Pourquoi ça n'arriverait pas ?
— Ben, vas-y toi, alors. Il vit chez ma sœur et s'occupe de mes neveux.
— Tu comptais faire ça dans leur salon ?
— Bien sûr que non.
— Dans ce cas, je ne vois pas le problème.
— Le problème, c'est que..., commença Carmen avant de réaliser qu'elle avait des problèmes à la pelle

et que ce n'était pas le moment de se lancer là-dedans, sinon elle serait très en retard pour la soirée. Laisse tomber. Tu peux me donner un air sexy, s'il te plaît ?

— Et c'est chez Jackson McClockerty, c'est ça ?

— Oui oui. Mais comment ça se fait que *tout le monde* le connaît ?

— Dans sa maison de millionnaire, à Barnton ?

Barnton était un quartier chic du nord d'Édimbourg, avec des avenues arborées et d'imposantes demeures.

— Mmh mmh.

Idra fit un grand sourire.

— Je crois que je vais prendre ma soirée pour t'accompagner.

— Quoi ? Pourquoi ?

— Des jeunes femmes en plus, t'inquiète, ça ne le dérangera pas. Et je veux voir à quoi ressemble sa maison ! Il est célèbre ! Il est tout le temps dans le magazine *Hiya* ! L'entrepreneur écossais !

— Il doit avoir cinquante balais.

— Y'a aucun mal à ça. J'aime les hommes d'âge mûr.

— Ça se voit que tu ne l'as pas encore rencontré.

— Tu ne veux pas que je vienne ?

— Oh, bien sûr que si, répondit Carmen, qui détestait que sa meilleure copine travaille le soir. C'est juste que je ne suis même pas invitée moi-même, alors si je débarque avec toute une troupe, j'ai peur qu'il croie que je mourais d'envie de venir à sa fête débile, alors qu'en fait, je le déteste.

— Ah, je pensais que tu croirais que j'essayais de te piquer ton rencard.

Carmen se l'était aussi un peu dit. Un tout petit peu.

— Ce n'est pas mon rencard ! Je... je ne crois pas. Non. De toute façon, Rudi est très libéré.

Idra parut intriguée.

— Bon, je crois que je vais venir quand même. On ne sait jamais sur qui on va tomber. Et, ce soir, au resto, c'est soirée mamans d'élèves des écoles du coin.

— Oh, ça doit être sympa, répondit distraitement Carmen en soulignant son regard d'un trait d'eye-liner noir.

Avant le dîner chez Crawford, elle ne s'était pas mise sur son trente et un depuis une éternité. Ça lui faisait tout drôle. Elle allait devoir ressortir sa robe à paillettes.

Idra la dévisagea, comme si elle était devenue folle.

— Tu rigoles ? Ce sont des *mamans*. Elles travaillent toutes, ça fait des mois qu'elles ne sont pas sorties, elles élèvent des enfants, elles sont *déchaînées*. Folles à lier. Elles sont toutes bourrées à 18 h 30. Je mets toujours des mouchoirs en plus dans les toilettes, parce qu'il y en a *toujours* quelques-unes qui pleurent.

— Je croyais que les mamans édimbourgeoises étaient sophistiquées ? dit Carmen en pensant à sa sœur.

— Oh, elles le sont. Certaines. Y'en a qui savent y faire : des vraies pros. Elles arrivent, hyper enthousiastes, et disent bonjour aux autres qui sont ravies qu'elles soient venues. Puis elles commandent des bouteilles de prosecco et elles laissent leurs copines se mettre bien, sans même boire une gorgée. Et quand tout le monde commence à être bien attaqué, elles se lèvent d'un bond et disent : « C'était vraiment sympa, mais il faut que j'y aille », et elles se tirent sans payer la note. Elles plantent les autres, qui se retrouvent piégées et complètement bourrées. Et elles portent des manteaux en *laine couleur crème*, ajouta-t-elle gravement. À *Édimbourg*. En *hiver*.

— Peut-être que Bronagh a raison quand elle dit que ce sont des sorcières. Je ne la croyais pas avant, mais je commence à changer d'avis.

— Ça paraîtrait logique. Maintenant, reste tranquille. Je vais te mettre des faux cils.

— J'ai l'impression d'avoir une araignée collée sur les yeux, se plaignit Carmen.

— Au moins, c'est un truc collé à toi.

— Bon sang, c'est déprimant.

— Oui, avoir une araignée dans les yeux, c'est ce qui se rapproche le plus du sexe...

— Arrête ! Je suis sérieuse.

— Tu crois que le gentil roux serait partant ?

— Je crois qu'il serait partant avec un fox-terrier.

— Ben alors ! Pourquoi pas ?

— Ma sœur...

— Ça n'a rien à voir avec ta fichue sœur, pour une fois. C'est le week-end. Il est en congé. Tu peux le ramener ici. Enfin... Tu pourrais allumer le chauffage ? Il gèle.

— Je sais. Mais non, il n'y a pas de chauffage.

— Et toutes tes plantes sont mortes. Ça fout un peu les jetons.

— Exactement. Même si j'avais envie de le ramener ici, ce qui n'est pas du tout le cas, et même si ça ne le dérangeait pas... Rapport au... fox-terrier...

— Mmh mmh.

— C'est... c'est pas vraiment un nid d'amour ici.

— Oh, je ne suis pas sûre, répondit Idra en regardant autour d'elle. C'est plutôt joli. Tu peux allumer un feu ?

— Je ne sais pas faire. C'est M. McCredie qui l'allume dans la cuisine. Je pourrais faire cramer la maison. Et puis, ça pourrait faire genre : « Hé, tu sais quoi, j'ai allumé un feu pour pouvoir te ramener ici ! Pour m'envoyer en l'air ! Autant mettre de jolis sous-vêtements.

— Comment ça ? Tu ne portes pas de jolis sous-vêtements tous les jours ?

— Non. Sinon ils ne sont plus jolis après.
— C'est pour ça que tu en achètes de nouveaux, espèce de plouc.
— D'accord, miss pleine aux as.
— Avoir de jolis sous-vêtements, ce n'est pas être *pleine aux as*. C'est prendre soin de soi.

Elle tira la bretelle grisâtre du soutien-gorge de sa copine sous son tee-shirt.

— Oula !
— Je ne mets pas mes jolis sous-vêtements pour rien ! répliqua Carmen avec une moue.
— Tes jolis sous-vêtements auront tous été mangés par les souris quand tu te décideras ! Tu portes ça pour *garantir* que tu ne concluras pas.

Carmen baissa les yeux.

— Enfin, tu as envie de conclure, oui ou non ?
— J'en avais envie, oui. Mais maintenant... maintenant, je ne sais plus quoi penser.
— Tu as perdu confiance en toi, expliqua Idra sans méchanceté. Il faut que tu reprennes confiance. Que tu fasses tout pour. Oke t'a vraiment bousillée, ma parole.

Carmen s'observa dans le miroir. Ses yeux noirs étaient immenses : les faux cils les mettaient vraiment en valeur, pas de doute.

Elle poussa un soupir.

— C'est toi qui m'as dit que tu devais t'y remettre, non ? lança Idra.
— Je sais.
— Ça va faire un an que tu n'as pas...
— C'est très courant, la coupa Carmen.

Idra fouilla dans son tiroir à sous-vêtements. Elles étaient amies depuis longtemps.

— Bon sang. On dirait un carton d'objets trouvés en EPS.

Elle finit par dégoter un soutien-gorge en lycra noir très sobre et une culotte assortie.

— Ce sera mieux que rien. Enfin, pas mieux que rien du tout, mais il gèle ici.

— Tu portes quoi, toi ?

Idra découvrit son épaule, révélant une bretelle en dentelle rouge cerise, puis tira sur son pantalon, pour montrer un string assorti.

— Tu portes un string ? Genre, délibérément ? Pendant longtemps ? C'est peut-être toi la sorcière, en fait.

— C'est très confortable une fois qu'on est habituée...

— Impossible. Tes fesses sont nues contre ton pantalon, toute la journée. Je refuse de croire que c'est confortable.

— O.K., mais ça rend ta démarche plus sexy et ça attire l'attention.

— Merci, dit Carmen avant de disparaître dans la chambre glaciale pour se changer.

Quand elle ressortit, vêtue de sa robe pailletée, Idra lui mit une touche de rouge sur les lèvres et un gros collier doré autour du cou, puis elle lissa ses cheveux bruns en arrière.

— Et voilà. On dirait que tu sors du film *Cabaret*.

— Et c'est bien ou pas ?

— Très bien.

Idra passa un bras autour d'elle.

— Ma chérie, dit-elle de sa voix profonde. Je crois qu'il est temps, tu sais.

— Il est temps. Je sais.

— Tu veux redevenir toi-même, hein ?

Carmen acquiesça.

— Enfin, cette version plus sexy de toi-même.

— Oui.

— Alors, sors le grand jeu, conclut Idra. Zou. Pas forcément avec le gentil roux. Ça peut être n'importe qui. Je veux juste te retrouver, te revoir pétiller. Vois ça comme un cadeau de Noël que tu te fais à toi-même.

CHAPITRE 26

La télé de la chambre était allumée sur DownFlix, et Oke somnolait devant. Il n'en revenait pas d'être aussi fatigué ; il avait l'impression d'avoir cent ans. Sa mère lui concoctait un petit plat et ses sœurs allaient passer le voir, il le savait. Et Mary viendrait, elle aussi : elle était toujours fourrée là, en train de lui poser mille questions et de discuter avec sa mère avec un certain empressement, comme si elles avaient beaucoup de choses à préparer. Il surprenait des bribes de conversation, mais n'était jamais sûr, jamais vraiment, de les avoir entendues ou simplement rêvées. La frontière entre *sa* réalité et la *vraie* réalité était toujours floue, comme une membrane perméable, et il ne savait pas trop de quel côté il se trouvait.

Allongé dans son lit, il avait chaud, et il voyait le soleil briller dehors, un ciel radieux, aussi fut-il surpris d'entendre une musique de Noël à la télé. Il plissa les yeux. Il n'avait jamais vraiment prêté attention à Noël, avant : c'était un événement étrange, loin de lui, comme l'Aïd ou le Nouvel An chinois. Tant mieux pour les gens qui le célébraient, mais ça ne le concernait pas ; ça lui glissait dessus.

Toutefois, l'année précédente, cette fête avait été au cœur de son expérience à l'étranger, dans un pays inconnu : elle revêtait une si grande importance pour les gens autour de lui. Et il respectait cela, naturellement, comme il respectait toutes les choses positives que les gens aimaient, qui les rendaient heureux, mais, s'il était totalement honnête, il ne pouvait nier qu'il avait trouvé ça beau, lui aussi. Le rêve d'une renaissance, incarné dans un bébé. Il n'y avait pas de mal à s'amuser un peu, à laisser éclater sa joie, même si ce n'était pas du tout dans sa nature et que ce n'était pas un but en soi. Mais il avait pris plaisir à voir l'excitation des autres – des enfants et de Carmen, bien sûr, dont le visage s'était illuminé en écoutant la chorale de Noël, dont les yeux avaient brillé comme des étoiles en contemplant les illuminations qui sublimaient cette ville magnifique.

Les grelots tintaient toujours à la télé, et il se força à se concentrer sur le poste.

« Cette année, pour les fêtes, découvrez un pays comme vous n'en avez jamais rêvé... », entonna une voix.

De plus en plus surpris, complètement déboussolé, il se pencha en avant pour mieux voir, tirant sur la perfusion dans son bras, et vit un gros bus londonien rouge s'arrêter sur les pavés – juste devant la librairie McCredie.

Il battit des paupières. Il ne... Qu'est-ce que c'était ? Était-ce réel ?

— Je connais cet endroit, dit-il d'une voix rauque.

L'infirmière qui était dans sa chambre eut un sourire aimable, comme s'il était un petit garçon.

— Bien sûr, mon biquet, répondit-elle avant de se replonger dans son dossier médical.

— Est-ce que Carmen... ?

Il fixa l'écran, son cerveau embrouillé incapable de comprendre ce qu'il regardait.

— Carmen ?

Mais la brune à l'écran n'était pas celle qu'il voulait voir. Pourquoi était-elle derrière le comptoir ? Il sortit ses jambes du lit.

— Oh, voyons. Restez tranquille, dit l'infirmière.

Mais Oke, bien que maigre et chancelant, était fort et il avança, traînant le pied à perfusion derrière lui, tandis que la caméra tournoyait dans les rues si familières d'Édimbourg. Il avait envie de toucher la télé, de poser ses doigts sur l'écran. Il pouvait presque sentir la petite brise fraîche et la subtile odeur de houblon de la dernière brasserie de la ville, près de Haymarket, qui flottait parfois dans l'air à des moments inattendus de la journée.

Il pouvait presque sentir le vent d'est glacial s'engouffrer dans les longues volées de marches, le faisant frissonner, emmitouflé dans son manteau, son bonnet enfoncé sur la tête, pressé de se réfugier dans un café douillet, une bibliothèque chaleureuse ou même le supermarché Scotmid – où les caissiers avaient un avis sur tout ce qu'on achetait et estimaient que ne pas leur raconter son programme de la journée était le comble de l'impolitesse, avait-il découvert avec surprise, lui qui considérait pourtant venir d'un pays accueillant.

Il ferma les yeux, puis les ouvrit à nouveau. Maintenant, un couple s'embrassait devant le marché de Noël d'Édimbourg. Il poussa un petit soupir, certain, une seconde, de pouvoir traverser l'écran et se retrouver exactement là où il devait être. Loin de cet été trop chaud, alangui, abrutissant, qui n'en finissait pas ; dans l'air frais et vivifiant. Il savait qu'il se sentirait mieux. Il le savait. S'il pouvait juste échapper à cette chaleur.

— Hé, hé, hé, fit une voix quand Mary entra, l'inquiétude se lisant sur son joli visage. Qu'est-ce que tu fais debout, *mea amor* ?

— Oh, il s'en sort très bien, répondit l'infirmière, l'air de penser que la jeune femme insinuait qu'elle le négligeait.

— C'est vrai, répondit Mary d'une voix chantante, comme si elle s'adressait à un tout petit enfant. Bravo ! Tu es très courageux, mon grand !

Oke fixait toujours la télé : la bande-annonce était terminée, et une émission improbable sur des dinosaures participant à un concours de danse venait de commencer.

Il recula, se rassit, attrapa le verre d'eau tiède à côté de son lit et en but une longue gorgée.

— Voilà, c'est bien, le félicita Mary.

Oke fronça les sourcils ; il se sentait étourdi, mais malgré tout plus vivant que depuis longtemps.

— J'ai oublié… je sais que j'ai été un peu délirant.

— Tu étais souffrant, répondit-elle en lui caressant la main. Ne t'inquiète pas, mon chéri. Je suis contente de prendre soin de toi.

Elle posa sa tête sur son épaule, puis la releva, puisqu'il n'était manifestement pas très réactif. Il fixait toujours l'écran.

— Est-ce que… est-ce que je t'ai demandé de contacter Carmen ? Je crois que je l'ai fait. En Écosse ?

Ce ne fut pas facile pour Mary. On lui avait appris à être honnête, à toujours dire la vérité, en toutes circonstances ou presque. Ce n'était pas une mauvaise personne, mais elle était folle amoureuse d'Oke, qui était malade, et la dernière chose dont il avait besoin, se dit-elle, c'était de repartir galoper à l'autre bout du monde pour courir après une écervelée qui l'avait rendu très malheureux. Ça nuirait à son rétablissement et serait mauvais pour sa santé. Elle ne pouvait pas lui faire ça ; elle s'y refusait. À tous points de vue, le mieux pour lui serait de rentrer chez lui, auprès des siens, où ses sœurs pourraient veiller sur lui. Et elle serait juste à côté, elle pourrait peut-être même prendre un congé sabbatique pour s'occuper de lui, en sa qualité d'étudiante-infirmière. Et puis un jour, ils se marieraient, espérait-elle. Voilà ce dont il avait besoin, voilà ce qu'elle devait faire, pour lui, pour elle, pour leur communauté et peut-être même pour Carmen, qui aurait sans doute tout intérêt à se contenter de... enfin, pour Mary, les Écossais ressemblaient tous à Willie le jardinier dans les *Simpson*, donc... d'un type comme lui, quoi.

Alors elle mentit.

— Oh, oui. Bien sûr que je l'ai fait. Je lui ai laissé un message. Mais elle ne m'a pas rappelée.

Oke, les yeux toujours fixés sur l'écran de télé, crut recevoir un coup de poignard en plein cœur. Elle n'avait même pas... elle n'avait même pas rappelé. Il n'était pas du genre à s'apitoyer sur son sort, mais il était hospitalisé (il avait frôlé la mort, au dire de tous), et elle n'avait même pas pris la peine de demander de ses nouvelles ou de le contacter. Elle s'en fichait. Il préférait quand elle était en colère.

— Je vois, répondit-il avec circonspection.

— Tu veux que je la relance ? Je suis sûre qu'elle est très occupée. Je veux dire, c'est une période de l'année chargée pour eux, non ? Je ne sais pas exactement ce qu'ils font pour Noël, mais je trouve ça un peu excessif. Elle a sans doute oublié.

Sa réponse ne fit que remuer le couteau dans la plaie. Oke ferma les yeux et détourna la tête.

— Non, ça ira. Merci, Mary.

Elle posa la main sur son épaule.

— J'ai hâte que tu rentres à la maison. Tout le monde va te dorloter. Surtout moi. Ça ne devrait plus tarder, maintenant. Regarde-toi, tu te rétablis de jour en jour. Il faut juste que tu te remplumes un peu.

Elle tapota son ventre plat d'un air taquin, et il tressaillit légèrement, ce qu'elle ne manqua pas de remarquer. Mais elle décida de ne pas se formaliser, mettant cela sur le compte des médecins qui le tripotaient depuis des semaines et qui lui enfonçaient des tubes partout dans le corps. Une fois qu'il serait chez lui, en sécurité, et qu'elle s'occuperait de lui, tout irait bien.

— Quand pensez-vous pouvoir le laisser sortir, madame ?

L'infirmière jeta un œil à son dossier, qu'elle avait toujours à la main.

— Bientôt, s'il suit bien son traitement... Il doit surtout reprendre un peu de poids.

— Il est toujours comme ça, gloussa la jeune femme en lui donnant une petite tape possessive. Je ferai de mon mieux pour l'engraisser !

L'infirmière haussa les épaules.

— Son état s'améliore de jour en jour. Tant qu'il promet d'achever sa convalescence...

— Mais bien sûr ! On sera tous là pour l'aider !

Oke les regarda, perplexe. Pourquoi Mary parlait-elle de lui comme s'il était un petit garçon ? Il avait toujours l'esprit confus, la tête pleine de coton. De quoi parlaient-elles ? Qu'est-ce qu'elles voulaient dire ?

— Ça va très bien se passer, poursuivit-elle.
— Je demanderai au médecin de l'examiner demain. Mais vous semblez avoir la situation bien en main.
Et Mary sourit de toutes ses dents.

CHAPITRE 27

Rudi ne parut en aucun cas contrarié, ni même troublé, de passer prendre deux femmes au lieu d'une, bien au contraire. Carmen l'enviait : il était si bien dans sa peau, alors qu'il en avait pourtant moins que les autres. Il faisait rire Idra en désignant des ados piteux et frigorifiés qui arpentaient certaines des plus belles rues au monde d'un pas lourd, scotchés à leur téléphone, traînant des pieds sur les pavés, dégoûtés de devoir passer leurs vacances en famille.

— Rudi est un charmeur, expliqua Carmen à l'arrière du taxi qu'ils avaient hélé. Il est comme ça.

— J'ai neuf sœurs. C'est plus fort que moi.

— Un homme qui aime vraiment les femmes, commenta Idra en regardant Carmen d'un air entendu. Intéressant.

— Rudi aime *tout le monde.*

— C'est vrai. Oh, écoute, Phoebe t'a enregistré un message, dit-il en déverrouillant son téléphone.

— « Coucou tata Carmen ! On espère que tu vas bien t'amuser ce soir, à la fête ! Avec Rudi ! C'est ton nouveau petit copain ? »

— « Mais *non* », lançait une voix autoritaire derrière. « Oh, bon sang, Phoebe, arrête d'être *dégoûtante*. C'est notre *nounou*. »

— « Tais-toi, Pippa. T'en sais rien. »

— « Eh bien, si, je le sais, parce que j'ai un petit copain et que tu n'en auras jamais. »

— « *Arrête. J'aurai un petit copain !* »

— « Ah oui, et qui ce sera ? »

— « Peut-être... Peebles. »

Pippa et Jack éclataient de rire, Pippa pour de faux et Jack pour de vrai. Carmen se renfrogna.

— C'est qui Peebles ? se renseigna Idra.

— Le chien des voisins. Oh bon sang, Rudi, éteins ça. Je déteste quand ils l'embêtent.

Mais la voix de Rudi retentissait soudain.

— « Si tu trouves quelqu'un d'aussi beau, loyal et enjoué que Peebles, ce sera un excellent choix. Bien vu, Phoebe, bravo. »

Carmen s'attendrit. Elle avait du mal à ne pas aimer tous ceux qui étaient gentils avec sa nièce.

Ils tournèrent dans une impasse de Barnton, dans la banlieue d'Édimbourg. Une plaque « VOIE PRIVÉE, STATIONNEMENT INTERDIT » marquait l'entrée, et des cônes jaunes signalant l'interdiction de stationner bordaient la chaussée. Les riverains prenaient manifestement leur statut de « voie privée » très au sérieux. Il y avait aussi de grands panneaux d'avertissement un peu partout : « SITE PLACÉ SOUS VIDÉO SURVEILLANCE », « VOISINS VIGILANTS », « DÉMARCHEURS INTERDITS », ce qui donna l'impression à Carmen de faire quelque chose de mal, même si elle n'avait rien fait.

Au bout de l'impasse siégeait la plus grande maison de ce qui se trouvait vraiment être une petite résidence privée de standing. À Édimbourg, les maisons sont souvent imposantes, mais elles ont tendance à être de style traditionnel : des maisons de ville hautes et étroites, comme celle de Sofia, austères, grises, symétriques, ou de grandes demeures victoriennes avec d'énormes bow-windows dans lesquels trônaient des pianos à queue, des chevaux à bascule ou, à cette époque de l'année, d'immenses sapins décorés avec goût, ornés de petites lumières chaleureuses et de rubans en tartan.

Cette bâtisse, elle, était d'un style différent. Elle avait manifestement été construite dans les années 1980, avant que les urbanistes de cette vieille cité ne commencent à resserrer la vis. Basse, étendue, gigantesque, elle rappelait à Carmen cette vieille série que sa grand-mère adorait, *Dallas*. Des colonnades grecques totalement incongrues habillaient la façade, flanquant une porte minuscule qui ne semblait pas du tout proportionnée au reste de la maison.

Une large allée bordée de voitures encore plus larges (de grosses Land Rover pour la plupart), ainsi que d'un petit coupé sportif rose vif, scintillait de bout en bout, comme une vitrine de Noël. C'était extraordinaire. Des centaines de lumières colorées clignotaient, encadrées par un bonhomme de neige lumineux de trois mètres de haut et des bâtons de sucre d'orge illuminés. Le toit était surmonté d'un père Noël dans son traîneau, qu'on devait voir depuis l'espace. De la neige artificielle recouvrait la pelouse, sur laquelle était posée une boîte aux lettres américaine éclairée. Des haut-parleurs d'extérieur beuglaient « Jingle Bells ». Carmen se frotta les yeux.

— Aïe.
— Ouah ! fit Idra.

Ils descendirent du taxi avec précaution.

— Oh bon sang, les enfants adoreraient cet endroit.

Elle eut soudain de la peine pour eux et pour les décorations impeccables, raffinées de Sofia, qu'ils n'avaient pas le droit de toucher, mais aussi pour leur sapin, qui n'était pas orné des boules crados qu'ils fabriquaient à l'école, mais de bibelots assortis achetés chez Harvey Nichols à un prix astronomique. Dans la cuisine, un autre sapin, plus petit, censé être plus « artisanal » et « rustique », arborait leurs créations et des guirlandes en papier, mais les enfants, mutins, l'appelaient en cachette le « sapin tout pourri ».

— J'adore, dit Idra.

Carmen la dévisagea.

— Oh, fais pas ta snob ! Ta pimbêche de sœur et New Town ont eu un effet négatif sur toi ! Tu n'étais pas comme ça quand on vivait dans l'ouest.

— Ah bon ?

— Oui. J'aurais adoré cette maison quand j'étais petite, et je l'adore maintenant, et tu fais ta sale gosse. Tu ne trouves pas, Rudi ?

— Je pense que tous ceux qui essaient de profiter de la vie sont une bénédiction pour le monde, répondit-il, et Carmen se figea.

Oke aurait pu prononcer cette phrase. Elle lui jeta un coup d'œil, mais il semblait on ne peut plus sincère.

— Alors profitons à fond de leur hospitalité et amusons-nous comme des fous ! ajouta-t-il, ce qui ne ressemblait pas du tout à Oke.

— Je ne...

Mais Idra l'attrapa par le bras, et ils s'élancèrent tous les trois sur le trottoir verglacé.

CHAPITRE 28

LA SONNETTE RETENTIT. Sans surprise, elle joua « *I Wish it Could Be Christmas Every Day* ».
— Tu devrais faire pareil à la librairie, dit Idra. En fait, je crois que je vais le faire au resto. Et la laisser toute l'année. Juste pour embêter les gens.
— Ça m'embête déjà, moi, répondit Carmen.
— Arrête un peu de te plaindre ! Cette fête va être géniale !
Une jeune femme ouvrit la porte. Elle portait un mini-short rouge et blanc ras les fesses, un haut de bikini en velours rouge garni d'un ruban de fausse fourrure blanche, un bonnet de père Noël sur ses cheveux d'un blond lumineux, des collants en résille et des talons hauts.
— C'est clair ! s'exclama Rudi.
Les mâchoires de Carmen et d'Idra se décrochèrent.
— Coucou, vous ! lança la fille avec entrain.
Carmen ne put s'empêcher de se comparer à elle, si séduisante, si délurée, alors que c'était elle qui assistait à

cette soirée et que cette nana y travaillait dans une tenue très dégradante. Il fallait qu'elle perde cette habitude, se répéta-t-elle pour la énième fois.

— Entrez, dit la fille en ouvrant plus grand la porte, révélant une maison pleine d'invités et d'autres filles affublées du même costume de mère Noël sexy.

Il régnait une chaleur étouffante à l'intérieur. Il faisait toujours bon chez Sofia et, si on voulait se réchauffer, on n'avait qu'à se rapprocher de l'Aga. La maison de M. McCredie était toujours glaciale, mais on pouvait se réfugier dans la cuisine, où un feu brûlait, ou descendre dans la librairie, où la température était toujours agréable. Carmen s'y était habituée, réalisa-t-elle. Édimbourg était une ville froide, située sur le littoral froid d'un pays froid. Sa beauté venait de son austérité glacée en hiver, de ses lignes grises et épurées, de sa splendeur glaciale, jalonnée d'îlots de lumière dorée, de joie et de réconfort.

Cette maison était à l'opposé de tout ça. Elle était bel et bien immense, et un escalier impérial un poil risible entourait un sapin d'une hauteur vertigineuse dans l'entrée. Il mesurait au moins trois mètres de haut et était entièrement argenté, décoré de petites lumières qui clignotaient si vite que Carmen crut qu'elle allait tourner de l'œil.

— Oh ! s'exclama Idra. J'ai trop envie de monter en haut de cet escalier et de traiter quelqu'un de pétasse !

— Et moi, je veux le descendre dans une robe du soir ultra pétasse et que tout le monde se taise en me voyant, approuva Rudi.

La mère Noël disparut avec leur manteau pour revenir avec des verres qui contenaient un liquide pétillant rouge vif – un mélange infect de vin chaud et de champagne, s'avéra-t-il en l'examinant de plus près. À la première gorgée, il avait un goût de médicament contre la toux. À la quatrième, il avait toujours le même goût, mais ça n'avait plus d'importance, parce qu'il était déjà monté à la tête.

Carmen parcourut l'assemblée des yeux : des hommes bien nourris, rougeauds, l'air content d'eux, accompagnés de femmes minces et nerveuses qui étaient parfois prises de tremblements, comme des terriers. Tout le monde buvait très vite. Un pianiste grand et souriant vêtu d'un smoking ajusté jouait des reprises très élaborées de Mariah Carey, en ajoutant des sonorités écossaises, ce qui devait lui valoir un cachet mirobolant, supposa Carmen à raison.

Elle était contente d'avoir mis sa robe – elle avait craint qu'elle soit trop légère, au départ, mais on se serait cru sous les tropiques : elle voyait déjà les traces de transpiration poindre sur les chemises hors de prix des types les plus grande gueule. Elle sentait aussi l'odeur de cigares, et le niveau sonore était infernal, jusqu'à ce qu'un « hum, hum » retentisse en haut des escaliers.

— Pas possible, fit Idra. Quelqu'un s'apprête à faire une révélation fracassante.

C'était Jackson McClockerty, bien sûr, engoncé dans un pantalon en tartan royal rouge vif qui lui faisait franchement des fesses énormes, comme deux ballons prêts à s'envoler. Il portait aussi une chemise blanche à volants, une veste Bonnie Prince Charlie ridicule et un gilet grotesque, tous bien trop serrés – il était impossible que les gros boutons dorés de son gilet ne finissent pas par sauter.

— Bienvenue dans mon humble demeure, tonna-t-il.

Tout le monde applaudit en riant et Carmen, en regardant autour d'elle, vit des gens mettre des miettes partout sur la moquette à poil épais. Elle se demanda qui allait nettoyer tout ça.

Elle ignorait si c'était fait exprès ou non, mais l'épouse de Jackson était habillée comme un énorme bonbon Quality Street – le violet, celui au caramel et à la noisette. Le corsage brillant de sa robe moulante était recouvert d'une couche de tulle qui lui remontait sur le visage. Elle avait des cheveux jaune vif, des dents d'une blancheur éclatante, et des cils et des seins qui se remarquaient à des kilomètres. Ses cils effleuraient la tête de son mari chaque fois qu'elle se tournait vers lui pour le regarder, en adoration devant lui. Les voir tous les deux rendit Carmen un peu jalouse, mais aussi un peu narquoise : Jackson pensait indubitablement que son épouse était la plus belle femme sur Terre.

— Ce soir, vous aurez droit à un concert... de votre humble serviteur ! poursuivit Jackson.

En temps normal, Carmen se serait attendue à des éclats de rire après une sortie pareille, mais, ici, il n'y eut que des acclamations. Enfin, c'était sans doute en signe de gratitude, les invités profitant tous des largesses de leur hôte.

Comme les convives continuaient d'applaudir sous l'œil d'un photographe professionnel, d'autres personnes arrivèrent et se pressèrent dans le vestibule. Carmen et ses amis se frayèrent donc un chemin jusqu'à l'immense salon. Plusieurs canapés couleur crème étaient recouverts de coussins rose fuchsia brodés de slogans tels que : « Vis, aime, ris », « T'es pas "IN" si t'as pas de GIN », « ATTENTION, FEMME MÉCHANTE » ou « Les règles de la maison : ris et sois gentil ! ET BOIS DU GIN ! » Deux chiens blancs poilus avec des nœuds sur la tête jappaient, se grognaient dessus et montraient les crocs à tous ceux qui passaient devant eux dans cette vaste salle voûtée. De grandes portes-fenêtres donnaient sur le jardin : elles étaient ourlées des rideaux les plus fleuris et drapés que Carmen avait jamais vus. Une cantonnière ornée de pompons dorés cachait la tringle. Elle fixait les rideaux, hypnotisée, quand Idra l'attrapa par le bras et lui tendit une nouvelle boisson rose, dans laquelle trempait un bâton de sucre d'orge.

— Faut que tu goûtes ça. C'est le cocktail de Noël créé par Minky.

— Minky ?

— La femme de Jackson.

— Elle s'appelle Minky ?

— Non ! Elle s'appelle Melinda, mais tous ses amis l'appellent Minky, apparemment. Du coup, on doit l'appeler comme ça, nous aussi. J'ai été prise en photo !

— Mais je ne la connais pas.

— Ben, elle fait ce genre de boissons.

Carmen chercha Rudi du regard.

— Où est passé Rudi ?

— Oh, il a rencontré des amis.

— Forcément, répondit Carmen avec une certaine mélancolie.

Elle avait des tas d'amis, elle aussi, se dit-elle. Sauf qu'ils vivaient à l'autre bout du pays et qu'elle ne leur avait pas donné beaucoup de nouvelles depuis un an. Ils avaient tous des enfants maintenant, et elle n'arrivait même pas à liker leurs posts Instagram, et encore moins à leur envoyer de jolis cadeaux de naissance.

— Il a lancé une chenille.

Carmen sourit.

— Bon sang, s'il n'était pas aussi gentil, il serait insupportable.

— Oui, enfin, il ne peut pas vraiment suivre une chenille. Il ne peut pas tenir les épaules de la personne devant lui.

— Idra !

— Quoi ?

Carmen détestait que les gens évoquent le bras de Rudi, remarqua son amie, même si Rudi, lui, s'en fichait royalement. Intéressant.

Carmen goûta sa boisson. Sirupeuse, sucrée, écœurante, elle lui fit l'effet d'un coup de poing.

— Nom d'un chien ! Jackson tient une entreprise de pompes funèbres à côté, ou quoi ?

Elle but une autre gorgée, puis suçota le bâton de sucre d'orge. C'était un peu meilleur la deuxième fois, surtout après le cocktail champagne/sirop pour la toux.

— Viens voir, dit Idra, qui avait déjà fait le tour de la fête.

Une arche recouverte de papier peint victorien en relief (chose que Carmen pensait disparue depuis la mort de sa grand-mère) ouvrait sur une véranda, où était dressé un grand buffet.

— C'est pas le genre couronne de crevettes, ici, dis donc ! lança Carmen, un sourire se dessinant sur ses lèvres.

— Ça oui, regarde ! Il y a des *arctic rolls*[1] individuels !

— J'adore les *arctic rolls* !

— Un pudding avec une orange entière à l'intérieur, pour une raison mystérieuse.

— Merde alors.

— Du saumon avec des *feuilles d'or* !

— Des truffes truffées !

Ce fut plus fort qu'elles : elles éclatèrent de rire. Carmen avait été élevée dans un lotissement tout ce qu'il y avait de plus normal mais, quand Sofia était partie à l'université puis à Édimbourg, elle avait vu naître

---

1. Dessert composé de crème glacée à la vanille enroulée dans une génoise et une fine couche de confiture de framboises.

l'obsession de sa sœur pour le bon goût : la nourriture bio, les jouets en bois et toutes sortes de coquetteries que Carmen trouvait prétentieuses.

Mais ici, la prétention était d'un tout autre registre. Ce buffet, par sa profusion, son abondance, était la chose la plus ridicule que Carmen avait jamais vue. Il lui donnait la nausée. C'était trop, tout simplement. Elle vit un homme bedonnant vêtu d'un pull de golf, le teint très rouge, empiler des tranches de rosbif dans son assiette – bien trop pour un être humain normalement constitué. Il y empila aussi du foie gras (sorti d'un gros tube, sur lequel était écrit : « LE MEILLEUR FOIE GRAS », juste au cas où on penserait que ça pourrait être un mets moins illégal), du saumon et une montagne de frites bien chaudes, remarqua Carmen en voyant le va-et-vient des serveurs.

— Bon sang, dit-elle. Ça me dégoûte. Un friand à la saucisse aurait été suffisant. En fait, je vais peut-être juste prendre quelques frites.

Elle scruta l'assemblée.

— Je crois que M. McCredie n'est pas venu, finalement. Je ne sais pas si c'est bon ou mauvais signe. Ou il a peut-être bu une gorgée du cocktail et il est tombé dans les pommes. Ou il s'est peut-être perdu en cherchant la bibliothèque.

Idra plissa les yeux.

— Bronagh n'est pas là non plus. Tu crois qu'elle manigance quelque chose ?

— Quoi ? Et M. McCredie ne serait pas venu pour ne pas prendre de risque ? pouffa Carmen.

Les deux petits chiens (nommés Brandy et Whisky, apprit-elle en entendant des gens leur crier dessus) cavalaient sous les grandes nappes blanches, attendant que les gens fassent tomber de la nourriture, ce qui arrivait tout le temps, puisqu'ils amoncelaient toujours plus de victuailles dans leurs assiettes déjà bien garnies.

— O.K., je te l'accorde : c'est abject, dit Idra. Il devrait donner tout ça à une association caritative.

— Il leur apportera peut-être les restes ?

Les deux copines regardèrent les invités brandissant leur assiette.

— Je ne crois pas qu'il y en aura, remarqua Idra.

— Je vais en emporter un peu pour Christopher Pickles.

Un homme avec la moustache blonde frisée la plus fournie que Carmen avait jamais vue, affublé d'un costume onéreux et de mocassins ridicules, approcha Idra.

— Salut, poupée.

— Salut. Joli déguisement.

Il parut perplexe.

— Comment ça ?

Elle tira sur sa moustache, qui ne bougea pas.

— Oh. OOh !

— Movember, expliqua-t-il en se regardant dans l'immense miroir accroché au mur sur lequel était gribouillé en lettres noires : « VIS ! RIS ! À L'INFINI ! » Mais j'aimais bien, alors j'ai décidé de la garder.

— J'aime bien, moi aussi.

— *Idra !* siffla Carmen.

— Je peux la toucher ?

À ce stade, Carmen abandonna, but une gorgée de son verre, puis se dirigea vers l'endroit où Jackson venait de monter sur une grande scène équipée d'énormes haut-parleurs. Ça allait faire voler les fenêtres en éclats.

— EST-CE QUE TOUT LE MONDE VA BIEN ? hurla-t-il dans le micro, ayant subitement adopté un accent américain.

— OUIIIII ! répondit la foule, qui avait elle aussi subitement adopté un accent américain.

— J'ai dit : est-ce que tout le monde va BIEN ? cria ce Bruce Springsteen du pauvre.

Minky, à côté de la scène, le fixait avec des yeux énamourés.

— OUIIII !

— Alors on y va !

Derrière lui, trois musiciens attrapèrent leur instrument d'un air las.

— Et un... et deux... et un, deux...

Carmen s'attendait à « *I Wish it Could Be Christmas Everyday* » ou « *I saw Mummy Kissing Santa Claus* ».

Au lieu de ça, un rythme de batterie entraînant retentit, et Jackson baissa la tête, passa ses doigts dans sa mèche au balayage blond impeccable, lança une jambe sur le côté, puis entonna d'une voix basse et plaintive « *Like I Love You* » de Justin Timberlake, sans oublier de se déhancher et de donner des petits coups dans son chapeau en tartan.

La mâchoire de Carmen se décrocha à nouveau. Elle se recula vite, histoire d'éviter qu'on la voie s'écrouler de rire, surtout quand Jackson attaqua la partie rappée lente et sensuelle sous la lumière des projecteurs. Tous les autres semblaient à fond dedans. D'un autre côté, ils étaient tous complètement ivres et, après deux cocktails maison, elle commençait elle aussi à se sentir un peu vaseuse. Elle se laissait déborder par ses émotions. La pièce était pleine d'hommes riches, membres du golf voisin, qui dansaient comme des golfeurs, et le bruit était assourdissant. Elle mourait d'envie de prendre l'air ; elle ne supportait plus les effluves de parfums qui se mêlaient, l'odeur des bougies parfumées qui dominait tout, la transpiration, les haleines, mélanges de champagne et de caviar (à savoir un genre de bulles de poisson), la chaleur accablante. Elle se dirigea vers la porte. Dehors, un groupe hétéroclite d'invités plus jeunes fumaient comme des pompiers, essayant de se réchauffer. Rudi était parmi eux : il ne fumait pas, mais il faisait rire une des filles en lui enroulant sa longue écharpe autour du cou, le bout entre les dents.

Carmen creva de jalousie, tout à coup. Pourquoi personne ne la taquinait comme ça ? Maintenant, la fille riait à gorge déployée et enroulait l'écharpe autour du cou de Rudi, l'attirant tout contre elle. Avec ses sourcils et son menton pointus, il ressemblait à un faune malicieux, remarqua-t-elle.

Sentant son regard sur lui, il leva les yeux et l'aperçut. Un grand sourire fendit son visage.

— Ne me dis pas que tu n'apprécies pas le Justin Timberlake écossais ? lança-t-il.

Elle frissonna. Il faisait un froid de canard dehors.

— J'ai senti le mal de crâne venir. Je ne sais pas pourquoi. J'aimais les fêtes, avant.

— J'adore les fêtes ! s'exclama la fille à l'écharpe, consciente de perdre l'attention de Rudi.

— Oh, je sais, Crystal, dit-il d'un air rieur. On retourne danser à l'intérieur ?

Ravie, la jeune femme tourna aussitôt les talons.

— J'arrive dans une seconde, ajouta-t-il.

— Fais vite ! répondit-elle en lui envoyant un baiser avant de rentrer.

Carmen le regarda.

— Eh ben, t'as un ticket, on dirait.

Il sourit.

— C'est une gentille fille.

— Mmh mmh, fit Carmen, se demandant pourquoi elle était si morose.

C'était une gentille fille, elle aussi, depuis bien trop longtemps.

Ils percevaient les vibrations de la musique jusque dehors, mais n'entendant pas Jackson chanter de façon sensuelle, ils ne s'en sortaient pas trop mal. Les flocons avaient cessé de tomber, mais avaient laissé un joli tapis blanc sur la neige artificielle qui recouvrait déjà la pelouse, ainsi que sur la vaste demeure et le garage quatre places derrière eux, camouflant leur énormité. Ça pouvait presque être romantique. Elle se rapprocha de Rudi. Elle savait ce qu'elle faisait, elle ne pouvait pas feindre le contraire. Et qu'elle était un peu pompette aussi. Elle ignorait où était Idra. Rudi la regardait en souriant, d'un air patient.

— Tu es très jolie dans cette robe, dit-il, et Carmen cligna des yeux, réalisant que ça faisait très longtemps qu'un homme ne l'avait pas complimentée.

Phoebe la complimentait souvent, surtout si elle portait une robe à fleurs très longue, dans laquelle elle ressemblait à une jeune amish. Mais un homme, jamais.

Elle lui fit un grand sourire, se rendant compte qu'elle ne savait plus flirter. Plus du tout. Puis elle pensa à autre chose : qu'est-ce que Sofia penserait si elle la voyait flirter avec sa nounou ? Elle le considérait comme sa propriété, aucun doute. Elle lèverait les yeux au ciel et paraîtrait déçue, mais ne serait pas surprise. Carmen se sentit plus à part que jamais. Pourquoi ? Pourquoi tout le monde riait et s'amusait, sauf elle ? Même tous ces gens à l'intérieur, qui profitaient du buffet et de la musique, ils passaient simplement un bon moment, sans se prendre la tête, contrairement à elle depuis un an.

Elle s'avança doucement, buvant une longue gorgée de son verre.

— Tu sais que c'est du Destop, ce truc ? lui dit-il.
— Tu désapprouves ?
— Absolument pas !

Il leva son propre verre : un verre à martini, avec du martini dedans.

— Heureusement, je savais que Jackson était assez riche pour avoir embauché son propre barman.

— Il est où ? demanda Carmen, qui avait cherché partout une autre boisson, en vain.

— Dans le carré VIP.

— Il y a un carré *VIP* à cette fête ?

— Bien sûr ! répondit-il, radieux.

Elle secoua la tête.

— Ne me dis rien, il est dans les toilettes du sous-sol ?

— Dans la salle jungle, expliqua sérieusement Rudi.

— Ils ont une salle jungle ?

— Oui.

Elle se remit à rire.

— Je parie que tu aurais aimé être nounou ici.

— Leurs chiens sont leurs enfants, lança-t-il malicieusement. Et je crois que Jackson en a déjà quelques-uns qu'il ne voit jamais. De ses deux précédents mariages.

— *Bon sang*, mais pourquoi je suis venue ? Je ne vais jamais pouvoir l'approcher. Je voulais faire appel à son bon côté, pour qu'il arrête de proposer des sommes mirobolantes pour reprendre la boutique. Mais il *adore* visiblement sa petite personne. Il n'a pas de conscience. Pourquoi il en aurait une ?

Elle poussa un soupir.

— Tu croyais qu'il se passerait quoi ?

— Je croyais…, commença-t-elle avec un haussement d'épaules. Je croyais que je lui ferais voir le côté positif. Qu'avoir de jolies boutiques à Édimbourg aidait à attirer plus de monde dans ses magasins de merde.

Rudi s'esclaffa.

— Eh ben, quel argument !

— Mais en fait, en voyant sa maison, je me rends compte qu'il aime ces trucs. Il trouve les bérets en tartan avec perruque rousse intégrée hilarants. Il pense qu'une petite pancarte en plastique qui dit « Un Westie pourri gâté vit ici » est le meilleur cadeau qu'on puisse recevoir !

— Je crois que j'en ai vu une dans la cuisine.

— Ouais, moi aussi. Il va faire une grosse offre et reprendre le bail, hein ? À notre nez et à notre barbe. Il emmènera tous les conseillers municipaux danser autour de la boutique sacrifiée de l'année, et ils lui feront grâce de l'impôt foncier des entreprises.

— Les conseillers municipaux ne feraient *jamais* une chose pareille, répondit Rudi d'une voix forte.

— Monsieur McCredie ne pourra pas tenir longtemps. Il ne lui reste pas beaucoup de temps.

— Pour voir le bon côté des choses, le bar VIP fait de très bons martinis. Tiens, goûte ça.

Sa boisson était forte, avec un goût prononcé et un zeste de citron. Elle en but une gorgée, puis reprit son souffle.

— Et voilà. Maintenant, si je te faisais entrer en douce dans le carré VIP... ?

— Je ne veux pas aller dans la salle jungle, merci.

— Tu ne veux même pas essayer ?

Chaque fois que la porte s'ouvrait et se fermait, ils entendaient quelqu'un massacrer la chanson « Mirrors », mais la massacrer avec passion, sérieux, plein de bonnes intentions. Carmen jeta un coup d'œil à l'intérieur. Un genou à terre, Jackson chantait pour Minky, comme une casserole, les musiciens qui l'accompagnaient ayant l'air de s'ennuyer comme jamais dans leur jean taille basse. Minky serrait ses mains sur sa poitrine, ivre de bonheur.

— Non, répondit-elle tristement. Je crois que... je crois que ça ne marchera pas. J'ai essayé... et j'ai échoué.

— Dans ce cas, ça te dirait qu'on les déleste d'un peu de champagne et qu'on s'arrache de là ? À moins que tu aies envie de saumon à la feuille d'or ?

Elle répondit d'une grimace.

— Non, c'est bien ce que je me disais. Allons ailleurs.

Les portes vitrées coulissantes à l'arrière de l'immense maison s'ouvrirent d'un coup, encadrées par les filles en costume de mère Noël sexy. Carmen ressentit une certaine excitation. Rudi lui avait suggéré de partir. Qu'est-ce qu'il voulait dire ? Où est-ce qu'ils allaient ? Ce garçon dégageait une aura d'aventure ; on avait la sensation que tout pouvait arriver avec lui. Pas étonnant que les enfants l'adorent. Même si c'était pour des raisons très différentes.

— On peut encore s'amuser, murmura-t-il d'une voix qui ne laissait pas de doute sur ses intentions.

Et là, après deux cocktails, après des mois de stress et de tristesse, Carmen prit sa décision. Qu'est-ce qui pouvait arriver de pire si elle décidait de se lâcher ? Idra était certainement bras dessus bras dessous avec son blond moustachu à cette heure-ci, sans se poser de questions.

— Et Crystal ? chuchota-t-elle.

— Oh, elle peut venir aussi, si elle veut.

— Non ! s'écria-t-elle, avec plus de force qu'elle ne l'aurait voulu.

Rudi posa ses yeux en amande, presque couleur ambre, sur elle, un sourire aux lèvres.

— D'accord.

Puis il prit sa main gauche dans sa droite, la serra, et Carmen trembla, et pas seulement parce qu'elle avait froid.

Au même moment, la musique s'arrêta, et les invités commencèrent à se déverser dans le jardin.

— Et maintenant, hurla Jackson. Place au... *feu d'artifice* !

CHAPITRE 29

DE LA MUSIQUE SYMPHONIQUE retentit, sortant des énormes haut-parleurs : une musique très forte, qui rappelait étrangement une pub pour de l'après-rasage. Jackson se tenait dans l'encadrement de la porte, tout transpirant.

— Maintenant ! cria-t-il.

Les convives se mirent à applaudir et à pousser des cris de joie quand débuta un grand feu d'artifice. Puis de nouvelles illuminations embrasèrent un coin du jardin, ridiculisant celui de devant : un traîneau du père Noël tiré par huit rênes affublés d'un nez rouge clignotant ; une étrange crèche dorée, où tous les personnages avaient des auréoles orange fluo autour de la tête ; l'atelier du père Noël, où travaillaient des elfes sexy, tout scintillants de lumières rouges et vertes ; et, au-dessus d'eux, les fusées qui sifflaient et éclataient au rythme de la musique. Carmen resta interdite devant ce spectacle. À l'intérieur, Brandy et Whisky jappaient comme des fous – comme tous les autres chiens du quartier, qui étaient manifestement nombreux. Leurs aboiements menaçaient de noyer la musique.

Soudain une énorme fusée monta, puis explosa et, au moment où elle redescendait, boum, un gigantesque château de glace, comme dans *La Reine des neiges*, s'éclaira. Aussi haut que la maison, il brillait de mille feux. Une pluie d'étoiles blanches emplissait le ciel derrière lui quand sa lumière vacilla, une fois, deux fois, et la foule retint son souffle – puis il y eut un claquement sinistre, et il s'éteignit.

Les autres illuminations s'éteignirent.

Les lumières de la maison s'éteignirent, et la musique s'arrêta d'un coup. Les lumières des voisins s'éteignirent, dans toute la rue. Les lumières de l'autre côté du jardin, bien que lointaines, s'éteignirent.

Il n'y avait plus un bruit, excepté les jappements et les hurlements des chiens, qui redoublaient, et les cris d'une femme – Minky, probablement. Tous les autres restèrent figés dans un silence complet.

**

Rudi, juste derrière Carmen, avait un feu de bengale à la main : c'était la seule source de lumière alentour. Il illuminait son œil coquin.

— Vite ! fit-il. Ça va tourner au chaos.

Et ils se précipitèrent à l'intérieur, s'arrêtant seulement pour prendre une bouteille de champagne dans la véranda, faisant semblant de ne pas voir les chiens qui étaient maintenant sur la table, en train de se disputer un énorme jambon cuit au miel.

Le sol était jonché de nourriture et de liquides que les gens avaient fait tomber, puis écrasés sur la moquette luxueuse sans y prêter attention ; dehors, les lampadaires ne luisaient plus. Ils progressèrent dans la maison obscure, flippante, jusqu'à trouver la porte d'entrée, puis attrapèrent leurs manteaux en s'éclairant avec la torche du téléphone que Rudi tenait entre ses dents, tandis que, derrière eux, dans le jardin, le brouhaha ne cessait d'enfler, de plus en plus tumultueux. Les invités avaient beau avoir le ventre et le gosier pleins, nombre d'entre eux devenaient agressifs.

— Vite, répéta Rudi. La foule va basculer.

Ils sortirent à toute allure dans l'impasse plongée dans le noir, où ne brillaient que les phares des rares automobilistes traversant cette banlieue résidentielle. Les bois alentour paraissaient désormais menaçants.

Pris d'un fou rire, ils remontèrent Queensferry Road en trébuchant. Les feux de circulation ne fonctionnaient plus non plus, si bien que le carrefour d'ordinaire très passant était complètement paralysé, provoquant un concert de klaxons.

— La nuit est encore longue, lança Rudi en coinçant habilement la bouteille de champagne entre ses jambes pour faire sauter le bouchon d'une main.

— C'est un super numéro à faire en soirée, observa Carmen.

— T'as pas idée, ma chérie.

Elle passa un rapide coup de fil à Idra, qui lui raconta que tout le monde devenait dingue, mais qu'elle était en sécurité avec Hendrik le moustachu : ils se préparaient un pique-nique à ramener à la maison. Carmen lui conseilla d'éviter le jambon.

Buvant de grandes gorgées de champagne à la bouteille, ils faisaient coucou aux autres noctambules en rade, qui rigolaient en crapahutant dans la neige des deux côtés de la rue. Toute la ville, aurait-on dit, avait été mise à la porte : des bars à la mode et des grands restaurants, des soirées privées tapageuses réduites au silence, des hôtels luxueux où les ascenseurs ne marchaient plus et où les télés s'étaient éteintes. On entendait des sirènes retentir. Une fois en hauteur, Carmen se retourna. La pleine lune brillait dans le ciel, mais il ne restait qu'un unique losange lumineux en ville : le Western General Hospital, réalisa-t-elle, manifestement éclairé par les groupes électrogènes de secours. Elle poussa un soupir de soulagement : tout allait bien, les patients étaient en sécurité. Puis ils traversèrent la route en courant et continuèrent à monter, toujours plus haut, vers la vieille ville. Aucun d'eux ne mentionna la direction qu'ils avaient prise.

Mais ils ne se dirigeaient pas vers la maison de Sofia.

CHAPITRE 30

CARMEN, PLEINE D'APPRÉHENSION, avait l'impression de faire quelque chose de mal en arrivant chez M. McCredie – discrètement, même si elle doutait de pouvoir le réveiller. Elle n'était même pas certaine de savoir où il dormait. Ou s'il dormait tout court, d'ailleurs : il devait passer la nuit à lire et à se documenter pour apprendre à écorcher les phoques. Elle appuya sur un interrupteur – la panne touchait toute la ville, manifestement. On aurait dit que Jackson avait surchargé le réseau électrique avec toutes ses illuminations. Mais elle s'en fichait. Elle était terriblement nerveuse, et plus à l'aise avec une bougie.

Rudi, bien sûr, n'était pas le moins du monde nerveux, et elle lui en était profondément reconnaissante. Il fouilla dans les placards en riant, jusqu'à trouver deux verres à fond plat et une bouteille de whisky toute poussiéreuse. Puis il regarda Carmen, l'air de réfléchir.

— Quoi ?

— C'est... ce whisky est très vieux. Je veux dire, s'il en a une autre bouteille, pas ouverte, il pourrait la vendre, ça financerait son voyage et ça réglerait tous vos problèmes.

Elle leva les yeux au ciel.

— Arrête.

Il prit les deux verres dans sa main.

— Tu peux prendre la bougie ?

Elle s'exécuta, puis éclaira leur chemin dans les nombreux escaliers, consciente (c'était plus fort qu'elle : elle avait les nerfs à vif) qu'il la suivait. Ça faisait longtemps. Très longtemps. Ça avait peut-être changé. Elle avait peut-être oublié comment on faisait. Rudi avait peut-être des pratiques étranges qu'elle ne connaissait pas. Il était si expérimenté, il voudrait peut-être faire des trucs bizarroïdes avec des ustensiles de cuisine et... oh bon sang.

Une vision extraordinaire les attendait au dernier étage de la maison : la pleine lune brillait à travers la verrière, il faisait aussi clair que si les lumières étaient allumées.

— Hé hé. Regarde-moi ça, dit Rudi.

Il se rapprocha des plantes, posant les verres sur la table au plateau de marbre, puis mit la main dans le plus gros pot avant de la retirer, l'air tout content.

— Tu les as arrosées !

Elle sourit.

— Oui.

— Tu vas toutes leur redonner vie, poursuivit-il en regardant à la ronde.

— Il y a beaucoup de choses à quoi il faudrait redonner vie, dit-elle, la gorge serrée.

Ils burent une gorgée du whisky doux et fumé en contemplant la grosse lune suspendue dans le ciel et les toits obscurcis par la coupure d'électricité. Tout en bas, au loin, ils entendaient les cris de joie des fêtards qui ne se laissaient pas décourager par le froid et la neige ; des bougies se déplaçaient sur Grassmarket, comme elles le faisaient autrefois. C'était d'une beauté irréelle, extraordinaire. Le cœur de Carmen battait toujours la chamade.

Rudi se dirigea vers elle lentement, prudemment. Il semblait plus sérieux maintenant, moins espiègle ; il n'était pas aussi enjoué que d'habitude. Il était calme, silencieux, comme s'il avait affaire à une créature sauvage. Ce qu'elle était, à dire vrai. Pas de doute.

Elle lui tourna le dos, ses peurs et ses inquiétudes remontant à la surface.

— Oh Rudi... Ça a été... ça a été si dur.

Elle craignit soudain de fondre en larmes.

— Ça fait si longtemps. Je...

Elle secoua la tête, puis eut un petit rire un rien hystérique, ce qui était quand même mieux que pleurer.

— J'ai perdu l'habitude. Je ne sais pas quoi faire. Je ne sais pas ce que je suis censée faire. Ça s'est si mal fini, la dernière fois. J'ai l'impression... j'ai l'impression que c'est la première fois. Comme si je devais tout réapprendre.

C'était peut-être le clair de lune. Ça ne lui ressemblait pas de se dévoiler ainsi, d'être totalement franche, honnête sur ce qu'elle éprouvait.

— J'ai l'impression d'avoir hiberné, cachée sous mes vêtements. Je ne faisais que travailler. En faisant abstraction du reste. J'étais une vraie boule de nerfs, pleine d'inquiétudes, la tête farcie de bêtises.

— Tout le monde peut ressentir ça, dit-il d'un ton apaisant.

— Pas Sofia.

— Je suis sûr que ça lui arrive. Ou elle a peut-être le sentiment de devenir dingue et d'être morte de fatigue.

— Hum. C'est ce que ressentent les gens riches et accomplis ?

— Ne pense pas à Sofia maintenant. Ne pense à rien.

Il s'approcha d'elle et lui caressa délicatement les cheveux, et elle se rendit compte que, à part Phoebe qui lui rampait dessus de temps à autre (ce qui arrivait de moins en moins, puisqu'elle grandissait), elle avait été privée de contacts physiques. Elle en était avide.

Personne ne la touchait. Ça lui manquait. C'était pourtant tout bête. Elle s'était sentie si seule, elle avait eu si froid.

Elle appuya sa joue contre sa main, juste un peu. Il se rapprocha à nouveau, là encore, très lentement, comme si elle était fragile et risquait de disparaître.

— Je ne suis pas trop olé olé, style balançoire et trucs du genre…, dit-elle d'une voix toujours tremblante.

— Balançoire et trucs du genre ? répéta Rudi d'un air amusé, comme toujours.

— Enfin, des trucs bizarres.

— Pas de trucs bizarres, promit-il en la retournant. Juste deux corps, deux êtres humains qui font ce qu'ils ont envie de faire. Ensemble. C'est censé se faire à deux… ou à plusieurs. Et c'est à chaque fois différent. À chaque fois nouveau. C'est toujours une première fois. C'est ça qui est bien.

Il approcha doucement son visage ; elle tendit les lèvres et l'embrassa. Et, à sa grande surprise, ce fut comme un premier baiser : tendre et doux. Il enroula son bras autour de son dos, elle joignit ses mains dans le sien. Il n'y avait rien de bizarre, mis à part le fait que ça ne l'était pas. Le clair de lune, le whisky, la nuit froide, si froide. Elle s'abandonna, comme si elle se délestait d'un lourd fardeau : d'une vie sans sexe, sans être désirée, sans personne pour prendre soin d'elle, tout en feignant de s'en moquer.

Et maintenant, cet homme était là et il lui disait, lui montrait que rien de tout ça n'était vrai. Que c'était une histoire qu'elle s'était racontée.

— Regarde, dit-il, haletant, en se reculant.

Il désigna la porte-fenêtre dans laquelle ils se reflétaient.

— Regarde-toi.

Il s'écarta pour se rapprocher du vieux miroir piqué qui trônait derrière l'immense faux philodendron et l'inclina de façon qu'il renvoie lui aussi l'image de Carmen dans la lumière vacillante des bougies et l'éclat du clair de lune.

Puis il se mit derrière elle et saisit la fermeture Éclair de sa robe. Il la baissa jusqu'à sa taille, en lui embrassant la nuque, et elle frissonna, pas parce qu'elle avait peur, ni même parce qu'elle avait froid, puisqu'elle n'avait plus froid.

— Regarde-toi, l'exhorta-t-il à nouveau.

Elle tourna la tête et vit sa poitrine déborder de son soutien-gorge, sa peau onctueuse blanche comme le marbre sous les rayons de la lune ; la cambrure de ses reins et ses cheveux bruns qui lui tombaient doucement sur les épaules ; la courbe de ses hanches, sur lesquelles s'était posée sa robe.

— Tu vois ? lui dit-il à l'oreille. Tu vois comme tu es belle ?

La gorge de Carmen se serra.

— Euh...

— Tu vois ?

Elle hocha la tête, sans cesser de se regarder, tandis que Rudi continuait de lui embrasser la nuque, le bras posé sur son épaule, la tenant tout contre lui. Elle fixa son reflet.

— Tu es si jolie. Si belle. Je n'arrive pas à comprendre que tu puisses penser le contraire.

Et Carmen comprit aussitôt pourquoi il avait un tel succès, aussi bien auprès des hommes que des femmes. Ça n'avait rien à voir avec ses attributs physiques : il était observateur, il savait écouter et était bienveillant.

Et il répondait présent : elle le sentit se raidir derrière elle. Il l'embrassait maintenant dans le creux du cou, toujours avec douceur, lentement, et elle perçut à quel point il était rassurant. Il ne se précipitait pas, il savait ce qu'il faisait, ce qu'il voulait. Ses baisers étaient tendres, mais jamais hésitants. Elle contempla encore une fois leur reflet dans le vieux miroir et le crut. Ils étaient beaux : ses cheveux bruns si noirs, ceux de Rudi tout scintillants de reflets roux et dorés dans l'étrange lumière blafarde. Et elle répondit présente, elle aussi, comme si elle sortait d'un long sommeil. Son corps contre le sien, ses lèvres chaudes, son bras ferme, qui la caressait doucement. Elle pensa aux bulbes qu'il avait plantés dans les vieux pots, aux enfants qu'il aidait à élever, à la joie qu'il provoquait, qu'il répandait partout où il allait, qu'il laissait dans son sillage, comme les jolies notes d'une cornemuse.

Elle voulait se retourner, se presser contre lui, sentir sa peau contre la sienne. L'attirer contre elle, se ruer dans la chambre, sentir sa main dégrafer son soutien-gorge, ses lèvres douces sur ses seins. Elle eut soudain très envie de lui. Elle faillit murmurer : « Viens. » Elle faillit poser ses mains tremblantes, impatientes, sur sa ceinture, déboutonner sa chemise, se coller à son torse puissant, nerveux, l'étreindre avec passion, le rendre haletant. Elle se sentit puissante tout à coup ; elle se sentit fiévreuse, exaltée, vivante.

Son corps ne la laissait pas tomber. Son corps ne la trahissait pas. Mais, en se retournant, elle aperçut dans le miroir la lueur de la minuscule bougie, qui brûlait d'un vif éclat, envoyant une fine volute de fumée dans la nuit. Et elle se souvint. Cette voix basse. Ce léger accent. Cette conviction profonde en tout ce qu'il disait.

— Je veux… Je veux que le sexe… soit un acte sacré.

Rudi l'embrassa avec une ferveur redoublée.

— O.K., mais on pourrait peut-être commencer par « pas mal ». Ce serait déjà un bon début, non ?

Elle se sentait si bien avec lui mais, tout au fond d'elle, elle savait que ce n'était pas le bon. Pas celui qu'elle voulait, pas en ce moment. Même si elle ferait sans doute bien de se remettre en selle, ou de remonter à cheval, peu importe comment les gens appelaient ça. Cette soirée avait été merveilleuse. Géniale. Et une grande part d'elle désirait plus – bien plus – de cet homme malicieux.

Mais, en son for intérieur, elle ne le voulait pas.

Elle se recula, lui fit face et regarda ses yeux en amande brillants.

— Merci, dit-elle.

Il battit des paupières, reprenant ses esprits, puis la regarda avec une infinie compréhension, un petit sourire aux coins de ses lèvres roses et gonflées.

— J'y crois pas ! lança-t-il, les yeux toujours pétillants.

— Quoi ? dit-elle, regrettant de rompre le charme.

— Tu t'apprêtes à me dire de rentrer chez moi !

— Je…, commença-t-elle, l'air confus. Je ne sais plus où j'en suis.

Il s'écarta aussitôt.

— Oh non ! Je pensais que j'étais bon pour vérifier que quelqu'un était consentant. Même si, globalement, je préfère « follement enthousiaste ».

Elle lui sourit.

— Oh, je suis très, très enthousiaste à ton sujet, crois-moi.

— Mouais, c'est ça. Tu t'es dit : c'est bien beau tout ça, mais je crois que je vais attendre la personne que j'aime vraiment. Tu es très *catholique*, Carmen Hogan.

— Mais non !

Elle le regarda, puis leva les yeux vers les étoiles avant de les reposer sur lui. Cette nuit était propice à l'honnêteté.

— Ben, tu as peut-être raison. Je suis désolée. Mais je te suis très reconnaissante. De m'avoir fait me sentir...

Elle s'interrompit.

— De m'avoir fait me sentir vivante. Merci.

— De rien.

— Je suis désolée si je t'ai donné de faux espoirs...

— Tu n'as pas à t'excuser de ne pas avoir envie de faire l'amour avec moi. Sauf si c'est une histoire de poils pubiens roux, auquel cas tu es intolérante.

— Mais non ! protesta-t-elle avec sincérité. J'aime tes cheveux. Et tes taches de rousseur. J'aime ta jolie main et ton moignon tout rond, noueux et, crois-moi, j'aime beaucoup, beaucoup ta bouche.

Il eut un sourire béat.

— Tu es fabuleux. C'est juste... c'est juste que... Je suis prête. Merci de me l'avoir montré. Je suis prête. Et je veux passer à autre chose. Mais je ne veux pas que tu couches avec moi par pitié.

— Je n'aurai jamais pitié de toi.

— Mais je crois... je crois que je suis prête pour l'homme d'une seule femme. Même si ce n'est pas celui que je voulais vraiment. Je crois qu'il avait raison. Je veux la totale. Je veux... une connexion spirituelle et... bon sang. J'en sais rien. Le chauffage au sol débile de Sofia.

— Une sonnette personnalisée ? demanda Rudi d'un air amusé en lui tendant le whisky et en passant une couverture qu'il avait attrapée sur le canapé autour de ses épaules.

— Des bébés. Des chaussures d'uniforme scolaire. Des fournées de gâteaux. Des radiateurs. Un laitier ! Pas pour ça ! Tu as vraiment l'esprit mal tourné... Quelqu'un qui me livre du lait, quoi. En bouteille. Je suis pathétique. Je suis sans doute plus conservatrice que Pippa, et elle pense que les châtiments corporels devraient être rétablis à l'école.

Rudi hocha la tête, perplexe.

— Et... je ne crois pas que tu sois la personne pour ça.

— Je peux pas blairer les radiateurs.

Elle éclata de rire.

— Et je crois que je ne suis plus faite pour être une grosse fêtarde. Quelqu'un m'a gâché ce plaisir.

— Tu es faite pour être ce que tu veux, lui dit-il en l'attirant contre lui et en lui embrassant le front.

Il jeta un coup d'œil à la vieille pendule au mur et grimaça.

— Oh, non, tu peux rester ! Juste...

— Juste... Pas de problème.

Et ils filèrent sous les couvertures, qui étaient si glaciales qu'ils poussèrent tous les deux un petit cri, puis ils se blottirent l'un contre l'autre, en cuillère, pour se réchauffer. Carmen ne s'était pas sentie aussi bien, aussi en sécurité, depuis une éternité : elle dormit comme un loir, bougeant à peine, les beaux cheveux roux de Rudi étalés sur l'oreiller blanc, son bras gauche posé contre son épaule, le droit entourant son ventre, le clair de lune et la lueur des étoiles filtrant à travers la haute fenêtre. Plus tard, la neige se remit à tomber doucement, recouvrant le monde d'un manteau blanc, étouffant tous les bruits extérieurs. Et Carmen passa une nuit paisible, ce qui ne lui était pas arrivé depuis très, très longtemps.

CHAPITRE 31

CARMEN SE RÉVEILLA, pas certaine de savoir pourquoi elle se sentait aussi sereine et heureuse. Un instant, elle crut qu'Oke était là. Juste une fraction de seconde. Puis elle ouvrit grand les yeux et faillit se redresser d'un coup. C'était Rudi ! Rudi, dans son lit ! Oh bon sang ! Qu'est-ce qu'elle avait fait ?

Son cœur s'emballa, mais se calma peu à peu, comme la soirée de la veille lui revenait en mémoire. Ils n'avaient pas couché ensemble. Tout s'était bien passé. Ça s'était bien terminé. Mieux que bien. Elle n'avait rien gâché ; ils avaient passé un bon moment, en réalité. Agréable. Il remua un peu dans son sommeil, et son bras se resserra autour d'elle. Il sentait bon. On disait ça des roux. Il s'éveilla peu à peu et lui embrassa instinctivement les cheveux. Elle sourit.

— Bonjour.

Elle vit qu'il lui fallut un moment pour savoir où il était, lui aussi.

— Bonjour, ma belle, marmonna-t-il.

— Ha ha ! Tu as oublié mon prénom ?

Il ouvrit les yeux, alerte.

— Mais non ! Et tu es belle, c'est un fait.

Il avait retrouvé son ton taquin, et elle se sentit soulagée. Il lui serra l'épaule.

— Mmm, il fait si bon ici, dit-il en enfouissant son nez dans son cou. Mais il faut que je me lève, sinon...

— Sinon quoi ?

— Un truc de mec. C'est inévitable. Tu es irrésistible. Désolé.

Elle se libéra de son étreinte en se tortillant.

— Il faut que j'aille aux toilettes, de toute façon.

— Moi aussi, répondit-il en fronçant les sourcils. La situation est très confuse au niveau de mon entrejambe.

Ils furent immédiatement confrontés à un problème : il faisait un froid polaire hors de la chaleur des couvertures. Chaque fois que l'un d'eux bougeait l'édredon pour s'enrouler dedans, l'autre poussait un cri perçant.

Ils n'avaient pas le choix. Ensemble, ils s'approchèrent du pied du lit, et Carmen passa un bras autour des épaules de Rudi, qui tenait l'édredon autour d'eux.

— On va devoir bondir, dit-il. En même temps, pour ne pas perdre la chaleur piégée sous les couvertures. Je ne plaisante pas. C'est un travail d'équipe.

— Mais comment on va faire pipi ?

Il parut dépité.

— Ça s'appelle un pénis, et des trucs en sortent. Tu peux fermer les yeux.

Ça la fit rire.

— Mais je ne veux pas faire pipi devant toi, moi.

— On est en 1896, ou quoi ? Et je te rappelle que je passe ma vie à changer les couches d'un des membres de ta famille. Je suis immunisé, crois-moi.

Ils bondirent hors du lit en gloussant et se dirigèrent vers la porte en traînant l'édredon derrière eux. Le sol nu était glacial sous leurs pieds. Puis ils poussèrent une exclamation, découvrant un spectacle éblouissant derrière la porte de la chambre. La neige s'amassait contre les grandes portes-fenêtres et se réfléchissait dans le vieux miroir. Il gelait, mais c'était magnifique. La lumière transformait tout l'étage en un vaste espace blanc, sur lequel se détachaient les plantes vertes : un vrai jardin d'hiver.

— Ouah !

Ils ne pouvaient en détacher leurs yeux.

— C'est incroyable. Maintenant, tu ne peux plus me dire que le sous-sol de Sofia te manque.

— C'est de ne pas avoir à m'habiller comme un yéti chaque fois que je veux me laver les dents qui me manque.

Ils progressèrent jusqu'à la minuscule salle de bains – l'électricité était revenue, remarqua Carmen –, où ils se relayèrent pour tenir l'édredon et cacher leur corps presque nu, le temps que l'autre fasse un brin de toilette et se lave les dents en jurant, se plaignant d'être frigorifié. Puis ils s'enroulèrent à nouveau dans la couverture et regagnèrent le jardin d'hiver en sautillant, tordus de rire, se demandant comment ils allaient faire du café. Rudi lui raconta qu'il avait eu une prothèse à un moment. Elle ressemblait à un crochet et faisait paniquer tout le monde sans être d'une grande utilité, mais il s'en servait parfois. Elle le dévisagea, et il la rassura : il n'avait tué personne avec, mais c'était pratique pour attraper les tasses. Quand elle lui demanda d'un air suspicieux s'il s'en servait pour d'autres choses, il répondit que c'était exactement pour ça qu'il ne la portait plus, à cause des questions stupides comme celle-ci, mais sinon, oui, c'était super pour jouer au pirate. Ils rigolèrent à en perdre le souffle, et il lui prit le visage, déposa un petit baiser sur son front et lui dit, tu es vraiment géniale, Carmen Hogan – moment précis où les enfants firent irruption dans le jardin d'hiver, venus apprendre à leur tante qu'il avait beaucoup neigé et qu'ils voulaient aller jouer dehors avec elle.

CHAPITRE 32

Tout le monde se tut. Carmen se figea. Ils étaient tous les deux à moitié nus sous la couverture, en sous-vêtements, et aucun d'eux ne pouvait la lâcher. Les enfants restaient bouche bée. Sofia arriva juste après eux.

— Les enfants, vous devriez frapper...

Elle s'immobilisa en haut des escaliers. Sa mâchoire se décrocha.

— Vous devriez, oui, fit Carmen d'une voix tremblante.

— Allez m'attendre en bas, les enfants, dit aussitôt Sofia. MAINTENANT.

Elle n'élevait jamais la voix. Phoebe ouvrit la bouche, prête à protester, mais Pippa l'attrapa brutalement par le bras et la tira en arrière. Jack, lui, recula sagement vers les escaliers, manquant trébucher. Carmen et Rudi, sous leur couverture, ne bougèrent pas d'un pouce.

— Je ne peux pas...

Sofia les fixait sans rien dire. Son air scandalisé, horrifié, donna envie à Carmen de rentrer sous terre, de disparaître. Mais au lieu de ça, bien sûr, elle devint agressive.

— Je ne me rappelle pas avoir dit aux enfants qu'ils pouvaient débarquer ici quand ils voulaient, lança-t-elle.

— C'est exactement ce que tu leur as dit, mot pour mot. Tu leur as dit qu'ils étaient toujours les bienvenus. Oh bon sang, c'est pas vrai.

— Oh, ça va, on n'est pas sur un plateau de film porno quand même.

— Je savais que tu avais des vues sur Rudi !

— Pardon, mais je ne vois pas en quoi ça te *regarde*, s'emporta Carmen en lâchant son bout de couverture.

— Ben si, ça me regarde justement, puisque c'est mon employé. Sérieux, Carmen, qu'est-ce qui t'as pris ? C'est une vengeance ?

— On vit dans un pays libre, hurla Carmen en virant au rose.

— Parle pour toi ! Pas de responsabilités, personne à qui penser, sauf ta petite personne. Et puis tu finiras par rompre avec lui pour rien, comme tu l'as fait avec Oke, et il partira. Et je perdrai la meilleure nounou que j'aie jamais eue et je me retrouverai à nouveau dans la merde, à cause de toi.

Cette saillie cloua le bec à Carmen.

— Il y a deux cent cinquante mille hommes à Édimbourg. Tu serais gentille d'en choisir un qui ne fera pas de peine à mes enfants quand ça tournera mal.

Carmen fit volte-face, puis s'efforça de marcher avec dignité jusqu'à sa chambre, ce qui n'est pas facile quand on est en petite tenue, qu'on rentre son ventre et qu'on a la chair de poule. Surtout devant sa ravissante sœur, qui, elle, porte un beau manteau en fausse fourrure noire et a un brushing impeccable et le teint frais, un bébé magnifique sanglé sur le ventre.

Elle ferma la porte derrière elle – laissant Rudi en mauvaise posture, réalisa-t-elle – et donna plusieurs coups de poing, très fort, dans son oreiller. Puis elle attrapa un pull et une jupe, les passa et ouvrit la porte d'un geste théâtral. Sofia était partie.

— Et merde !

— Ça va aller, dit Rudi, avant de grimacer. Elle ne croira jamais qu'on n'a rien fait, hein ?

— Je sais, répondit Carmen, se mettant à pouffer malgré elle. Bon sang, tu crois qu'elle peut te virer ? Même si tout est ma faute, apparemment.

— Elle est avocate. Il n'y a pas de clause de moralité dans mon contrat. On pourrait l'attaquer et lui prendre sa maison.

— Ooh ! fit-elle, mais ce n'était pas drôle, pas vraiment.

— Bref, non, je ne crois pas qu'elle puisse, mais je lui proposerai de partir, si elle préfère. Je trouverai facilement un autre job.

— J'imagine. Je suis vraiment désolée. Mais elle n'avait pas l'air d'avoir envie que tu partes. Juste que je meure dans un fossé.

Rudi lui tapota l'épaule.

— Oh bon sang. Qu'est-ce que je vais dire aux enfants ? « Quand deux personnes s'aiment très fort... » ? Ce genre-là ?

— Je ne sais pas, répondit-elle. Ils ont des cours d'éducation sexuelle à l'école.

— Mais on n'a même pas couché ensemble ! maugréa Rudi, avant de la regarder d'un air interrogateur.

— Non ! Ça n'arrangerait rien, si ?

— Si, un truc.

— Va t'habiller !

Il disparut sans discuter sur le palier où ils avaient laissé leurs vêtements. Carmen contempla la neige par la fenêtre en réfléchissant. Ils ouvraient plus tard le dimanche, elle avait donc du temps devant elle. Si elle allumait le chauffe-eau électrique, elle pourrait sans doute prendre un bon bain chaud. D'ici une heure et demie environ. Elle soupira, mais l'alluma quand même.

Rudi la rejoignit peu de temps après dans la chambre, habillé, fermant les boutons de sa veste avec cette agilité qui la laissait admirative.

— Argh, dit-il en l'attirant vers lui. Ne t'en fais pas. Y'a pas mort d'homme.

— C'est vrai, approuva-t-elle, se sentant au plus mal.

Les enfants comptaient tant pour elle. Et si elle n'avait plus le droit de les voir ?

— Dans un an, tout sera oublié.

— Dans un *an* ?

— Une semaine. Je veux dire une semaine, se reprit-il au moment où le téléphone de Carmen se mettait à sonner.

Elle se rua sur l'appareil, puis regarda le numéro.

— Sofia ?

Elle secoua la tête.

— Pire.

Il parut perplexe.

— C'est notre mère, expliqua-t-elle, rejetant l'appel. Pff, Sofia fait toujours ça : elle donne sa version des faits en premier.

— Mmh.

— Tu crois… tu crois que ça va blesser les enfants ?

— Pas si on est honnêtes, j'imagine. Tu as dit qu'ils avaient des cours d'éducation sexuelle ? Heureusement qu'ils ne sont pas dans une école catholique.

— Oh noonnn. Bien plus progressiste. Cela dit, Phoebe m'a demandé s'il fallait faire l'amour plusieurs fois pour avoir un bébé. J'ai répondu, oui, parfois, et elle a dit, ben oui, parce qu'il faut faire les mains, puis les pieds, puis les doigts, la tête…

— Elle croit…, commença Rudi avec une grimace.

— Je crois qu'elle pense qu'on fabrique un bébé avec le sperme.

Il porta une main à son front.

— Oh bon sang. Du coup, ça va *peut-être* permettre d'avoir une discussion nécessaire ?

Il attrapa son téléphone.

— Sofia va mettre combien de temps à se calmer, d'après toi ?

— Six à huit mois, répondit-elle au moment où le portable de Rudi se mettait à sonner.

Le nom de Sofia s'afficha, et Carmen s'éclipsa dans la salle de bains.

— Allô ? fit-il d'une voix hésitante.

Elle entendit des murmures. Elle avait beau tendre l'oreille derrière la porte, personne ne haussa le ton. Puis il y eut un « oui oui », un « oui, d'accord » et, enfin, ils raccrochèrent. Elle lui laissa moins d'une demi-seconde.

— Alors ? Quoi ? Quoi ? Qu'est-ce qui se passe ? Tu es viré ? Dis-moi.

Rudi leva la main.

— Ça va, calme-toi. Bon, je ne suis pas viré. Même si elle m'a demandé si je voulais partir. Ce qui n'est pas le cas. C'est un bon poste. J'aime les enfants. Si tu voyais les énergumènes auxquels j'ai eu affaire par le passé.

Elle sourit.

— Ils sont géniaux, hein ?

— Donc. Bref. Non. Je dois en parler avec eux et leur dire que c'était innocent.

— Ça *l'était* !

— Oui. Puis elle a dit que, s'ils étaient d'accord…

Il n'acheva pas sa phrase, et Carmen lui jeta un regard perçant.

— Tu me caches quelque chose.

— Comment ça ?

— C'est tout ce qu'elle a dit ?

— Euh, pourquoi ? demanda-t-il, l'air un peu mal à l'aise, en regardant l'heure sur son téléphone.

— Qu'est-ce qu'elle a dit d'autre ? Dis-moi, je suis sérieuse.

— Elle a dit... elle a dit...

Il poussa un soupir.

— Tu l'as vraiment énervée.

— Ouais, elle me l'a bien montré, répondit-elle en levant les yeux au ciel. Qu'est-ce qu'elle a dit ? Il faut que je sache. Je vais devoir lui faire face si je veux revoir les enfants.

— Elle a *peut-être* dit que tu l'avais fait exprès pour te venger et qu'il ne fallait pas que je te prenne trop au sérieux.

— *Quoi ?*

— Oh bon sang, se dit Rudi à lui-même. J'ai des sœurs. La règle de base quand on a des sœurs, c'est de ne jamais intervenir dans leurs histoires. Qu'est-ce qui me prend ? Rien. Elle n'a rien dit.

— Donc, toi, tu es complètement innocent et, moi, je suis la méchante Carmen qui t'a attiré dans ma toile maléfique et qui a tout gâché par vengeance, tout ça parce qu'elle m'a viré de son putain de sous-sol ?

— Je ne...

— Bon Dieu ! C'est vraiment une horreur.

— Enfin...

Rudi ne savait plus où se mettre.

— Oh, tu peux partir, lança-t-elle, dans une colère noire. Tu peux retourner dans le monde parfait de

Sofia, que je ne voudrais surtout pas gâcher en imposant ma présence.

— Ça n'arrivera pas. Je vais parler aux enfants.
— Je n'ai sans doute plus le droit de les approcher.
— Elle a juste eu un choc. Elle va se calmer.
— Si tu le dis. Elle semble s'être vite calmée à ton sujet.
— Ça lui passera.

Mais Carmen semblait toujours triste, renfrognée. Rudi s'approcha d'elle et la serra dans ses bras.

— Tu veux que je reste ?
— Non ! Je veux que tu ailles calmer mes neveux. Le plus vite possible.
— O.K., répondit-il, mais il s'attarda encore un moment. C'était bien, quand même.
— C'était bien, jusqu'à ce qu'on se mette à hurler.
— Ben, si ça te tente de hurler pour autre chose…

Elle le dévisagea.

— Tu es incorrigible.
— Merci !

CHAPITRE 33

OKE SE RÉVEILLA PEU APRÈS MINUIT. L'hôpital était silencieux, le plus silencieux possible, du moins – il entendait des bruits étouffés de pas précipités, au loin, des voix murmurer tout bas dans le couloir.

Mais quelque chose avait changé. Sa tête. Il avait l'esprit clair. Pour la première fois, tout au fond de lui, il sut qu'il allait mieux. On lui avait enlevé sa perfusion, et il suivait désormais un traitement oral. Il mangeait, même ses rêves n'étaient plus délirants – il ne le croyait pas, en tout cas.

Certes, il ne se rappelait pas vraiment ce qui s'était passé dans cette chambre, dans ce lit d'hôpital. C'était en grande partie flou.

Mais il savait qui il était. Il savait où il était et ce qui lui était arrivé – le paludisme, virulent et très grave quand on l'attrape si loin de tout. Il aurait pu mourir. De nombreuses personnes en mouraient.

Il ouvrit la vieille fenêtre. Un tourbillon d'air chaud pénétra à l'intérieur, sentant le gazole et la végétation.

La rumeur de la ville monta jusqu'à lui : de la musique, des motos qui roulaient à toute allure. Il regarda dehors. C'était son pays. C'était beau. Il pensa au visage de sa mère, si soucieux, et à ses sœurs. Il aimait profondément sa famille. Mais l'idée qu'on le ramène à la maison, qu'on le nourrisse, le dorlote, qu'on se tracasse pour lui... et Mary l'inquiétait, elle aussi. Il savait ce qu'elle avait en tête, ce que leurs familles avaient en tête. Tous les membres de leur communauté seraient ravis, tout le monde verrait ça d'un bon œil. Ce serait facile.

Mais Oke avait toujours désiré davantage. Il avait de la chance d'avoir des racines solides, il le savait, mais il avait toujours voulu étendre ses branches, explorer de nouveaux territoires. C'était plus fort que lui. Il rêvait d'horizons lointains et, maintenant, de mondes plus froids.

Il contempla la lune encore un moment. Il ne voyait pas les étoiles à cause de la pollution urbaine, mais il savait qu'elles étaient là.

Il fit les cent pas dans sa chambre, se sentant plus en forme, buvant de l'eau. Il avait l'impression d'être un lion en cage, pris au piège. Il se sentait fébrile, fort et n'avait aucune envie de dormir.

Il alluma la télé et tomba une nouvelle fois sur la bande-annonce. Il la fixa. Puis il se retourna dans la chambre vide, prit une profonde inspiration, attrapa son sac... et quitta l'hôpital.

CHAPITRE 34

CARMEN DESCENDIT OUVRIR LA BOUTIQUE. Voir les nouveaux luminaires s'allumer entre les rayonnages, jusqu'au fond de la réserve, lui procura un sentiment de satisfaction : elle eut l'impression d'être à la tête d'un grand domaine. Elle alluma les illuminations dans les vitrines : le train électrique, qui ne manquait jamais d'attirer les foules, s'ébranla sur son circuit enneigé. Cette année, dans la seconde vitrine, à côté de la maison de poupées peuplée de souris, elle avait ajouté un arbre sans feuillage décoré de lumières scintillantes et une petite voiture de collection qu'elle avait trouvée dans le grenier de M. McCredie.

Il y eut beaucoup de monde ce matin-là : des petites familles, sorties se promener dans le froid hivernal, étaient ravies de trouver un magasin ouvert où flâner.

— Bonjour ! la salua un homme d'un certain âge affublé d'une longue barbe, qui portait une veste et une casquette en tweed, et un gros pull en Fair Isle

– manifestement soit un professeur d'université, soit quelqu'un qui aimerait beaucoup qu'on le prenne pour tel.

— Je cherche un livre. J'espère que vous saurez de quoi je parle. Il est violet.

Carmen sourit. Elle avait enfin une réponse à ce genre de demande. L'une des premières choses qu'elle avait faites dans le nouvel espace était de regrouper les livres isolés qu'elle ne parvenait pas à classer dans un grand présentoir, où elle les avait rangés par couleurs. Quelques puristes s'en étaient plaints, mais les enfants s'extasiaient devant cet arc-en-ciel, qui égayait un coin sombre de la réserve. En plus, elle pouvait y diriger les clients qui avaient des demandes impossibles.

— Vous trouverez notre rayon violet dans le coin du fond, Monsieur, lui indiqua-t-elle.

L'air un rien surpris, l'homme s'y rendit d'un pas tranquille. Entra ensuite une dame qui avait une longue liste d'achats de Noël (ce qui était pratique), mais qui avait oublié ses lunettes (ce qui l'était moins) et refusait de laisser Carmen regarder sa feuille : l'opération nécessita donc beaucoup de patience. Tandis qu'elle servait un troisième client tout en gardant un œil sur le bébé d'un autre, qui comparait le goût des livres cartonnés, le couple d'intellos qui était déjà venu se faufila à l'intérieur en gloussant, main dans la main, puis disparut dans la réserve. Carmen leva les yeux au ciel. Mais bon, il faut dire que Rudi avait remarqué que du gui poussait le long d'un petit pot de houx dans le jardin d'hiver et lui avait suggéré de le tailler. Elle en avait donc accroché des brins un peu partout, sous l'œil approbateur de Bronagh, qui lui avait dit qu'elle allait rêver de son grand amour, ce qui ne l'avançait pas à grand-chose, c'est le moins qu'on puisse dire. Et puis elle n'avait aucune envie de tuer dans l'œuf ce qu'ils considéraient manifestement comme une escapade au goût d'interdit. Mais ça ne l'arrangeait pas, et elle ne voulait pas que les autres clients qui aimaient déambuler dans la réserve – les enfants, en particulier – tombent sur une scène... perturbante. Parce qu'elle avait eu son compte de ce côté-là.

N'empêche, elle était heureuse que le magasin soit plein. Le monsieur barbu lui acheta un beau guide des vins violet, en lui confiant que ce n'était pas exactement ce qu'il cherchait, mais ce guide avait l'air bien et il était violet, n'est-ce pas, et elle acquiesça avec chaleur. Elle vendit l'intégrale reliée de *La Saga des Cazalet* à une femme qui en parla avec un tel enthousiasme (partagé par Carmen) que la dame qui attendait derrière elle à la caisse et qui n'avait pris qu'un exemplaire de *Prune, pêche, poire, prune* se laissa tenter et finit par acheter elle aussi la série complète, promettant de revenir leur dire ce qu'elle en avait pensé. Carmen sourit, car elle savait qu'elle tiendrait parole et que ce serait reparti pour un tour – c'était toujours comme ça avec les livres d'Elizabeth Jane Howard. Elle pensa à cette romancière et à son ex-mari, Kingsley Amis, qui avait freiné ses ambitions littéraires, un peu comme Mozart et Salieri dans *Amadeus,* un nom passant à la postérité, l'autre sombrant dans l'oubli.

Puis elle pensa aux enfants, l'air sombre, se demandant quoi faire. Rudi arrangerait tout, bien sûr. Non ? Et ils s'en remettraient ? Ils ne seraient pas marqués à vie, hein ? Et pourquoi Sofia s'était mise dans un état pareil, d'abord ? Elle ne supportait pas que quelque chose lui échappe, et ce n'était pas juste.

D'autres personnes entrèrent d'un air affairé. Elles cherchaient des romans policiers à l'ambiance feutrée, à lire pelotonnées au coin du feu en sirotant un verre de sherry ; de longues sagas familiales dans lesquelles se plonger, comme dans un bon bain chaud ; les œuvres d'amis qu'elles prenaient plaisir à retrouver année après année – Stephen King, Ian Rankin, Sophie Kinsella ; des livres inédits, différents, que Carmen leur conseillait avec entrain – Percival Everett, Bonnie Garmus.

Les gens s'attardaient devant les jolis rayons de Noël : *Les Quatre Filles du docteur March*, en quatre coloris (vert pour les fans de Jo, rouge pour ceux de Meg, gris clair pour Beth et, bien sûr, bleu pour Amy), installés sous une couronne en vichy ; un beau coffre orné que Carmen avait subtilisé dans l'entrée de M. McCredie, empli d'exemplaires de *La Boîte à délices* ; tout un présentoir mural de *Jour de neige*, un livre si frais, au dessin si graphique, qu'il semblait avoir été écrit hier.

Le feu crépitait dans la cheminée à l'arrière du magasin, et leur nouvelle politique « chiens bienvenus » avait contribué à augmenter la fréquentation au-delà des espérances de Carmen. Avoir un fidèle compagnon semblait être devenu obligatoire, sans qu'elle ne le remarque. Ça ne la dérangeait pas du tout : elle avait rarement rencontré un toutou qu'elle n'aimait pas, et un représentant lui avait fait un cadeau parce qu'elle avait passé une grosse commande de *Comment guérir votre chien à Noël*, de Blair Pfenning. Ce livre complètement nul recommandait de caresser son animal. Mais sa couverture arborait une photo de Blair, le brushing avantageux, vêtu d'un pull-over de style champêtre, un magnifique labrador chocolat dans les bras, tous deux affublés d'un bonnet de père Noël, les dents très blanches. Le livre s'était vendu comme des petits pains, et Carmen se retrouvait donc avec une pleine boîte de friandises pour chiens, qu'elle prenait grand plaisir à distribuer, surtout aux bâtards les plus laids et miteux qu'elle pouvait trouver et qu'elle photographiait pour la page Instagram de la librairie, en taguant Blair. Elle ne le taguait jamais sur les photos des plus beaux spécimens.

À sa grande surprise, elle passa une bonne journée, chargée. Elle enregistra les ventes et accueillit les habitués, un sourire collé aux lèvres. De toute façon, elle ne pouvait rien faire de plus.

M. McCredie descendit, un thé à la main, qu'il buvait dans une vraie tasse, comme toujours. Il la regarda.

— Les affaires marchent bien !

— Mais…, commença-t-il, l'air accablé.

— Et je vous paie un loyer, n'oubliez pas !

— Oui, mais tu le paies avec ton salaire, donc, au bout du compte, ça ne change pas grand-chose. C'est décompté des recettes.

— Ah. Peut-être que je pourrais… euh… me dépêcher d'ouvrir une boutique en ligne.

— Ce serait possible, ça ?

— Dix jours avant Noël ? Pas vraiment. Rappelez-le-moi en janvier. En janvier dernier, ajouta-t-elle sombrement.

— Je ne sais pas ce qu'est une boutique en ligne.

— Ça permet d'envoyer des livres dans le monde entier.

— Mais on le fait déjà !

— Oui, si les gens nous envoient une lettre par voie postale. Il nous faut une adresse mail, un site Internet et…

M. McCredie acquiesça, puis son visage s'illumina quand un client entra demander s'ils avaient en stock un ouvrage sur l'ancienne gare du Caledonian Hotel, dans le vieil Édimbourg. C'était un sujet de niche, à tout point de vue, dans lequel M. McCredie se lança donc volontiers. Il ne pourrait peut-être pas partir en expédition, songea-t-elle, mais avoir ouvert la réserve restait une bonne chose. Il faudrait qu'elle remercie à nouveau Crawford quand elle le verrait. Il avait vraiment fait une bonne action – ou la rue, plutôt, avait-il insisté, refusant ses remerciements d'un geste. Ça leur permettrait de tenir jusqu'à Noël, et au-delà, même si M. McCredie ne parvenait pas à réaliser son rêve. Oh, et elle devait une bonne action à Bronagh, se rappela-t-elle. Elle ajouterait ça à sa très longue *to-do list*.

Un client sortit dans un tintement de cloche, et elle poussa un soupir, le magasin étant temporairement vide. Elle tendit l'oreille. Il manquait quelque chose. Mais quoi ? Mettre le doigt sur une chose absente est difficile, mais elle finit par se rendre compte qu'il s'agissait de la cornemuse au bas de la rue.

Bobby devait l'avoir éteinte, ce qui signifiait qu'il était parti – et, au moment où elle pensait ça, il apparut.

— Bonjour ! s'exclama-t-elle, se rappelant soudain qu'elle ne l'avait pas vu à la fête de Jackson. Tes horribles cornemuses se sont arrêtées !

— Tu n'es pas au courant ?

Elle fit non de la tête.

— Tu te souviens de la panne de courant, hier soir ?

— Bien sûr, répondit-elle, s'abstenant avec tact de mentionner où elle se trouvait à ce moment-là.

— C'était chez Jackson McClockerty.

— Vraiment ? lança-t-elle d'un ton neutre.

— Il a surchargé l'ensemble du réseau électrique, ce qui a provoqué la panne ! Et il a mis le feu à sa maison !

— Il a fait *quoi* ? fit-elle en levant vite les yeux.

— Ouais ! Il a une grosse maison à Barnton, apparemment. Mais plutôt moderne. Du coup, elle s'est enflammée comme du petit bois.

Carmen était incrédule. Ce n'était pas possible. Cela dit... elle pensa au pin, aux colonnes en plâtre, aux tapis inflammables qui recouvraient le sol et, bien sûr, aux bibelots exposés un peu partout.

— Oh bon sang ! Bon sang ! Tout le monde va bien ?

Elle se rappela les sirènes hurlant dans la nuit noire. C'était donc là qu'elles allaient.

— Oui... Il avait beaucoup d'invités, mais ils étaient tous dans le jardin en train de regarder un feu d'artifice, expliqua-t-il d'un air désapprobateur. T'imagines, il nous soutire tout un tas de fric, ainsi qu'aux touristes qui achètent toutes ses daubes, pour le dépenser en feux d'artifice, en fêtes et en autres bêtises du genre.

— C'est clair, répondit-elle en se mordant l'intérieur de la bouche.

— Il dit que sa maison est fichue. Qu'il ne reste rien. Donc, bref, on est plusieurs à y aller tout à l'heure, pour lui donner un coup de main..., expliqua Bobby en regardant ses pieds.

— Tu rigoles ? Vous allez aider ce sale type ?

— Ben, il fait partie de la rue. Je ne dis pas que ça me plaît. Je dis juste que c'est ce qu'on fait ici. On s'entraide. On l'a toujours fait.

— Mais il n'aide pas, lui ! C'est le *méchant* !

— Je dis ça comme ça. Tu n'es pas obligée de venir.

— Vous y allez tous ?

Effectivement, en fin de journée, tandis qu'elle mettait de l'ordre, elle vit Crawford, Bronagh, Dahlia, du café, et plusieurs autres commerçants de la rue entrer dans la quincaillerie pour ressortir armés de seaux et de brosses. Puis ils montèrent dans l'énorme Jaguar rutilante de Crawford, qui hurla inutilement sur une pervenche en train de lui mettre une amende, alors qu'il s'était garé environ quinze secondes, warnings allumés, le temps de prendre quelques passagers.

Carmen les fixa, puis se retourna. Elle regarda la boutique vide, plongée dans le noir. Sa chambre froide et solitaire l'attendait à l'étage. Elle pensa à la bonne action de Bronagh.

— ATTENDEZ-MOI !

CHAPITRE 35

Carmen tripota son téléphone pendant tout le trajet, vérifiant et revérifiant que Sofia ne lui avait pas écrit – pour s'excuser platement, bien sûr. Mais non. Elle devait toujours être folle de rage. Elle envoya un texto à Rudi pour savoir ce qui se passait. Les points de suspension indiquant qu'il tapait sa réponse s'éternisèrent, mais elle finit par arriver.

« Ben, Pippa est venue me dire qu'on n'allait pas bien ensemble et qu'elle savait de quoi elle parlait, puisqu'elle avait un petit ami. »

« Bon sang, elle a encore raison », répondit Carmen, agacée.

Rudi lui envoya un smiley.

« Par contre, Phoebe croit qu'on va se marier. Elle va être déçue, il va falloir y aller en douceur. Elle veut que tu reviennes et que tu partages ma chambre, mais elle ne veut pas qu'on ait d'enfant, parce qu'on les a déjà, eux. »

« Je suis tentée de le faire, juste pour énerver ma sœur. »

« Je ne vois pas de meilleure raison pour se marier. »

« Et Jack ? »

« Jack n'en a rien à secouer. »

« Bien, bien. »

Elle regarda par la fenêtre. George Street grouillait de gens en train de faire leurs achats de Noël. Ils faisaient la queue devant le restaurant The Dome, avec sa décoration chargée mais magnifique : des guirlandes lumineuses s'enroulaient autour d'imposantes colonnes, il y avait des sapins et des nœuds partout. Il fallait déguster un poisson dans cet établissement si on voulait vivre un vrai Noël édimbourgeois. Le long de la route, les enfants s'émerveillaient devant ce spectacle féérique ; des mères et leurs filles, de tous les âges, se promenaient en bavardant ; on voyait des bonnets à pompon partout et de grands sacs en papier marron de chez Zara, Primark et John Lewis, dont dépassaient des rouleaux de papier cadeau. C'était l'effervescence, et les gens avaient hâte de s'arrêter quelque part pour boire un thé ou un verre de prosecco.

Ils durent tourner, car une immense patinoire avait été installée dans la rue, en occupant une bonne partie. On entendait de la musique, les rires et les cris des enfants emplissaient l'air, tout comme l'odeur des saucisses et du vin chaud. Les austères bâtiments géorgiens de New Town scintillaient de lumière, repoussant l'obscurité – car, mi-décembre, il faisait presque toujours noir. C'était magnifique. Et Carmen se sentit plus seule que jamais.

« Et ma frangine ? » tapa-t-elle. Il y eut une longue interruption et beaucoup de points de suspension qui s'effaçaient, comme si Rudi écrivait quelque chose avant de se raviser. Puis, enfin :

« J'attendrais un jour ou deux, si j'étais toi. »

Elle ferma les yeux. Bon sang. Ça allait être horrible à Noël. Enfin, si elle était toujours invitée, bien sûr.

**

Quand ils s'engagèrent dans l'impasse, ils se retrouvèrent face à une vision désolante.

L'affreuse baraque était toujours debout, mais elle ruisselait d'eau, et l'odeur de brûlé et de détritus était très forte. Les huisseries en pin avaient été consumées par les flammes, la peinture des colonnes était ravagée. Le jardin était jonché de cochonneries noircies, et de la fumée se dégageait toujours des illuminations calcinées. Carmen fit les gros yeux à Bronagh, mais cette dernière regardait fixement par la fenêtre en fredonnant, en toute innocence.

Jackson, dans l'embrasure de la porte, regardait autour de lui, abasourdi. Il en imposait toujours, mais son assurance, son aplomb s'étaient envolés. Son catogan s'était défait : sa nuque longue bouclée lui tombait dans le cou, complètement ébouriffée. Et, contre toute attente, il portait un poncho de surf, qu'il avait sans doute acheté sur un coup de tête pour faire de la natation hivernale : il avait l'âge pour acheter ce genre de bêtises. Il devait aussi avoir pour 5 000 livres d'équipement de vélo dans son abri de jardin, songea Carmen, peu charitable.

Il leva les yeux en les voyant approcher, puis se renfrogna.

— Qu'est-ce... qu'est-ce que vous faites là, vous ? Si c'est à propos des loyers, ce n'est pas le moment.

Crawford secoua la tête.

— On est là pour donner un coup de main, bien sûr.

— J'ai apporté des balais ! ajouta Bobby.

— Ah, fit-il, surpris. Ah bon.

— Quoi ? fit Crawford. Je pensais qu'une armée serait là pour vous aider.

— Où sont... où sont vos amis ? l'interrogea Carmen, surprise de ne voir personne.

Il y avait des centaines d'invités ici la veille au soir. Des centaines d'invités qui buvaient son alcool, mangeaient sa nourriture et souillaient sa moquette.

Jackson pouffa.

— Ils se font plutôt rares. Bizarre, pas vrai ?

Carmen eut soudain de la peine pour lui, ce qui était ridicule vu qu'il essayait de lui faire perdre son job, ou un job qu'elle aimait, du moins.

— Ah, mais, au moins, Minky est...

— Minky est partie chez sa mère, la coupa-t-il, l'air abattu, ce qui ne lui ressemblait pas. Elle m'a dit qu'elle n'avait pas signé pour ça.

Carmen se rappela les yeux énamourés de son épouse quelques heures plus tôt seulement, quand il lui chantait la sérénade. Ben ça alors.

— Bon, dit-elle en tapant dans ses mains.

Il gelait dehors.

— On ferait mieux de s'y mettre.

**

Il ne faisait pas beaucoup plus chaud à l'intérieur. L'installation électrique ne marchait plus, mais des lampes à pétrole avaient été disposées un peu partout pour éclairer les dégâts : des piles de nourriture carbonisées, des éclats de verre dans tous les coins, des meubles sales et inutilisables, sinon carrément fondus. Les seaux et les balais résistants de Bobby convenaient parfaitement à la tâche, mais la maison était impraticable.

Carmen attrapa l'un des gros sacs-poubelle noirs, et ils se mirent tous au travail.

— Vous êtes assuré ? demanda-t-elle à Jackson quand ils se retrouvèrent côte à côte.

— Eh bien, en théorie, oui. Sauf qu'apparemment, lancer des feux d'artifice à côté d'un garage plein de matériaux synthétiques est, je sais pas, illégal ou un truc du genre. Mais ça ira. Il faut juste que quelqu'un me débarrasse de tout ça pour l'assurance.

Pour la première fois, il parut peu sûr de lui.

— Ouais. Je vais régler ça. Je vais trouver quelqu'un pour tout prendre.

— Le conseil municipal ne va pas venir vous sucer le sang ou aspirer votre âme immortelle, ni rien ? plaisanta-t-elle.

Il la dévisagea, avec une expression hagarde.

— Je plaisante, précisa-t-elle aussitôt en nouant un nouveau sac-poubelle. Alors, où allez-vous loger en attendant ?

— À l'hôtel, j'imagine, répondit-il avec un haussement d'épaules. Le Caledonian est pas mal, non ?

Eh ben, ça va pas si mal, songea Carmen, puisqu'il évoquait le plus bel hôtel de la ville, et le plus cher.

— Vos affaires..., dit-elle en balayant des yeux tous les bibelots fondus.

— Argh, ce n'est que du matériel, non ?

Après s'être échinés dans la cuisine, ils alignèrent tous les sacs-poubelle sur le trottoir – ils auraient bien eu besoin d'une benne à ordures. La tâche était titanesque, et Carmen commença à avoir chaud, et même à transpirer, malgré le froid glacial.

Quand la benne finit par arriver, ils entreprirent de la remplir, sous l'œil des voisins.

Aucun d'eux n'eut un mot gentil, aucun d'eux ne leur proposa son aide : cette attitude était peu commune en Écosse, où la majorité des gens venait donner un coup de main qu'on leur ait demandé ou non, et avait des conseils à prodiguer dans la plupart des situations.

— Jackson, dit Carmen au bout d'un moment, en s'essuyant le front. Est-ce que vous avez invité vos voisins à votre fête ?

— Nan, c'est une bande de gros snobinards coincés. On pourrait croire qu'ils aimeraient entendre de la musique potable de temps en temps ou le moteur d'une belle voiture, mais non. Ils ne sont jamais contents et ne font que se plaindre.

— Vous êtes incurable, commenta-t-elle en secouant la tête.

— Je ne connais pas ce mot. C'est un terme savant, non ?

— Oui, oui.

— Bref, quelle taille font les chambres, au Caledonian ?

Carmen leva les yeux, puis se rendit dans le « bureau », qui n'était pas ouvert pendant la fête. Lambrissé de panneaux imitation chêne qui commençaient à se décoller, il était meublé d'un faux bureau d'époque gigantesque et d'une bibliothèque, remplie, découvrit-elle, horrifiée, de livres décoratifs, semblables aux boîtes de rangement dont se servaient ses parents pour leurs VHS.

— Qu'est-ce que c'est que cette pièce ?

Le bureau avait échappé aux flammes : il était plus ou moins intact, y compris un énorme ordinateur doté de trois écrans.

— C'est sinistre. C'est là que vous espionnez les gens ?

— Quoi ? Non, répondit Jackson en la suivant à l'intérieur. C'est là que je gère mes affaires. Une entreprise moderne, rentable. Je ne me sers pas d'une plume d'oie, comme vous autres.

— Peut-être, mais vous, vous avez vraiment une plume d'oie ! s'esclaffa-t-elle en avisant une plume en plaqué or tarabiscotée, démesurée, posée sur le bureau.

C'était d'un ridicule achevé.

Il eut une moue.

— Je n'en reviens pas que vous ayez acheté de *faux livres*. J'aurais pu vous faire un prix pour des bouquins dont les gens ne veulent pas, mais qui ont de belles reliures, vous savez. Au moins, ça aurait été des vrais.

— J'ai essayé, expliqua-t-il en montrant le mur derrière lui, où se trouvait une vraie bibliothèque. Ça pèse une tonne.

Carmen s'en approcha avec un sourire. C'était plus fort qu'elle : elle ne pouvait pas passer à côté d'une bibliothèque sans y jeter un œil, elle ne savait pas faire. Jackson prit la plume d'oie dorée et la fit tourner dans sa main, comme s'il la voyait pour la première fois.

— Je l'ai achetée quand j'ai gagné mon premier million, dit-il dans un souffle.

Carmen tint sa langue. Ces vieux livres, une sélection hétéroclite, avaient été achetés pour la couleur de leur dos (rouge, vert, marron), non pour leur sujet.

— Vous savez, les seules personnes qui sont venues m'aider…, commença Jackson. Les seules personnes qui se sont inquiétées de mon sort…

Il s'interrompit.

— C'étaient des gens qui voulaient avoir des détails croustillants à raconter à la presse.

Elle ne répondit pas.

— Et c'est tout. Personne. Vous êtes les seuls à être venus *m'aider*. C'est vous, mes vrais amis. Vous… vous avez… pensé à moi, dit-il d'une voix étranglée.

Carmen était de plus en plus mal à l'aise.

— Ça va aller.

— Oh, oui... j'ai de l'argent. Mais... mais je croyais avoir beaucoup d'amis.

— Vous nous avez, nous, se surprit-elle à répondre.

Et là, elle l'aperçut. Et elle poussa un petit cri d'excitation.

CHAPITRE 36

Carmen sortit le livre lentement, avec précaution.
— Donc...

Jackson continuait de parler, et elle s'efforçait de l'écouter, mais elle ne pouvait s'empêcher d'être surexcitée.

C'était un vieux livre relié. Pas la première édition, elle le vit tout de suite. Mais presque mieux : un petit éditeur, un tirage limité, richement illustré. Au format A4, il contenait de superbes planches en couleurs, de beaux dessins de la ville.

— J'y crois pas, murmura-t-elle en s'essuyant rapidement les mains avant de poser délicatement le livre.

— Quoi ? demanda Jackson en s'approchant.

— N'y touchez pas ! cria-t-elle.

— *Sur les toits* ? Qu'est-ce que c'est que ça ?

— C'est un livre pour enfants. Écrit il y a longtemps. Il est épuisé... mais les gens ne l'ont jamais oublié. Pas vraiment.

— Et donc quoi ? lança-t-il en haussant les épaules. Il vaut quelque chose ?

— Oui. Vous avez beaucoup de chance. Ce n'est pas l'édition originale, mais l'édition illustrée... Cet artiste a illustré beaucoup d'autres ouvrages par la suite. Oh bon sang, il contient les planches originales des cartes.

Elle porta sa main à sa bouche.

— Il faut que je raconte ça à M. McCredie... Je n'en avais encore jamais vu un en vrai.

— De quoi ça parle ?

— C'est l'histoire de trois enfants, Wallace, Michael-Francis et Delphine. Delphine s'enfuit sur le toit de leur appartement londonien, puis se fait kidnapper par la Reine de l'au-delà, et ses frères doivent aller à son secours sans mettre pied à terre.

La voix de Carmen se fit songeuse.

— Ils doivent traverser tout Londres sur les toits et sur les grues, jusqu'à Gallions Reach.

— Ça a l'air nul.

Elle lui jeta un regard sévère.

— C'est vrai. Vous détesteriez.

— Vous n'avez qu'à le prendre alors, répondit-il avec désinvolture en se dirigeant vers la porte.

Elle leva les yeux, stupéfaite.

— Quoi ?

— Ben...

Ça sembla faire tilt.

— Il ne vaut pas un million ou un truc du genre, si ?

Elle secoua la tête.

— Oh, non. Non. Pas **autant.** Non. Mais il vaut une belle somme.

Elle eut un cas de conscience. Si elle lui disait qu'il valait vingt livres, il ne le remarquerait même pas. Il n'en aurait rien à cirer. Même si elle lui disait qu'il en valait cinquante, il serait peut-être d'humeur généreuse. Mais elle mentirait, et ce serait du vol. Et ce livre... ce livre comptait trop pour elle. Elle contempla sa couverture, ornée d'un sublime dessin des enfants et de leur ami Robert le pigeon voyageur, qui n'avait qu'une patte, en train de grimper sur le dôme de la cathédrale Saint-Paul. Elle poussa un soupir. Et dit la vérité.

— Quelques milliers de livres.
— Pour un bouquin ? Qui paierait autant pour un bouquin ?
— Des tas de gens.
— Vraiment ? Mmh.

Il regarda le livre, puis Carmen, en salopette, avec des gants de ménage tout sales, un sac-poubelle dans une main. Une des seules personnes qui étaient venues l'aider.

— Si je vous le donne, vous ne me laisserez pas reprendre votre bail, n'est-ce pas ?
— Je peux vous assurer que si vous repreniez le bail, je serais l'employée, et peut-être la locataire, la plus pénible que vous ayez jamais eue. Je deviendrais votre pire cauchemar, je vous ferais vivre un enfer.
— Je croirais entendre mon ex-femme.
— À côté de moi, toutes vos ex-femmes vous paraîtraient adorables, douces comme des agneaux, enchaîna-t-elle. Et la morsure d'un serpent vous paraîtrait aussi douce que la caresse de l'été.

Jackson sourit, puis secoua la tête.

— Prenez-le, dans ce cas. Mais ne parlez de ma générosité à personne.
— Motus et bouche cousue ! Je continuerai à dire que vous êtes une ordure, comme je le fais maintenant.
— Et joyeux Noël, bien sûr.

CHAPITRE 37

Dès que Carmen put s'échapper, elle sauta dans un bus et se dépêcha de rentrer chez M. McCredie, les yeux rivés sur le fabuleux trésor rangé dans son sac. Sa couverture dorée brillait, comme si elle avait été peinte la veille : les enfants escaladaient le grand dôme au péril de leur vie. Elle ne voulait pas l'ouvrir, de peur de craqueler le dos, et trouvait ça terriblement frustrant.

Comme d'habitude, le bus progressa lentement, cahin-caha, et Carmen, incapable d'attendre plus longtemps, agacée par la circulation, les trams et les sempiternels travaux de voirie, descendit en haut de Queensferry Road et s'élança sur le trottoir, marmonnant presque d'excitation.

Elle avait les joues rouges, et l'air glacial lui déchirait les poumons dans l'obscurité, mais elle s'en moquait. Elle passa en trombe devant les foules de valeureux fêtards qui bravaient le froid sur Grassmarket : ils riaient, braillaient en mangeant des hot-dogs aux stands du marché de Noël, se réchauffant les mains autour de leur gobelet en plastique rempli de vin chaud. Elle fonça devant les pubs et les restaurants pleins à craquer aux vitres embuées, des gouttelettes de condensation dégoulinant des toits pour atterrir sur les blousons et sur les visages réjouis aux joues roses. Elle longea à toute allure les cuisines qui préparaient du chevreuil, de la dinde, des chipolatas, du chou, des rôtis de champignons aux noix bien chauds et du saumon fumé parfaitement présenté, le tout accompagné de champagne ou de vin à la robe d'un rouge profond. Elle poursuivit sa course devant la fanfare de l'Armée du salut, dont l'un des membres agitait une boîte en étain, au moment où les cuivres entonnaient « *Once in Royal David's City* », rendant ce vieux chant de Noël encore plus doux, plus profond. Une foule de passants déambulait dans Victoria Street, les bras chargés de sacs, des enfants chaudement vêtus sur les épaules, accompagnés de chiens affublés de guirlandes autour du cou. Tout le monde était de sortie en cette belle soirée, aurait-on dit. Elle se dépêcha de monter la rue en direction de la librairie, son écharpe rouge flottant derrière elle.

Une haute silhouette, d'une extrême maigreur, pas assez habillée pour ce temps, les mains serrées autour d'une tasse de thé, l'observait avec tristesse. Oke était en bas de la rue, sur Grassmarket, où il venait de sortir du café, mais Carmen passa devant lui sans même le remarquer.

**

Près de la caisse, l'air tout triste, M. McCredie tripotait un Nessie en tartan, dont les yeux en boutons s'étaient déjà détachés : ils gisaient là, terrifiants, quand Carmen fit irruption dans le magasin.

— Bigre, dit-il doucement. Et ne fais pas autant de bruit, s'il te plaît : je crois que des gens sont en train de se bécoter dans la réserve.

— Ben *dites-leur d'arrêter*, alors ! s'écria-t-elle. Hé ! Les intellos ! Allez voir ailleurs si j'y suis !

Elle se rua sur M. McCredie, incapable de se départir de son sourire.

— Quoi ? Écoute, Carmen, je crois que ce n'est pas si mal...

— Oubliez ça, répondit-elle en faisant tomber le Nessie en tissu qui atterrit directement dans la poubelle. Regardez !

Et, tandis que les deux tourtereaux s'éclipsaient dans leur dos en riant sottement, elle ouvrit son sac pour lui montrer son trésor.

Sur le trottoir, Oke jeta un coup d'œil à l'intérieur ; il faisait noir dehors, mais une lumière chaleureuse luisait dans la librairie. Il remarqua qu'ils avaient agrandi la boutique – une idée de Carmen, il en était certain. C'était beau : plein de couvertures magnifiques, tentantes, de jolies éditions. Des livres partout. Le train électrique allait son petit bonhomme de chemin et les souris étaient à table, nota-t-il, de minuscules plats de fruits et un gros poulet rôti en plastique posés devant elles.

Et Carmen et M. McCredie, tête contre tête, étaient penchés sur quelque chose – il ne voyait pas quoi, mais Carmen riait, s'exclamait, et M. McCredie secouait la tête, l'air ébahi, enchanté.

Il n'en fallut pas plus pour le décourager.

Oke tourna les talons. Il avait mal au crâne. Il avait fait un très long voyage et était épuisé. Spoons l'avait accueilli à bras ouverts, c'était déjà ça, mais il avait repoussé ses limites – sans compter que toute sa famille était furieuse contre lui, maintenant. Il réglerait ça plus tard, il était incapable d'y penser pour le moment. La nuit portait conseil. Tout s'arrangerait.

La revoir lui avait fait l'effet d'une balle en plein cœur, l'avait brisé plus que la maladie. La voir heureuse était encore pire. Mary avait raison. Bien sûr qu'elle était trop occupée pour le contacter. Il n'était qu'un pauvre imbécile qui s'était bercé d'illusions. Coincé dans une ville qui ne voulait pas de lui, très loin de chez lui.

CHAPITRE 38

La soirée de lancement du film se déroulait le mardi. Carmen parcourut la liste que l'équipe chargée de l'organisation lui avait envoyée. Elle l'avait reçue sur son téléphone, mais n'y avait jeté qu'un œil. Maintenant qu'elle y prêtait vraiment attention, elle se rendait compte que c'était ridicule. À midi, les traiteurs s'affairaient déjà : ils demandaient avec inquiétude où se trouvaient les fours, n'arrêtaient pas de monter et descendre les escaliers, bloquant le passage.

— Du pop-corn... des montagnes de mignardises, expliqua l'attachée de presse en prenant des notes. Et le père Noël arrive à 19 heures.

— Le père Noël vient ? Pour qui ? s'étonna Carmen. Je croyais que c'était une soirée pro ?

— Tout le monde aime le père Noël, répondit la dame avec dédain. Je ne sais pas, moi, faites venir des enfants. Débrouillez-vous ! Bon. On va mettre un grand sapin dehors et une chorale chantera autour. Les chamallows arrivent... il y aura du chocolat chaud...

— Ouah, fit Carmen, gagnée par la tristesse.

Toutes les chansons qui passaient à la radio semblaient parler de l'importance d'être avec ses proches à Noël... de l'importance de l'amour et de la famille... Elle pensa à Sofia. Même si elle estimait n'avoir rien à se reprocher, elle devrait essayer de l'appeler. Et puis, il fallait toujours qu'elle fasse une bonne action. Celle qu'elle avait faite pour Jackson leur avait tellement profité qu'elle ne pouvait pas compter.

Elle devait une fière chandelle à sa sœur, elle en avait conscience. Qui d'autre l'aurait hébergée pendant toute une année ? Lui aurait ouvert son foyer, donné la chance de vivre avec sa famille ? Et, même si les apparences avaient été trompeuses, du point de vue de Sofia, séduire, devant les enfants, la meilleure nounou qu'ils avaient jamais eue, ça pouvait la ficher mal.

O.K., elle allait le faire. Elle attrapa son téléphone.

**

Sofia ne répondit pas. Oh non, était-elle toujours furieuse ? Merde. Grimaçant, Carmen appela Pippa – sur le téléphone que la fillette n'était pas censée avoir avant le lycée, jusqu'à ce que Sofia finisse par céder, comme toutes les mères du monde.

— Tata Carmen ? Tata Carmen, il faut que je modifie ma liste de Noël. J'aimerais parrainer un âne pour les pauvres.

La jeune femme sourit. Sa nièce ne semblait pas franchement traumatisée, il fallait bien l'avouer.

— C'est super, Pippa. Bien sûr, je serai ravie de faire ça pour toi. Mais tu es sûre que tu ne voudrais pas un petit quelque chose juste pour toi, parce que tu es très généreuse ?

— Oh... eh ben... *peut-être*.

— Mets tata Carmen sur haut-parleur, la somma une voix lointaine.

— Non, c'est à *moi* qu'elle veut parler ! rétorqua royalement Pippa. Sans doute pour avoir des conseils sur sa vie amoureuse désastreuse.

— Je veux vous parler à tous, expliqua sa tante.

— Ah, fit la fillette avant d'appuyer sur le bouton.

— Coucou, tout le monde, dit Carmen avant de s'éclaircir la voix. Je voulais juste vous dire que je suis vraiment désolée que vous soyez entrés quand je faisais une soirée pyjama avec Rudi. Ça ne se reproduira plus.

— Mais vous allez vous marier ? voulut savoir Phoebe.

— Non.

— Donc, tu ne vas pas te marier avec Rudi, ni avec Blair, ni avec Oke, poursuivit la petite. Oh, c'est très triste que tu ne te maries avec personne, tata Carmen.

— Ça ne me dérange pas.

Elle entendit Rudi ricaner. Il devait les accompagner à l'école en cette matinée glaciale.

— Tu as beaucoup déçu maman, expliqua Pippa d'un ton important.

— J'ai appris à vivre avec au fil des ans, répondit-elle d'une voix tendue.

— Est-ce que tu viens à notre concert ? l'interrogea Phoebe.

Carmen fut touchée au cœur. Pas vraiment pour le concert (c'était interminable et vraiment barbant), mais parce qu'elle était toujours invitée.

— Je ne manquerais ça pour rien au monde.

— Phoebe a un solo, lui apprit Pippa. On espère vraiment qu'elle ne va pas le rater.

— Et tu viens le matin de Noël ? s'enquit Jack, cherchant à savoir quand exactement ils ouvriraient leurs cadeaux.

Carmen avait évité d'y penser, délibérément. Elle ne supportait pas l'idée d'y aller dans une ambiance tendue. Et d'être de nouveau célibataire, bien sûr, avec ses parents qui s'extasieraient devant le petit Eric. Et de devoir faire semblant de s'intéresser quand les enfants ouvriraient leur montagne de cadeaux, et dire merci pour un pantalon de yoga ou un autre truc débile du genre. La tentation de rester au lit avec une bouteille de champagne et une boîte de chocolats était très grande.

— On verra. Mais ne vous inquiétez pas : j'ai de *très gros* cadeaux pour vous.

Carmen avait une préférence marquée pour les jouets en plastique pleins de lumières clignotantes (aux antipodes de l'amour que Sofia portait aux jouets artisanaux en bois), et les enfants attendaient avec impatience ses cadeaux, qu'ils considéraient comme le top du top. Ces précédentes trouvailles comprenaient une tête à coiffer, une machine à granités et une figurine du cascadeur Evel Knievel, il fallait donc qu'elle soit à la hauteur.

— Youpi ! crièrent-ils en chœur.

— Vous savez, si vous voulez…, dit-elle, passant à l'essentiel. Il y a une fête ce soir pour le film. Je croyais que les enfants n'étaient pas invités, mais il s'avère que si. Il y aura une chorale et des tas d'autres trucs… Vous pouvez venir, si vous voulez.

— Ça a l'air nul, répondit Jack.

— Oui, c'est vrai.

Elle regarda la liste de livraisons.

— Si je vous demande, c'est juste parce qu'ils font beaucoup de gâteaux… vraiment *beaucoup*. *Et* il y aura peut-être un invité très spécial !

— OKE ? l'interrogea aussitôt Phoebe.
— NON !
— Patrick ? demanda Jack en parlant de son petit copain des Highlands.
— Oh, c'est une bonne idée. Je vais leur proposer.
— Le père Noël ? lança timidement Phoebe.
— Je ne dirai rien.
— Mais il n'a pas encore commencé sa tournée.
— Il commence peut-être plus tôt à Édimbourg.
— Il ne…, voulut protester Jack, mais Pippa et Rudi le firent si vite taire que Carmen crut qu'ils l'avaient étranglé.
— Demandez à maman, conclut-elle à voix basse.

**

La société de production n'avait pas fait pas les choses à moitié. Des caméras étaient là pour filmer d'autres caméras. Il y avait même un minuscule tapis rouge sur le trottoir, si bien que les passants, forcément, s'arrêtaient pour regarder. À l'intérieur, des serveurs très séduisants proposaient du chocolat chaud et des tartelettes de Noël (vegan, hélas, milieu du cinéma oblige). Carmen se demandait déjà combien de morceaux poliment recrachés dans une serviette elle trouverait le lendemain matin éparpillés dans les étagères. Un brasero avait été installé dehors, pour faire griller des chamallows. Les enfants adoreraient ça, Carmen le savait. S'ils avaient le droit de venir.

Une belle flambée brûlait dans le coin lecture au fond de la librairie, et les gens pouvaient déambuler à leur guise, la boutique étant désormais beaucoup plus spacieuse. D'autant que le Tout-Édimbourg semblait être là. Dès 17 heures, des visages plus ou moins familiers commencèrent à entrer les uns après les autres. Il faisait un froid polaire dehors : la neige gelait, formant des croûtes sur lesquelles on pouvait marcher ; le thermomètre affichait des températures plus que négatives. Carmen prenait les manteaux des invités avec un sourire poli, puis les mettait en tas dans l'une des salles voûtées. Si les gens passaient une mauvaise soirée et voulaient partir tôt, devoir chercher leur manteau les énerverait peut-être, mais ce ne serait pas grave, se disait-elle. Et s'ils passaient une bonne soirée, eh bien, ça leur serait égal.

Dans la rue, le bruit monta d'un cran et les flashs se mirent à crépiter de plus belle. La star du film, Genevieve Burr, venait d'arriver, ses jambes élégantes sortant en premier du taxi. Comme toujours, Carmen la fixa, fascinée. Elle semblait trop parfaite pour exister dans le monde réel. Ses gambettes longues et galbées, sa taille de guêpe et sa robe d'un blanc immaculé, ses pommettes saillantes, sa peau veloutée. Elle était éblouissante. Elle souriait aux photographes, montrait son plus beau profil (même s'ils étaient tous les deux aussi beaux, manifestement), tournait sa jambe vers l'extérieur, les bras posés sur les hanches, agissant comme si c'était la plus belle soirée de sa vie. Quand on la fit enfin entrer dans le magasin, elle l'illumina de sa présence : tout le monde se retourna, heureux de se retrouver face à tant de beauté et de glamour, même pour un film qui sortirait directement sur les plateformes de streaming. Elle regarda le vin chaud d'un air perplexe, et une coupe de champagne apparut comme par magie devant elle. Elle en sirota une gorgée, puis grimaça.

Lind Stephens, la star masculine du film, arriva derrière elle. Il y eut *un peu* moins d'applaudissements, d'acclamations et de flashs pour lui, ce qu'il ne manqua pas de remarquer : sa mâchoire puissante était crispée.

— Bonjour, Genevieve, content de te voir. Tu as pris du poids, non ? Ooh, tu as décroché un rôle dans un film réaliste ?

Genevieve aurait grimacé si son visage avait été suffisamment mobile. Mais les gens les mitraillaient, aussi affichèrent-ils tous les deux un grand sourire avant de s'enlacer.

— Tu comptes faire une grosse fête pour tes soixante ans ? siffla-t-elle.

— Je suis loin d'… Oh, bonjour ! Bonjour ! Bonjour !

Carmen les observa, amusée. Ils ne semblaient pas passer une bonne soirée pour le moment. Mais Crawford et Ramsay venaient d'arriver, la tête de Ramsay touchant le plafond, comme d'habitude. Il était accompagné de deux de ses enfants, Patrick et Hari, qui n'arrêtaient pas de jacasser. Bobby, Bronagh et Dahlia étaient là, eux aussi, bien sûr : ils faisaient remarquer d'une voix forte qu'un film tourné dans une quincaillerie, une boutique de magie ou un café aurait beaucoup de succès, d'après eux. Même Idra avait pu se libérer : elle était superbe, vêtue d'une robe du soir dorée parfaitement assortie à la moustache de Hendrik – ces deux-là semblaient inséparables.

Et Rudi arrivait, plus espiègle que jamais, un bonnet en laine vert sur la tête qui allait à merveille avec ses cheveux roux. Il remontait la rue avec les enfants. Carmen exulta de joie. Elle se moquait souvent des tenues que Sofia choisissait pour ses neveux, faisant remarquer qu'ils n'avaient jamais le droit de mettre des vêtements confortables, comme un jogging et un pull à capuche. Jack portait un **short** et de longues chaussettes rouges tous les jours de l'année, à l'école.

Il n'y avait qu'eux, vit-elle, déçue. Sofia n'était pas venue. Il n'y avait que les enfants, un peu comme lors d'un divorce tendu.

N'empêche, en les voyant marcher sur les pavés enneigés, bras dessus bras dessous, tout excités, en se chamaillant (les filles, avec leurs manteaux à double boutonnage, leurs bonnets en Fair Isle, leurs collants blancs et leurs souliers vernis assortis ; Jack en short, les cheveux plaqués en arrière), elle eut l'impression que son cœur allait exploser. M. McCredie se tenait derrière elle.

— « La vallée de larmes est impuissante face à toi », cita-t-il tout bas.

Que le Christ soit né ou ne soit pas né,
le destin, vaincu,
abdique devant les illuminations de Noël.
Les monstres de l'année
se dispersent, s'évanouissent,
ne pouvant endurer la marche de ce trio[1].

**

Les enfants se jetèrent sur eux en criant, débordant de joie et d'enthousiasme. Ils firent des remarques un rien acerbes sur les tartelettes vegan, mais adorèrent les chamallows grillés, et ils étaient ravis de revoir Hari et Patrick. Hari leur fonça dessus pour leur raconter les dernières nouvelles, tandis que Patrick regardait autour de lui d'un air dédaigneux, leur expliquant que le traîneau du père Noël devait voyager beaucoup plus vite que la vitesse du son et que le réveillon était dans trente et une heures si on calculait bien les fuseaux horaires. Pendant ce temps, sous la neige, les petits choristes de The Boy's Brigade chantaient de leur mieux « *Carol of*

---

1. Extrait du poème « Trio » du poète écossais Edwin Morgan.

the Bells ». À l'intérieur, les bavardages allaient bon train, les appareils photo immortalisaient l'événement, et le film faisait le buzz sur Instagram, apparemment, ce qui ne pouvait que pousser davantage de curieux à venir voir ce qui se passait, songea Carmen. C'était une bonne chose. Cette année avait été difficile – si difficile.

Mais en voyant les mines réjouies des gens autour d'elle et en câlinant Phoebe, qui craignait que quelqu'un touche la maison de poupées et les souris, elle ne put s'empêcher d'être heureuse. Cette nouvelle année serait meilleure. La librairie se maintiendrait à flot, maintenant qu'ils s'étaient agrandis, et le souhait de M. McCredie serait exaucé – le vieux monsieur portait déjà son bonnet orné de ramures de renne, preuve qu'il était d'humeur festive. Il avait commencé à faire ses valises.

Puis, tout à coup, elle aperçut la personne qu'elle mourait d'envie de voir.

Sofia remontait la rue, Eric dans son écharpe de portage.

Elle regarda Rudi, ravie.

— Oh, oui. Elle était juste en train de se garer. Tu connais ces foutues pervenches. Ça demande discrétion et ingéniosité.

— Je sais, répondit-elle avant d'aller attendre sa sœur à la porte. Je suis désolée, s'excusa-t-elle aussitôt. Je ne l'ai pas fait pour t'embêter.

Elle examina sa conscience minutieusement.

— Enfin... O.K., peut-être à cinq pour cent.

— Non, c'est *moi* qui m'excuse ! s'exclama Sofia avec soulagement, les larmes lui montant aux yeux. Ça ne me regardait pas. Pas plus que ton travail ou ta vie amoureuse. Et je suis tellement désolée de t'avoir mise à la porte, puis de t'avoir crié dessus, tout est ma faute !

— Tu ne m'as pas mise à la porte. Il fallait que je parte. Il le fallait. Et j'aime vivre ici. C'est... euh, vivifiant.

Et c'était vrai, réalisa-t-elle. Elle était bien dans son petit nid d'aigle. Elle avait ses livres de jardinage et il lui tardait que Rudi et les enfants viennent l'aider à planifier le printemps. Les bulbes qu'ils avaient plantés pousseraient. Ils sublimeraient cet endroit froid, ces plantes en train de dépérir.

Sofia parut folle de joie, et les deux sœurs s'étreignirent, Eric exigeant de sortir de son écharpe pour pouvoir ramper dans la pièce et manger tout ce qui traînait par terre. Rudi s'approcha pour le prendre dans ses bras, un grand sourire aux lèvres.

CHAPITRE 39

— **O**N A FAILLI APPELER LA POLICE ! *Mea amor*, mon chéri, on était tellement inquiets ! Mary est dans tous ses états ! Tu as perdu la tête, ou quoi ?

La gorge d'Oke se serra.

— Je suis sincèrement désolé, maman. Sincèrement.

— Tout le monde s'est fait du souci pour toi ! Le personnel de l'hôpital t'a cherché partout ! Et tout cet argent que tu as dépensé pour prendre l'avion, Obedience.

— Je sais, grommela-t-il. Je suis désolé. J'ai agi sur un coup de tête. Je ne sais pas ce qui m'a pris.

— Tu étais très mal en point, répondit sa mère, s'adoucissant aussitôt en entendant la voix de son fils adoré. Vraiment très mal. Je crois que tu ne t'en es pas rendu compte. Reviens à la maison, chéri. Tu nous manques.

— Mais je reprends mon travail ici…

— Tu peux trouver du travail partout. Reviens travailler ici, pour protéger la forêt amazonienne. Dieu sait que c'est nécessaire. Passe du temps avec nous, avec Mary. Une si belle vie t'attend, ici.

— C'est vrai, approuva Oke en regardant par la fenêtre.

Spoons s'acharnait sur son clavier d'ordinateur. Il était ravi qu'Oke soit de retour, même s'il avait dû renoncer à son congélateur plein de souris.

Les lumières d'Édimbourg se réfractaient dans le givre : c'était superbe. La grande roue du marché de Noël tournait, toute scintillante, remplie d'enfants surexcités, la voix familière des animateurs radio les plus célèbres d'Édimbourg répétant de ne pas s'approcher de la porte. Il entrouvrit la fenêtre, au grand dam de Spoons : son colocataire aimait qu'il fasse une température tropicale dans la chambre pour pouvoir travailler en short (short qui dévoilait une bonne partie de son postérieur poilu chaque fois qu'il se penchait en avant) et estimait qu'il était plus juste de garder la pièce chaude pour « la majorité des... euh... des créatures vivantes qui avaient une opinion là-dessus ». Oke sentit l'air glacial, entendit les rires et les cris de la fête foraine, et l'accent local qu'il aimait tant.

Il souhaita une bonne nuit à sa mère. Il savait qu'il devrait rentrer chez lui. Ces allées et venues étaient mauvaises pour lui, pour son avenir. Il pourrait rester ici, mais il faisait froid, c'était cher, et la personne pour laquelle il était revenu ne s'était même pas inquiétée quand il avait été hospitalisé.

Ses pieds le guidèrent. La partie consciente de son esprit refusait d'admettre qu'il y allait une dernière fois, pour une ultime tentative. Non. Il essayait juste de s'éclaircir les idées, de réfléchir à la suite, rien de plus. Il se sentait beaucoup plus fort après avoir dormi douze heures et mangé un copieux petit déjeuner écossais à

Mylnes Court : des scones de pomme de terre, des saucisses Lorne, du haggis et du boudin noir. Mais il avait évité les haricots blancs : il n'aimait pas la substance rouge visqueuse, bizarroïde, dans laquelle ils baignaient ici.

Physiquement, il se sentait bien. Émotionnellement, c'était une autre histoire. Il fendit la foule en silence. Il était l'un des rares à ne pas porter un pull de Noël orné de motifs de rennes, une tenue en strass, un serre-tête ou un brassard lumineux. Les passants avaient tous les joues roses et l'air réjoui, déterminés à célébrer ce moment privilégié de l'année. Il passa devant les boutiques de George Street dont sortaient des clients fatigués, puis poursuivit son chemin en direction du West End, où la neige s'était délicatement déposée dans les jardins privés de Moray Place et d'Ainslie Place. Si on omettait les voitures, cet endroit n'avait pas changé depuis deux cents ans.

Il atterrit de l'autre côté de la trépidante Queensferry Road, dans la rue où se trouvait la maison parfaite de Sofia, où il avait été si heureux l'année précédente.

À l'intérieur, les sapins de Noël qui trônaient devant les fenêtres étaient illuminés (un au rez-de-chaussée, l'autre à l'étage, parfaitement alignés, brillant d'un éclat chaleureux), tout comme les deux sapins installés dehors, en haut des marches, et l'énorme couronne sur la porte. C'était magnifique.

Mais la maison elle-même était plongée dans le noir, fermée. Aucune lumière n'était allumée, montrant les enfants en train de courir dans la cuisine ou de supplier Carmen de se pelotonner avec eux sur le canapé pour regarder une dernière fois *Noël chez les Muppets*. Aucun bébé ne se roulait par terre, Jack ne dévalait pas les escaliers comme un troupeau d'éléphants, les filles ne fabriquaient pas de guirlandes en papier en se chamaillant, comme ses sœurs en avaient l'habitude quand il était petit. La maison ressemblait à une maison de poupées, aseptisée, vide : sans vie. Il poussa un soupir, puis tourna les talons.

Devant le Caledonian Hotel, un homme imposant vêtu d'un costume en tartan violet tenait une portière de taxi ouverte.

— Allez, Minky ! On va être en retard et tu ne pourras pas te faire photographier avec Lind, dit-il à une femme aux lèvres gonflées qui faisait la moue en tirant sur sa robe lamée or.

Oke fit un détour. Il contourna le château, empruntant King's Stables Road, où il longea le parking austère qui rendait la rue sombre et silencieuse. La falaise se dressant au-dessus de lui, il marchait d'un pas lourd sur le trottoir, sans sentir le froid, glissant parfois sur les pavés verglacés.

Mais, un peu comme le château de la reine dans *Alice au pays des merveilles*, chaque fois qu'il s'en éloignait, qu'il changeait de direction, ses pieds le ramenaient inévitablement vers la rue centrale de la ville. Le cœur du commerce et de la vie édimbourgeoise depuis que la cité existait, à peu de chose près ; depuis que *Dun Eideann*, la forteresse, avait été érigée sur le rocher, mille ans plus tôt.

Il savait qu'il approchait, mais ce fut plus fort que lui. Ses pieds montèrent la colline. Il entendait les chants, voyait les illuminations éblouissantes d'une fête qu'il peinait à comprendre. Des cris de joie et de la musique retentissaient dans toute la rue – et tous émanaient des petites vitrines de la librairie McCredie.

CHAPITRE 40

Carmen fit un clin d'œil à Christopher Pickle quand il se glissa hors de la réserve, puis lui tendit une assiette pleine de friands à la saucisse. Des friands à la saucisse végétariens, c'était mieux que rien, se disait-elle. Mais Christopher Pickle protesta énergiquement.

Elle pencha la tête en voyant arriver Jackson et Minky, tous les deux flamboyants.

— Bonjour, dit-elle. Ne touchez pas à l'installation électrique.

Minky venait de trouver Lind et lui tripotait le bras d'une façon qu'il semblait apprécier.

Jackson regarda à la ronde.

— Quel gâchis ! Quand je pense au nombre de clients qu'on pourrait avoir ici.

— Ne commencez pas !

— Non, non. De toute façon, j'arrête ce business.

— Ah bon ? se réjouit Carmen. Vraiment ? C'est merveilleux ! Même pour Bobby ?

— Il s'avère que les balais sont plutôt utiles, reconnut-il.

Elle sourit de toutes ses dents.

— Et il pense pouvoir en trouver pour les touristes, avec Édimbourg écrit dessus. Ils vont aussi vendre des balais de sorcière, avec Bronagh.

— Sauf que les miens seront vrais, lança l'intéressée en passant.

— Je vendrai aussi des bobs pour les fans de rugby, décréta fermement Bobby.

— C'est à la mode, ça ?

— Ça le deviendra.

— Super !

— Bref, il y a beaucoup plus d'argent à se faire avec les bonbons industriels, de toute façon, reprit Jackson. Beaucoup plus.

— Noooonnnn ! se récria Carmen.

— Mais j'ai toujours plein de camelote en tartan à moitié carbonisée sur les bras. Hé, salut.

Minky venait de les rejoindre, traînant Rudi derrière elle. Il posa son bras droit sur l'épaule de Carmen pour garder l'équilibre, et elle frotta affectueusement sa joue dessus.

— Tu sais, Rudi n'a jamais vu les suites du Caledonian, annonça Minky.

Carmen le dévisagea.

— Tu ne ferais pas ça, quand même, dit-elle, horrifiée, avant d'éclater de rire.

— J'aime bien les belles suites d'hôtel, moi, répondit-il, l'air coquin.

Toujours tordue de rire, elle leva les yeux et eut l'impression qu'une vague venait de déferler sur elle, ou que quelqu'un avait marché sur sa tombe. Elle regarda par la fenêtre, scrutant l'obscurité, mais n'aperçut qu'un pan de manteau qui claqua au vent en passant devant l'entrée. Le fantôme, songea-t-elle, de l'année passée. Elle frissonna.

**

L'an dernier, à la même époque, elle était passionnée, fougueuse. Plus jolie que jamais, elle enlaçait un beau jeune homme en riant. Ça lui arriverait de nouveau. Elle était heureuse. C'était fini.

**

— Tu viens le matin de Noël ? s'inquiéta Sofia.

Les enfants avaient bu autant de chocolat chaud qu'il était humainement possible d'en ingurgiter, et elle craignait que Phoebe s'étouffe si elle avalait un chamallow de plus. Carmen lui sourit.

— Je vais m'accorder un petit plaisir et passer la matinée au lit. Mais je viendrai l'après-midi, bien sûr.

— Et ce sera le *deuxième round de cadeaux* ! s'écria Jack.

— Oui, pas les cadeaux débiles du père Noël ! ajouta Phoebe. Des *vrais* cadeaux !

Les deux sœurs échangèrent un regard. Carmen articula silencieusement un « désolée », mais Sofia le prit bien.

— Super, dit-elle. Je suis contente.

Elles s'enlacèrent, puis sortirent dans la rue, se retrouvant face à une longue rangée de paparazzi et de flashs, puisque Genevieve quitta la soirée à peu près en même temps. Pippa, ne put s'empêcher de remarquer Carmen, prit la pose instinctivement, et avec un certain talent.

**

Aussitôt rentré à Mylnes Court, Oke commença à chercher un vol. Ils étaient tous complets, bien sûr. Parce que c'était Noël. Ce foutu Noël. Forcément.

CHAPITRE 41

LA FIN DE LA SEMAINE passa à une vitesse folle. Après la soirée et la sortie du film, tous les journaux parlèrent de la librairie : un flot régulier de personnes venait donc la prendre en photo et, souvent, elles entraient et achetaient un livre. Ils enchaînèrent les ventes, mais le plus beau jour pour eux fut celui où une très vieille dame poussa la porte, marchant à l'aide de deux cannes. Carmen lui proposa aussitôt une chaise, se demandant ce qu'elle cherchait, et fut surprise d'apprendre que c'était la cliente qu'avait trouvée M. McCredie pour *Sur les toits*.

Quand ils sortirent la boîte dans laquelle ils gardaient précieusement le livre, la vieille dame laissa échapper une petite exclamation. Elle était anglaise, réalisa Carmen.

— J'avais exactement le même, raconta-t-elle. Exactement. Il était à ma sœur et à moi. Elle n'est plus là, maintenant. Mais on se disait qu'on était comme Wallace et Michael-Francis ; on était persuadées qu'on aurait été aussi intrépides qu'eux, aussi courageuses, même si on était des filles.

Elle soupira.

— Ma sœur a parlé aux pigeons pendant des années, après ça. Des années. Juste au cas où.

Ses doigts noueux tournèrent délicatement les pages.

— C'était un cadeau de notre père. Il nous l'a ramené un soir. Puis il est parti en France.

Carmen, qui l'écoutait avec attention, lui apporta une tasse de thé.

— Tout le monde parle encore de Dunkerque, vous savez. Mais on ne parle que des soldats qui sont rentrés au pays, ajouta la vieille dame d'une voix étranglée.

M. McCredie lui donna une petite tape sur le dos, sur son imperméable : c'était un geste très inhabituel pour lui.

— J'ai aussi perdu mon père à la guerre, confia-t-il.

Carmen le regarda. Il parlait très rarement de son père. Elle était fière qu'il en soit capable à présent.

— Enfin, reprit la vieille dame en se tamponnant les yeux avec un mouchoir en tissu. Je suis... je suis très contente. J'ai l'impression... j'ai l'impression de revivre une époque heureuse. Comme si je remontais dans le temps. Et maintenant, je vais pouvoir le lire à mes arrière-petits-enfants. Parce que c'est ça un livre, non ? Un retour à la maison.

— Je le crois, oui, répondit Carmen.

— Mais je ne laisserai pas ces petits monstres le toucher. Ils sont infernaux.

— Vous avez bien raison, approuva M. McCredie, puis ils la regardèrent s'éloigner dans la nuit qui tombait déjà sur Édimbourg, en plein après-midi. Bon bon bon, fit-il, reprenant soudain du poil de la bête, comme

Grand-père Joe dans *Charlie et la Chocolaterie*. Je crois que je vais aller finir mes valises !

— J'imagine, répondit Carmen avec un grand sourire. Le bateau part quand ?

— Le 26 décembre, du port de Leith.

— Je vous accompagnerai. On peut fermer la boutique un moment.

— Je pense, oui.

Il leva les yeux.

— Je crois que je ne te remercie pas assez souvent, Carmen. Alors merci.

— De rien.

Et il lui tendit un petit paquet.

— Qu'est-ce que c'est ? Je peux l'ouvrir maintenant ?

— Oui.

C'était une plume. Une longue plume, authentique, sculptée à la main, qui ne ressemblait en rien à la fausse plume en or de Jackson. C'était un cadeau si attentionné, si délicat, de la part d'un homme qui, malgré sa vulnérabilité, s'était montré d'une patience et d'une gentillesse quasi infinies envers elle.

— C'est une plume de pétrel géant. L'un des plus beaux oiseaux de l'Antarctique. Elle provient de la première expédition.

— Ouah !

— Pour que tu puisses continuer à écrire ton histoire.

— Je l'adore. Vraiment.

CHAPITRE 42

SE RÉVEILLER dans un Édimbourg silencieux, sans voitures sur les pavés ni alarmes en train de sonner, lui fit tout drôle.

La chambre de Carmen, bien sûr, était glaciale, et elle se rappela une nouvelle fois qu'elle ne se réveillait pas dans la petite maison douillette de ses parents ni dans celle, bruyante, de sa sœur. Elle était seule. Toute seule.

Enfin, se dit-elle. Ce n'était pas si terrible. Elle enfila son peignoir, des chaussettes, et sortit de la chambre à pas feutrés. Arrivée dans le jardin d'hiver, elle poussa une petite exclamation. Une amaryllis magnifique, d'un rouge vif, s'était épanouie dans la nuit. Sa toute première fleur. Le cadeau de Noël parfait : elle était apparue comme par magie.

— Eh bien, merci, papa Noël, se dit-elle à elle-même.

Elle jeta un coup d'œil aux nombreux messages WhatsApp qu'elle avait reçus à 6 heures du matin, accompagnés de photos des enfants en train d'ouvrir leurs cadeaux, arrachant le papier. Sofia lui disait de ne pas venir trop tard, parce qu'elle avait décidé que la seule façon de tenir toute la journée était de se saouler et de laisser leur mère prendre le relais.

Carmen sourit. Elle s'était acheté des petits plaisirs à manger et à boire, mais elle n'en avait plus envie : elle avait l'impression que c'était un caprice d'enfant gâtée. Elle se sentait fébrile. En réfléchissant, elle se rappela qu'elle devait toujours faire une bonne action. Et puis, c'était Noël. Alors pourquoi pas ?

Elle prit donc une douche et s'habilla chaudement, enfilant un affreux pull de Noël qu'elle avait dégoté dans une friperie et qu'elle avait pris pour amuser les autres – pas elle, parce qu'il était en polyester et vraiment affreux. Elle descendit, puis sortit dans le petit matin édimbourgeois, sous un grand ciel bleu dégagé. L'air était glacial, aussi tonifiant qu'une coupe de champagne.

Il n'y avait personne dehors de si bonne heure, pas même des gens en train de promener leur chien. Le monde lui appartenait. Elle tourna à droite et monta les escaliers, avec le sentiment que le monde lui tendait les bras.

**

La salle de réunion des quakers se remplit vite de bénévoles énergiques en cette matinée de Noël : ils servaient un petit déjeuner chaud, puis un repas de fêtes, à tous ceux qui en avaient besoin. Il faisait bon dans la cuisine. Il y avait du bruit, de l'animation, de nombreuses personnes étant déjà à pied d'œuvre, en train d'éplucher et d'émincer, de mettre la table ou de débarrasser. Carmen était ravie – c'était l'endroit idéal pour accomplir sa bonne action.

— Qu'est-ce que je peux faire ? demanda-t-elle, pleine d'entrain.

Ashima Jain, la responsable des opérations, une femme superbe et très organisée, la dirigea vers la machine à café, lui demandant de faire le service, et Carmen s'exécuta, adressant un sourire aimable aux nombreuses personnes qui profitaient de la chaleur des lieux, parmi lesquelles Christopher Pickle.

— Les friands à la saucisse ne sont pas mauvais, ici, lança-t-il, des miettes plein la barbe, son éternel sac de livres posé à côté de lui. Pas comme chez vous.

— Eh ben, je suis soulagée de l'apprendre, répondit-elle en remplissant à nouveau sa tasse.

Elle leva les yeux : il y avait de l'agitation près de la porte. Genevieve Burr, une adorable couronne rose posée sur sa chevelure soyeuse, venait d'arriver avec une équipe de tournage pour la filmer en train de faire une B.A. le jour de Noël. Pas possible, songea Carmen en la voyant servir de la soupe en en mettant partout, gloussant d'un air confus, sous l'œil des caméras. Christopher Pickle la complimenta d'une voix forte : elle était la meilleure bénévole qu'ils avaient jamais eue. Carmen poussa un soupir. Mais, deux minutes plus tard, Genevieve était déjà repartie.

Christopher se tourna à nouveau vers Carmen d'un air accusateur.

— Pourquoi vous n'avez pas de chapeau pointu, vous ?

— J'avais l'impression d'avoir mis le paquet avec le pull de Noël, objecta-t-elle, et un groupe de bénévoles en tenue de fête l'interpellèrent en riant.

Contrairement au pays d'où venait Oke, à Édimbourg, les quakers n'avaient rien contre les gadgets de Noël et, plus elle protestait, plus ils en rajoutaient.

Voilà comment, quand Oke entra prendre son service (aussi grand qu'un arbre, les yeux plus verts que jamais, amaigri – même si ça lui allait bien –, portant vraisemblablement sur lui tous les vêtements qu'il avait mis dans sa valise), Carmen se retrouva affublée non seulement de son hideux pull en polyester, mais aussi de bois de rennes lumineux, d'un chapeau pointu et de boucles d'oreilles à grelots. Sans oublier que quelqu'un lui avait rougi les joues et dessiné plein de taches de rousseur pour qu'elle ressemble à un elfe.

**

Ils se dévisagèrent. Carmen continua à verser le café, qui déborda, jusqu'à ce que quelqu'un l'arrête.
— Tu... tu...
Elle était incapable de parler. Elle secoua la tête. Ce qui eut pour conséquence regrettable d'activer son serre-tête rêne, qui se mit à jouer très fort « *Merry Christmas everyone* ».
— Oh bon sang ! s'écria-t-elle, consciente d'avoir l'air d'une folle. Décidément, les bonnes œuvres, c'est pas pour moi.
Puis elle se demanda depuis combien de temps il était à Édimbourg et se décomposa.
— J'hallucine. Tu es rentré et tu ne m'as même pas contactée. Tu es rentré depuis des plombes et tu ne m'as rien dit. Tu n'as même pas...
Oke parut désorienté.
— Pardon, reprit-elle. Je ne... j'aurais dû comprendre. Bien sûr. Tu as un travail ici. Fais ce que tu as à faire. Je vais aider en cuisine. Je ne te gênerai pas.
Elle tourna les talons, l'horrible musique de Noël retentissant toujours dans ses oreilles.

— Je suis rentré hier. Mais, Carmen, tu ne m'as jamais contacté après...

— Je t'ai appelé trois fois, et tu ne m'as jamais répondu !

— J'ai perdu mon téléphone. Mais Mary m'a dit...

— Je me fous de ce que Mary t'a dit. J'espère que vous êtes heureux, tous les deux. Vraiment.

— Et tu t'en fichais aussi que je sois hospitalisé ?

— Hospitalisé ?

À ce stade, toutes les personnes venues prendre leur petit déjeuner de Noël les écoutaient avec grand intérêt. Ashima s'empressa de les rejoindre.

— Pourquoi vous n'iriez pas vous asseoir dans la salle du personnel, tous les deux ? lança-t-elle, avant d'ajouter : On n'est pas dans *EastEnders*, ici, mais tout bas, entre ses dents, parce qu'elle était foncièrement gentille.

**

En gagnant la cuisine, Carmen enleva son serre-tête, son chapeau pointu et son pull (elle avait très chaud, subitement), puis elle se retourna pour le regarder. Il était plus beau que jamais, mais très maigre, même pour lui.

— Qu'est-ce qui s'est passé ? Tu as été malade et tu ne m'as rien dit ?

— J'ai eu le palu. Mais Mary te l'a dit.

— *Mary* ? La fille d'Instagram ? s'étonna Carmen. Bien sûr qu'elle ne m'a rien dit. Comment elle aurait fait ? Je ne la connais pas. Mais toi, tu la connais bien, on dirait.

— Oui. Elle faisait partie de l'expédition.

Elle répondit d'une moue.

— Je lui ai demandé de te prévenir quand j'ai été hospitalisé. Et elle m'a dit qu'elle l'avait fait.

— Eh ben c'est faux ! s'écria-t-elle d'une voix où perçait sa détresse. Elle ne m'a rien dit ! Je vérifie mes réseaux sociaux à longueur de temps : je suis une grosse ringarde qui manque de confiance en soi !

Elle se précipita vers lui.

— Oh mon chéri. Tu vas bien ? Tu es guéri ?

Puis elle secoua la tête avec colère.

— Mais tu ne m'as jamais donné de nouvelles. Pas une seule fois. Je croyais... je croyais que je te dégoûtais.

— Mais toi non plus, tu ne m'as jamais donné de nouvelles. Tu me détestais. Parce qu'on n'a pas... on n'a pas...

Il la regarda droit dans les yeux.

— Je le regrette beaucoup, tu sais.

Elle fronça les sourcils.

— Bien sûr que je t'ai appelé ! Même que c'était affreux. Je t'ai ouvert mon cœur. Je t'ai laissé des messages. Bon sang.

Elle le fixa, et il fit non de la tête.

— Quels messages ?

— Écoute-les.

Il le fit, sur le téléphone bon marché qu'il avait acheté à Brasilia.

— C'est ton téléphone brésilien, espèce d'andouille, dit Carmen, le cœur battant. Où est ton téléphone britannique ?

— Je n'ai pas..., commença-t-il, réalisant qu'il n'avait pas encore changé sa carte SIM ; il s'était servi de la brésilienne. J'ai été très malade, expliqua-t-il. Je... je n'ai pas ma carte britannique...

— Eh ben, appelle ton vieux numéro. Relève tes messages.

Il obtempéra, les faisant tous défiler.

Carmen grimaça en entendant sa voix. Ses deux premiers messages étaient horribles, pleins de tristesse et de colère.

— Supprime-les, dit-elle, et il s'exécuta.

Ils arrivèrent alors au tout dernier, qu'elle avait laissé un mois plus tôt seulement.

— Tu me manques…, retentit haut et fort. Et je suis vraiment désolée. Je t'aime.

Oke battit plusieurs fois des paupières. Puis il planta ses yeux verts dans les siens, avec ce regard que Carmen trouvait si apaisant et si excitant à la fois.

Il fit un pas vers elle.

— Je croyais que je ne comptais pas pour toi.

— Moi aussi, je croyais que je ne comptais pas pour toi ! s'exclama-t-elle. C'était tout le problème.

— Tu comptais plus… plus que j'étais capable de le dire. Et puis, je suis un idiot. Je pense qu'on est d'accord sur ce point.

— Tu ne voyais que l'arbre qui cachait la forêt, plaisanta Carmen d'une voix étranglée, mais ce n'était pas le moment.

Son cœur battait à cent à l'heure. Il prit ses mains dans les siennes.

— Mon amour, dit-il lentement.

— Mon amour, répéta-t-elle.

— Est-ce que… euh… tu comptes garder tes taches de rousseur ?

— Elles te plaisent ?

— Tout me plaît chez toi.

Et il l'embrassa, ici même, passionnément, les cris de joie des personnes dans la salle leur parvenant par la porte entrebâillée.

**

— Je viens accompagnée ce midi, annonça Carmen à Sofia par téléphone.

— Oh non. Rudi vient juste de me demander s'il pouvait inviter Jackson et Minky, et je lui ai déjà dit non. Je n'ai pas envie de passer pour une rabat-joie.

— Mais non ! s'esclaffa Carmen. Je crois que cet **invité** te plaira.

— Vous voulez passer la nuit ici ?

— Non, répondit-elle gaiement. On a un chez-nous, merci.

CHAPITRE 43

Dans la chambre mansardée silencieuse, à la fin d'une longue journée, pleine de joie et de bruit, ponctuée de quelques crises de larmes, comme dans n'importe quelle famille de quatre enfants, enfin au calme, la neige s'étant remise à tomber doucement devant les fenêtres, l'ambiance était solennelle, mais pas triste du tout. Oke était assis sur le lit, Carmen sur ses genoux. Très lentement, à la lueur des bougies, ils prirent un engagement profond l'un envers l'autre. Vulnérables, sincères, ils parlèrent à cœur ouvert. Aucun d'eux n'avait froid.

Ils se regardaient dans les yeux.

— Je me suis sentie si mal, ce jour-là.

Oke, le visage grave, glissa une de ses boucles brunes derrière son oreille.

— Je ne savais pas comment te dire ce que j'avais sur le cœur.

Il avait eu tout le temps d'imaginer ce moment pendant sa longue convalescence.

— Toute ma vie, je me suis efforcé... d'étudier, d'apprendre, de bien faire. De rester calme. Puis je t'ai rencontrée, Carmen, et tout a volé en éclats. Je n'ai pas su gérer la situation. J'ai été lâche. Je me suis enfui.

— Pour un arbre très spécial.

— Je me disais que je te respectais, poursuivit-il avant de s'éclaircir la gorge. Mais je crois que j'avais peur de toi.

Elle grimaça.

— Mais je ne fais pas peur.

— O.K. J'avais peur de mes sentiments.

— Je suis désolée de t'avoir fait peur, Oke, répondit-elle d'une voix douce comme la neige qui tombait. Et je sais que ça a dû te paraître stupide... je me suis sentie vraiment stupide, crois-moi. Aujourd'hui encore, quand j'y pense, j'ai envie de me cogner la tête contre les murs. Mais je suis toujours comme ça. C'est moi. Un peu fofolle, un peu soupe au lait... Je suis comme ça. Je te ferai tout le temps peur.

— Et si je te disais que quelque chose de vraiment effrayant m'était arrivé, que j'avais failli mourir et que j'avais réalisé que je devais saisir la vie à bras-le-corps.

— Tu as envie de me saisir à bras-le-corps ?

— Très envie.

Carmen sourit, révélant toutes ses dents : ça rendit Oke fou de joie.

— Tu es en train de me dire que tu veux être avec moi juste parce que c'est *un peu mieux que la mort* ?

— Mieux que la mort. Mieux que tout.

Elle le regarda attentivement.

— Mais, ce jour-là... enfin... Est-ce que tu as un problème avec le sexe ? Est-ce que ça t'angoisse ?

Oke baissa les yeux, la regarda, assise sur ses genoux, mais elle avait l'air sérieux. Il lui caressa le visage, délicatement, et passa son pouce sur ses lèvres, ce qui la fit frémir.

— Carmen, si j'étais tellement... circonspect à l'idée de faire l'amour avec toi... c'est parce que je crois que tu pourrais être la dernière personne avec laquelle je ferai l'amour.

Carmen en resta sans voix, et un frisson la parcourut, qui n'avait rien à voir avec la température ambiante.

— C'est trop ? demanda-t-il.

— J'ai un cadeau pour toi.

— C'est toi ? Je peux te déballer ?

Elle attrapa quelque chose sous son lit.

— En fait, c'est un très gros livre sur un arbre.

Ça le fit rire.

— Je n'ai pas de cadeau pour toi.

— Pas besoin. Tu es près de moi.

Il l'attira contre lui.

— C'est assez près ?

— Non.

Il la rapprocha encore.

— Et maintenant ?

Elle fit non de la tête.

— Encore.

Il la serra tout contre lui, et ils se retrouvèrent poitrine contre poitrine, visage contre visage, aussi proches que deux personnes peuvent l'être.

— Et maintenant ?

— Encore, dit-elle, avant de le répéter : Encore, jusqu'à ce qu'elle ne puisse plus parler, alors que la lune se levait au-dessus de la librairie et que l'horloge de parquet sonnait minuit, annonçant un jour nouveau.

**

En cette matinée glaciale du 26 décembre, le port de Leith était un lieu austère et froid. À moins, bien sûr, d'être avec une personne dont on était follement épris, après une nuit d'amour.

En manque de sommeil mais au comble du bonheur, Carmen et Oke aidaient M. McCredie à transporter non pas une valise, mais une malle. Autorisée à passer la clôture grillagée après avoir prouvé son identité, Carmen fronça les sourcils en avisant un groupe d'hommes, dont la plupart semblaient venir d'Orient : certains jouaient au ballon d'un air distrait, d'autres passaient le temps en fumant ou en regardant leur téléphone.

— Qui est-ce ? demanda-t-elle.

— Les équipages des cargos, expliqua le marin qui les conduisait au magnifique navire océanographique, le *RRS Sir David Attenborough.*

Ce bateau était sublime, et M. McCredie écarquillait les yeux, tout excité : on aurait dit un petit garçon.

— Ils n'ont pas le droit de pénétrer sur le territoire britannique. Ni sur aucun autre territoire, d'ailleurs. Ils ne peuvent pas franchir la clôture.

Carmen les observa, puis interrogea Oke du regard.

— Oui, c'est pareil au Brésil. C'est pareil dans le monde entier.

— Mais c'est terrible.

— Oh, un prêtre les aide un peu. Il essaie de leur trouver des petits souvenirs, des trucs comme ça.

— Des souvenirs ?

— Oui, pour leurs enfants... Ils n'ont pas le droit de sortir leur acheter des cadeaux. Mais ils ne les voient que deux mois par an. Et ils aiment leur envoyer des petites babioles pour qu'ils sachent où ils sont allés.

Carmen se retourna.

— C'est ça ! s'exclama-t-elle.

— Quoi ? l'interrogea Oke.

— Je dois une bonne action à l'univers. Et chaque fois que j'essaie d'en faire une, ça me profite : du coup, ça ne compte pas vraiment. Mais cette fois, ça va marcher, parce que je n'ai *aucune* envie de le faire et qu'on va devoir attendre dans le froid pendant des heures.

— Euh, super ?

Carmen passa un coup de fil, puis ils installèrent M. McCredie dans sa cabine étonnamment confortable, à côté du Dr Francis, le médecin de l'expédition, et d'environ 356 boîtes de haricots blancs en sauce. Le vieux monsieur ne pouvait se départir de son grand sourire.

— Je ne... J'espère que tu vas t'en sortir.

— Ne vous inquiétez pas, répondit-elle. On va fermer la boutique et partir en voyage au soleil.

Il parut perplexe.

— Je rigole. Je rigole. Oke va reprendre son travail de recherche à la fac, et je tiendrai la boutique. Ça se passera bien. Tout se passera bien. Mieux que bien.

Oke acquiesça.

— On s'occupe de tout, Monsieur.

Le temps qu'ils s'enlacent et s'embrassent pour se dire au revoir, une grosse voiture de sport rouge s'était garée de l'autre côté de la clôture grillagée.

— Vous comptez vraiment acheter ça ? demanda Jackson d'un air renfrogné.

— Pour une bouchée de pain. Juste pour vous aider avec votre assurance.

— Ça peut m'aider, grommela-t-il. Mais il faut me laisser le temps d'établir les factures et de m'occuper de la paperasse.

— Très bien.

— Alors, qu'est-ce que vous comptez faire de tout ça ?

Jackson avait l'air déconcerté.

À l'arrière de sa voiture s'entassaient des cartons entiers de Nessie, de Scottish terriers, d'Union Jack et de tee-shirts, dont les emballages avaient légèrement roussi et étaient parfois légèrement gondolés mais qui, à part ça, étaient en parfait état.

— Allez, apportez-moi tout ça, répondit Carmen, sourire aux lèvres, en s'approchant des équipages retenus dans la zone portuaire. C'est Noël. C'est Noël pour tout le monde.

REMERCIEMENTS

Merci à : Jo Unwin, Lucy Malagoni, Ruth Jones, Nisha Bailey, Kate Burton, Matilda Ayris, Cesar Castaneda Gamez, Laura Vile, Fergus Edmonson, Emily Cox, Rebecca Eskildsen, David Kinlock, Luca Cockayne, Ashima Jain, Genevieve Burr (et sa mère), Joanna Kramer, Zoe Carroll, David Shelley, Charlie King, Deborah Schneider, Rachel Kahn, Gemma Shelley, Stephanie Melrose, Litmix, Mr B, Fiona Brownlee et toute l'équipe de Little, Brown and Company et de JULA. Et un immense merci à mes éditeurs du monde entier, que j'ai en grande partie eu l'occasion de revoir ou de rencontrer après le confinement : ça a été une grande joie pour moi.

La communauté Charleston a aimé !

Chez Charleston, nous sommes convaincus que loin d'être une aventure solitaire, la lecture est une invitation au partage. Nous échangeons constamment avec nos lecteurs et lectrices, et nous sommes fiers de la belle communauté d'amoureux des livres que nous formons tous ensemble. Chaque année, nous choisissons au sein de cette communauté vingt lectrices et lecteurs qui nous accompagnent tout au long de l'année et découvrent nos romans en avant-première. Voici leurs avis !

J'ai adoré plonger dans ce livre qui sentait bon la cannelle et la pomme. Un roman doux et drôle, ça fait du bien !
@lespagesdeCynthia

Un roman lumineux sur l'amour familial et l'entraide. Un chocolat chaud, un plaid et c'est parti pour un moment de lecture et de détente.
@dans_tous_mes_etats

Jenny Colgan sait créer des atmosphères chaleureuses et des personnages attachants. Une histoire pleine de magie.
@carnet_litteraire

Un personnage très attachant et plein de vie. La plume de Jenny Colgan parvient à nous transporter.
@leslecturesde_laura

Des personnages attachants, une librairie charmante, Edimbourg sous la neige... tous les ingrédients sont réunis pour passer un agréable moment. Une fois de plus, Jenny Colgan nous offre une comédie pétillante et réconfortante ! Un roman à dévorer...
@myjolielibrairie

Un excellent roman de Noël !
@mapetiterevolutionlitteraire

Une plume légère et fluide et des personnages drôles et bien écrits !
@yasmine.aufildesmots

Jenny Colgan nous embarque dans une comédie romantique teintée d'humour. Ce roman réconfortant est une lecture parfaite pour cette fin d'année.
@doresixtine_lecturesdesixtine

IMPRIM'VERT®

Cet ouvrage a été imprimé en utilisant des papiers composés de fibres naturelles, renouvelables, recyclables et fabriquées à partir de bois issus de forêts qui adoptent un système d'aménagement durable. En outre, les fournisseurs de papier s'inscrivent dans une démarche de certification environnementale reconnue.

Achevé d'imprimer sur Roto-Page en octobre 2024
par l'Imprimerie Floch
53100 Mayenne
Deuxième tirage
Dépôt légal : octobre 2024
N° d'impression : 105800
Imprimé en France